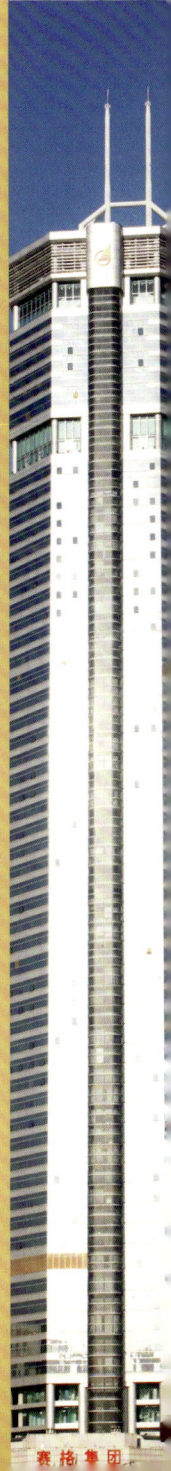

深圳财富传奇
占领华强北

段亚兵 ▶ 著

人民出版社

责任编辑：陈鹏鸣

图书在版编目(CIP)数据

深圳财富传奇·占领华强北 / 段亚兵著. -- 北京 : 人民出版社, 2012
ISBN 978-7-01-010697-7

Ⅰ. ①深… Ⅱ. ①段… Ⅲ. ①纪实文学－中国－当代 Ⅳ. ①125

中国版本图书馆CIP数据核字(2012)第027196号

深圳财富传奇·占领华强北
SHENZHEN CAIFU CHUANQI·ZHANLING HUAQIANGBEI

段亚兵　著

人民出版社 出版发行

（100706　　北京朝阳门内大街166号）

深圳市美嘉美印刷有限公司 印刷 新华书店经销

2012年4月第1版 2012年4月第1次印刷

开本：720毫米×1020毫米 1／16

印张：20.25　　字数：251千字

ISBN 978-7-01-010697-7　 定价：56.00元

邮购地址：100706北京朝阳门内大街166号

人民东方图书销售中心　电话(010)65250042 65289539

著名经济学家　北京大学光华管理学院名誉院长
厉以宁
推荐本书　并亲笔题词

深圳的华强北如今已是中国电子产业的骄傲。要了解企业家们是怎样把华强北从中国电子产业的摇篮一步步发展成为电子产业的基地的，不妨阅读一下本书。相信读者一定会从中懂得创业的艰辛，更会得到自主创新方面的启发。

北京大学光华管理学院名誉院长

厉以宁

2012年3月

一夜城崛起，旧貌换新颜。看着这两张图片，没有人
能够想得出这是在深南中路同一个地方拍摄的。
左图拍摄于深圳经济特区成立前的1979年；
右图拍摄于30年后。
摄影：何煌友

一段路变迁，一条街传奇。两张图片
是在同一个角度拍摄的华强北路。
上图拍摄于1984年；下图拍摄于1996年。
摄影：汪秦生

2012年华强北路新面貌。

摄影：段亚兵

照片拍摄于1981年。路是深南大道，
路右边工棚的位置上，后来建起了上海宾馆。
图片由中航集团提供

照片拍于1983年。原来的田园风光变成了火热的工地。
这里后来建成的中航苑小区。
图片由中航集团提供

蓝天白云，翠树绿草，中航社区，优美家园。
今日的中航苑社区。
图片由中航集团提供

照片拍摄于1979年10月。在深南中路北面华强公司
厂区现场，准备合作的中日双方管理人员考察环境。
图片由华强集团提供

照片拍摄于20世纪80年代初期。在深南中路南面的
华强公司生活区，建起了第一批职工宿舍。
图片由华强集团提供

如今的华强集团物业，撑起了华强北商业街的半壁河山。

图片由华强集团提供

照片拍摄于1982年。建设中的电子大厦。
摄影：周顺斌

电子大厦建成数年后，仍然雄姿威风，
是地标式建筑。
摄影：周顺斌

　　深圳人敢闯，敢为天下先。深圳是一个充满创意的城市。正是因为深圳有许多像陈智这样头脑里有无限的创意，浑身上下充满了创业激情，敢于冒险、善于拼搏的的年轻人，深圳才能有今天，才能在短短30年时间里建起一夜城，创造出人间奇迹。

　　也许这是犹太人和潮汕人身上共同具有的一种天赋。他们能够在复杂的商海中，把握商业跳动的脉搏，看到赚钱的商机。有时候可能会过早地进入某个不太成熟的行业，没有生意，备受冷落。但是不要紧，看中了就要坚守，时机不到要耐心等待。终于盼到云散天晴，日出花开，事业走向辉煌。

　　不管对"山寨"现象，赞成也好，反对也好。事实是在华强北这么一个地方，出现了可能在人类历史上少见的大规模、长时间的技术模仿和创新活动。这一活动的结果，造就了华强北的崛起神话，造就了华强北的财富传奇故事，培养出了无数个技术人才和经营能手。华强北对深圳高新技术的发展起到了举足轻重的作用，对中国电子事业的发展造成了重大影响，甚至对世界电子市场和技术的发展都产生了一定影响。

第十五回 ————————— 277
好政府扮靓街景，喜街道凤凰涅槃

　　30年里，华强北在不断地蜕变和转型。像一只蝴蝶一样，从幼小的卵，到有点丑陋的毛毛虫，到自我封闭起来的蛹，最后破茧而出成为翩翩翻飞的美丽蝴蝶。华强北也会根据自己的生命基因密码，按照成长路线图完成各个时期的生长和转型。华强北不仅靠自己的财富和创造财富的能力出名，而且靠自己的精神内涵和文化魅力倾倒人们；不仅跻身全国著名街道之列，而且能够与世界名牌大街争奇斗艳。

华强北logo
专家评语："用七巧板拼接出一个华强北商业街的"华"字，活泼的色彩象征着商业街的繁荣；识别性较强，大众解读能力也较强，体现了华强北商业中心的寓意。"

自　序

金钱是每个人都想要的东西。因为它代表着人们的生活待遇，有钱可以享受富裕的生活，没钱只好过穷人的日子。金钱对人生来说，又是解不开的谜。人们需要财富，但是财富解决不了人们的所有问题，带给人们的不知道是福还是祸。所以有人说"金钱不是万能的，但是没有金钱万万不能"。

人类历史智者们都对财富都有褒有贬。

莎士比亚认为金钱的作用极其巨大。他说了一句千古名言："金子，黄黄的，发光的，宝贵的金子！它可以使黑的变成白的，丑的变成美的，卑贱变成尊贵，老人变成少年，懦夫变成勇士。"中国人有同样的看法，说："有钱能使鬼推磨"。

培根说："金钱是好的仆人，确是不好的主人。"这句话说得有哲理，说明了人与金钱的关系：在好人的手里，金钱可以行善；在坏人的手里，金钱可能行恶。

正因为金钱有巨大的作用，所以成为人们终身追求的对象。孔夫子对挣钱是持肯定态度的，同时强调获得金钱的来路要正确。孔子曰："不义富而贵与我如浮云。"

华强北街30年前，是深圳一条再普通不过的街，甚至算不上一条街，只不过是上步工业区的一条厂区马路而已。但是，在深圳30年改革开放的大背景下，华强北街神奇地崛起，成为中国电子第一街，成为有世界影响的电子商业街。

这条街上，每天都在上演着金钱和财富的故事。无数有理想、有创业激情的青年在这里打工、创业、打拼、学做生意。这里成全了无数个打工青年创业的梦想，造就了无数个老板和富翁。这里是创业的热土，是造梦的工厂，是施展才华的舞台，是激情燃烧的熔炉。

金钱是什么？是追求事业过程中的自然积累，是实现创业抱负的基础，是对创业者辛勤劳动的奖赏，是戴在成功创业者胸前的一枚勋章。但是，金钱背后可能有陷阱，财富可以腐蚀人们的灵魂。金钱可能真的是万恶之源。

因此，对待财富我们应该有儒家的自律：君子爱财，取之有道。我们也要学习西方清教徒的智慧：马克斯·韦伯在《新教伦理与资本主义精神》一书中说："倘若财富意味着人履行其职业责任，则它不仅在道德上是正当的，而且是应该的，必需的。"

华强北是科技创新的实验田，是企业的孵化器，是培养老板的速成学校，是制造财富的阿里巴巴宝库。华强北是研究深圳最好的样板和资料。通过研究华强北，可以明白深圳的创新、创业精神是如何培养起来的，深圳"鼓励成功、宽容失败"的文化是如何形成的，深圳的财富是如何集聚起来的，深圳的一夜城是如何建成的。

华强北是深圳高新技术起步的源头，也是深圳乃至中国电子产业发展的缩影。

华强北街道里有金钱的密码。

华强北，你是一个财富传奇。

楔 子
宝安，得宝而安

一

我们讲述的是在一块神奇的土地上发生的财富传奇故事。

在人们一般印象中，深圳这块地方的历史很新，也就是几十年的历史吧。是中国30年的改革开放，给了深圳机遇，使之成为天下闻名的地方。

这句话有一半是对的。深圳确实乘改革开放的春风，像大鹏鸟一样展开健硕的翅膀，有力地冲天而起。没有改革开放就没有深圳，没有改革开放人们可能不会知道这个地方。这块只有1960平方公里大小的弹丸之地，在改革开放中充当了中国的一个经济实验地，变成一个上演威武雄壮话剧的精彩舞台。

但是这句话的另一半不太正确。深圳的人文历史不是短短的几十年，这里是神州大地上孕育中华文明的一片最古老土地。2006年，"全国十大考古新发现"中，就包括有深圳大鹏湾畔的咸头岭遗址。考古学家们在遗址上挖出了一个555平方米的深坑，在坑内4~5米深处，发现了房屋的基石断墙，烧饭的锅灶，和大量的陶器，其中有彩陶、白陶、夹砂陶片等。陶器是早期人类必备的生活用具，用来盛水、装食物。在世界各地人们早期生活的遗址中，都发现了各种各样的陶器。而中国人后来在陶器的基础上发明出了瓷器，这是对人类生存意义重大的发明之一。由于中国人的这项发明，瓷器（china）成了中国（China）的同义词。咸头岭的实物证明，早在七千多年前，我们的先民们已经生活在深圳大鹏湾这块土地上了。七千年，对于人类文明史来说是一个很长的时间概念。在人们常说的人类古文明诞生地中，西方学者认为人类文明最早的发源地在古埃及的尼罗河流域和古巴比伦的两河流域（今天伊拉克的底格里斯河和幼发拉底河）。按照《全球通史》作者、美国学者斯塔夫里阿诺斯的研究，他认为人类第一个文明中心出现在两河流域的苏美尔。时间距今约六千年。外国学者们认为黄河流域的中华文明历史只有三千多年。咸头岭遗址的实物说明，七千年前中华念祖的先民们，已经生活在后来起名为"深圳"的这片土地上了。由于有了咸头岭的考古发现，可以说，中国文明诞生的时间其实与其他文明古国文明出现的时间差不多。也许在古代中东美索不达米亚平原上巴比伦人用陶罐储水、用陶土锅烙饼吃时，咸头岭的先人们也在用陶罐盛水、将陶锅架在火坑上煮美味的鱼汤喝呢。

二

深圳这块地方很早就有人类活动这个事实，因为有咸头岭遗址得到了证明。那么，这个地方后来是怎样发展的呢？翻开历史书卷，可以看到这片土地发展的线索。

公元前221年秦始皇先后打败齐、楚、燕、韩、赵、魏6国后，开始发动了平定岭南的战争。这场战争打了3年。于公元前214年统一了岭南。这里分设了南海、桂林和象郡3个郡。郡相当于后来的省。秦朝初设36个郡，后有所增加。当时的深圳地区属于南海郡下属的番禺县管理。这时候的深圳还是一个穷乡僻壤，默默无闻，十分寂寞。公元前110年（汉元封元年），汉武帝在全国28个郡设盐官，南海郡番禺盐官治所驻地设在南头（位置在今天的南山区），史称"东官"。"东官"的含义是"东方盐官"的意思，可知当时这一带盛产海盐。

宝安单独成为一个县级政权是从公元331年开始的，至今1680年。这一年的中国为东晋朝代，皇帝名叫司马衍。东晋政权在南海郡东南部设置了东官郡，下辖宝安等6个县，郡府和宝安县治均设在南头。起名"宝安"是因为当地有宝山，寓意"得宝而安"。当时的宝安县包括今天的深圳市、东莞市、中山市、珠海市及香港地区。深圳作为广东南部东官郡6县的行政中心，曾盛极一时。明王朝统一岭南后，于1394年（明洪武27年）建筑了东莞守御千户所城（今南头古城），其管辖的范围，东到陆丰碣石，西到上川岛，成为著名的海防重镇，有"虎门外卫省会屏藩"之称；与此同时，还建立了大鹏守御千户所（今大鹏古城）。这块土地做为城市的历史从这里开端。直到改革开放前，这里最高是县级建制，有段时间县的建制还被撤销。公元1573年（明万历元年），在原宝安县地区，设立了新安县。取名"新安"，有"革故鼎新，去危为安"的意思。从新起的名字中能够感觉到当年明王朝处于内忧外患的危机形势中。

历史上第一次出现"深圳"的名字是在清朝。公元1661年，清朝政府为防止忠于明王朝的遗民们利用沿海地区进行抗清活动，在边境修筑了深圳、盐田、大梅沙、小梅沙等边防墩台。深圳是什么意思？"圳"是"田野里的水沟"（《现代汉语词典》）。深圳是偏僻的田野，这里没有大江大河，只有几条相对深一点的小河沟。这个名字准确地描述了当时深圳地面的容貌，十分准确传神。与"宝安"的含义与财富关系密切不同，"深圳"这个名字的出现与政治军事形势有关。从这块土地上先后出现的这两个名字上，能够看出中国从古时候的富强平安，到近代变得战乱羸弱的历史线索。

三

宝安"得宝为安"，与宝物有关。实际上，当时的宝安确实有一座"宝山"。这座"宝山"位于如今的东莞市樟木头镇境内（当时这里亦属宝安县）。宋朝有本书上说：宝安"山有宝，置场煮银，名石瓮场。"所以，宝安的宝，与银矿有关；宝安的宝就是金银财宝。

虽然，"宝安"起名于拥有财宝。但是，实际上在两千多年的历史长河中，只有在东晋时期，宝安曾经富裕过，南头古城曾经繁荣过。而这里当时的富裕、繁荣程度，也就是在南海沿岸的小范围里比较而言，估计无法与中原和江南一带相比。历史上的更多时间里，这里被战火的硝烟骚扰，被贫困的命运摆布，在动荡不安的阴影里生活。

到了改革开放前夕，深圳河对岸的香港居民迅速富裕起来。香港在历史上就是宝安县的一部分，那里的居民原来本是宝安居民的兄弟姐妹。所以香港土地上发生的事情，对宝安县的居民影响尤其巨大。因此，为追求财富，宝安开始出现偷渡现象。个别人的偷渡经常发生，大规模的偷渡事件发生了4次。当时的深圳，作为边防禁区，有强大的边防军事力量，各单位也始终保持政治控制力量，但是仍然控制不住局势。不断有人冒着生命危险，翻过高

深圳曾经多次出现过逃港事件。
图片由宝安区档案馆提供

高的铁丝网，游过波涛汹涌的海湾，到香港去挣钱。宝安好像成了一个贫血病人，不断失血，身体越来越虚弱。由于贫穷，开始出现社会动荡。即便是始终保持着很强的政治压力和军事力量，仍然没有办法让这个地方平静下来。

得宝而安，得到财宝就能安定？

宝安怎么办？深圳向何处去？

改革开放前的深圳，像一把困在盒内的宝剑；剑在匣中待时飞，时机就是改革开放……

第一回 中企鹏城摆战场

八大金刚显神威

绘图：王建明

　　庄子写了一篇名叫《逍遥游》的文章，文章中说了这样一个故事：在北方的海洋里，有一个名叫鲲的大鱼，鱼身长几千里。有一天大鱼变化成了鸟，名字叫鹏。鹏鸟的背也有几千里长。这一天，鹏鸟奋起高飞，两个长长的翅膀上下翻动，好像是从天上垂挂下来的云彩。鹏鸟飞向了南方浩瀚的海洋……

　　深圳人非常喜欢这个故事。大家都坚持说，庄子说的鹏鸟飞到南方的地方就是深圳。后来鹏鸟落到海洋里化作了一片陆地，这片大海就是深圳东面的大鹏湾，陆地就是伸入大鹏湾里的大鹏半岛。600年前，明朝洪武年间，中国海军还很强大的时候，在大鹏半岛设立了一个军营，名叫"大鹏所城"。这个军营里先后住过清代赖恩爵等"三代五将"，取得了"九龙海战"的许多胜利。深圳另有一个"鹏城"的名字，就是这么来的。

　　如果说深圳真的就是庄子说的鹏鸟，漫长岁月里潜在南海大鹏湾里隐姓埋名。改革开放年代里，大鹏鸟再一次奋飞，从一个边陲小镇变成了现代化大都市。鹏城有一副巨大无比的翅膀，要想起飞，一定要借助巨大的风力。以前没有这样巨大的风力，鹏鸟只有静静地蛰伏数几千年。党的三中全会召开以后，中国大地上刮起了改革开放的强劲东风，大鹏鸟才有条件张开自己像"垂天之云"的巨副双翅冲上青天。

这是一个美丽的童话。

1983年秋季一天的上午。

深圳市委宣传部的一名年轻干部，处理完桌子上的文件，匆匆翻阅了当天的《深圳特区报》，将办公桌面收拾整齐，准备到基层单位去调研。

市委机关不久前才从罗湖老街附近的宝安县老办公楼，搬到了位于深南大道与上步路交界路口的这座新办公大楼里。办公大楼六层高，在四周是菜地、灌木、树丛和低矮的农村民居围绕的环境里，办公大楼显得高大雄伟。

市委机关所在的地方属于上步村的地盘，上步村距离市委机关南面不远。上步村的南面是深圳河，跨过深圳河就是香港新界。据史书记载，上步村自清代康熙年间就有了。《永乐大典》中，在"广府风俗形势"中说："水谓之步，当是水津。""步"同"埠"，含义是水陆码头。"上步"的意思是"在河流上游的码头"。也许是因为市委机关落户在了上步村地盘里，深圳酝酿经济特区分为3个行政区时，城市中间的这个区就起名为上步区。

市委机关大楼是由来自辽宁鞍山的基建工程兵一支队一团修建的。这位年轻干部对此特别感到骄傲，因为他就是从这支部队转业的。这一年，中国军队有大变化。根据国务院、中央军委的命令，全军精简100万人部队。铁道兵、基建工程兵两个兵种被撤销；工程兵兵种撤销缩编到总参成为工兵部。战士们调侃说，"一只巨大的铁公鸡被宰掉

深圳市委大楼。该楼于1981年年由基建工程兵部队修建。

摄影：段亚兵

了"。梁湘等深圳市委领导看好这支部队，同意基建工程兵两个师两万人调入深圳，集体转业组建深圳市建设集团。当时的深圳很缺乏干部，于是部队的许多干部被调到市委市政府机关和其他一些单位充实力量。这位年轻干部就是这样被调到市委宣传部的。6月，他穿着军装到宣传部报到，被分配到宣传处工作。9月，部队集体转业。今天是他个人身份从军人变成老百姓的第二天。这位年轻干部就是我，本书的作者。

我走下楼来，在大门两侧的自行车架上找到自己的单车，打开车锁，骑上单车出行。出大门时下车对站岗的士兵点头致意，又一蹁腿骑上单车右拐，沿着深南大道向西行去。原来没有什么深南大道。深圳建市以前叫宝安县，县城建筑集中在罗湖火车站和广深铁路沿线一带。向西走过蔡屋围村就是农村。从罗湖到南头只有乡间小路。1979年深圳建市时修建了从蔡屋围村到后来的上海宾馆约2公里长的道路。马路7米宽，仅够两辆卡车对开。尽管又窄又短，重要的是，深南大道诞生了。后来，梁湘率队赴新加坡考察，狮城宽敞的道路让他深受启发。回到深圳，市委、市政府决定在深南路两侧各留出30米的绿化带，并在深南路中间的绿化带中预留16米以备以后修建城市轻便轨道交通路线。在当时深圳只有几十万人口的时候，做出这样的决策不能不佩服梁湘眼光的长远。

过了深南大道与上步路的十字路口，前行几百米，我来到一个名叫下巴厂的地方。一个高坡地上建有一个宽大的厂房。下车走进厂房一看，天车隆隆行走，电焊火花闪闪，汗流浃背的工人们正在装配汽车，一排崭新的东风牌汽车停放在厂方的后面。这里是湖北十堰第二汽车制造厂在深圳开设的一个装配厂，装配好后的汽车在当地销售，或者通过香港销售到国外。一年后，在北京举行的国庆35周年阅兵游行中，有一辆白色大鹏鸟造型的彩车出现在游行队伍中，大鹏鸟身体上写着小平同志写给深圳的题词："深圳的发展和经验证明，我们建立经济特区的政策是正确的"。彩车使用的车体就是由下巴厂装配的东风牌大型拖车。

再往西行，过了燕南路口，有一栋七八层高的大楼，是由国家轻工业部投资兴建的。大楼里开设了兴华商场，展示和销售来自全国各地的轻工业产品。当年的深圳没有工业，几乎所有的日用百货商品都要从国外进口，或者内地运来。轻工业部的企业进入深圳，从全国各地组织运来内地丰富多样便宜实用的商品，不光满足了深圳的需要，还通过深圳出口到香港，转销到许多国家。

继续西行，进入了工地。推土机推土平整场地，机械轰鸣，尘土飞扬。泥头车穿梭运输土方，气势震人。数座正在运转的打桩机发出砰砰巨响，脚下的大地被震动。工地前的路边上竖立着一些广告牌，上面写着"核电大厦"、"爱华大厦"等等楼名，画出了大厦雄伟的造型模样。我从内地过来不久，知道常规的建楼速度，小平房建成要几个月，小楼房建成要一两年。看着这些广告牌，我感到十分有趣。眼前的环境是这样的荒凉，这些画在广告板上的大楼如此之高，都是些20多层高的摩天大厦，怎么可能一两年建成呢？夸张的宣传，美好的愿景……恐怕是画了一个饼，好大的面饼呀！

往前看，一座20层的大楼出现在眼前。我知道这就是有名的深圳电子大厦。当时深圳最高的大楼就是20层，一共有两座，一座是罗湖区的国商大厦，另一座就是这座电子大厦。大厦的建设单位是中国电子进出口总公司深圳分部，听说公司负责人周志荣因为走私案被逮捕。这座大厦也是由我们基建工程兵部队承建的。我进入大厦工地看望战友，真的遇到一些认识的人，战友相见握手拍肩拥抱，不知有多亲切。看着他们在烈日下工作皮肤晒得黝黑，满脸灰尘，挥汗如雨，身上的旧军衣上泛出层层汗水留下的白碱。有一位战友走上前来，抓住我的手热情地握起来。他的手上满是老茧，像是晒干的牛皮，毛毛刺刺的，像锉刀一样扎人。当时我想，就是因为先头进入深圳的战友们甘于吃苦，敢于拼搏，用自己的出色表现打出了名气，给梁湘等市领导留下了良好印象，主动热情地接纳了这支部队，才给了我们进入深圳参加特区建设的机会。我真的感谢战友们，为他们的拼搏精神所感动。

这时我看见头戴安全帽、身穿沾满泥水工作服的马成礼走了过来。他是鞍山基建工程兵一支队（支队是师建制）副参谋长，随着一团进入深圳，是部队指挥所领导人之一，负责指挥施工。马成礼看见我很高兴，拉着我的手聊天，介绍施工情况。他讲了电子大厦影响深南大道扩建的一个小插曲。梁湘等市委领导考察新加坡回来，做出了拓宽深南大道决定。于是，准备通知刚刚破土开工的电子大厦停工，等待新的规划图纸出来后再建。但是不知哪个环节出了问题，没有及时通知到建设和施工单位。当领导们在北京参加完一个时间比较长的会议回到深圳检查工地现场时，发现电子大厦已经长高了十几米。怎么办？如果拆除，损失巨大。当时极度缺钱的深圳领导还没有这样大的魄力。最后无奈地同意电子大厦继续施工。由于出现了这样一个失误，深南大道的深南中路宽度少了十几米。如果电子大厦建设速度没有那么快，深南中路再能拓宽十几二十米，那深南中路就会是另外一个样子了。怪谁呢？怪深圳的规划部门眼光不够远大？怪那次北京的会议开得时间长了一些？怪我们基建工程兵施工速度太快？不管什么原因，总之造成了深圳城市建设中的一个遗憾。

告别战友往西行，看见一栋六七层高的小楼，是赛格大厦。赛格集团整合了深圳大部分电子企业，成为一个集团公司。

继续西行，穿过华强北路，来到了华强电子公司厂区。华强公司是广东省电子厅属下的企业，原来在韶关的粤北山区。华强是最早进入深圳的企业之一。

华强公司的西边是中航技公司，是国家航空工业部属下的企业。中航技公司占地面积很大，达10多万平方米，已经建起了几栋标准厂房。靠近深南大道路边的厂房里开设了天虹商场。其他厂房里开办了许多高科技企业。

中航技公司为什么能拿到这么一大片土地呢？一是因为中航技公司进入深圳早，二是因为有实力。中航技的全名是中国航空技术进出口公司，成立于1979年11月1日。中央决定对广东、福建两省实行特殊政策和灵活措施后不久，中航技就在广州设立分公司，同时在深圳设立办事处。深圳经济特区正式成立的时间是1980年8月26日。所以，与中航技人谈话时，经常会听到他们说："中航技与深圳经济特区一起成长……"为要土地，航空工业部段子俊副部长亲自来到深圳找梁湘说服说："航空工业是苏联援建的156个项目之一，也是国家投资比较多的重点企业。航空工业技术水平高、设备好，以我们的精尖产品和技术优势吸引外资，可以为特区装扮一个亮丽的门面……"段子俊副部长的话极有说服力，梁湘同意划给了中航技这片土地。据说，深圳市领导当时愿意划给中航技更多的土地，在深南大道的南面也可以划出面积相当的一块土地。但是中航技的领导考虑开发的土地越多，需要的资金越多。犹豫了一下，没有要路南的土地。这有点像当年袁庚在南山半岛批地不敢多要故事的翻版。否则今天的中航技会有更大的地盘。

1981年3月开始，大型推土机开进这片土地，削平山头，填平沟壑，短短一个月时间实现了七通一平。同年9月，建成了4栋牛毛毡的快装厂房和简易办公房，先后开办了南航电子厂、航空精密模具厂、深圳航空铝型材厂等。1982年4月，中航技深圳办事处升格为中航技深圳工贸中心，第一任总经理是李国富。中航技人实践了对深圳的承诺，在深圳的高新技术产业发展中发挥了中坚作用，成为深圳华强北街最早的奠基者之一。

我停好单车往西面散步，进入一片树林。树林里的树木，荔枝树居多，枝叶茂密，郁郁葱葱。突然我看到在一个坡地上有许多土罐子，圆形的，黑乎乎，大小如小水桶。有几十个吧，密密麻麻摆满了小山坡。咦，干什么用的呢？有点像北方居民腌咸菜、泡酸菜用的泡菜坛。里面装的会不会也是咸菜呢？如果是咸菜为什么放在野外没人管呢？我正纳闷，看到前面有一位修剪果树的农民。我走上前去打个招呼，手指土罐子问他是干什么用呢？农民回答说："这叫捡经罐，是用来放去世老人骨头的……"我听了此话大吃一惊，心里一边念叨着"对不起，对不起"，一边继续听他讲。"我们这里的人安葬有个习俗，老人去世后先土葬，经过许多年，待肉体腐化被土地吸收后，挖开坟墓，把先人的骨头拣出来，装在这些捡经罐里，选风水好的向阳山坡地上放一段时间，再择日再次埋葬。这一次才真正入土为安了……"当地为什么会有这样的风俗呢？我百思不得其解。再问果农，他也说不出个所以然，只是说"老人们传下来的风俗就是这样的。"

从中航技公司的地盘出来，我推着单车穿过深南大道。深南大道正在拓宽修建。有的路段挖掘机在开挖路基，有的路段压路机在压平路面，有的路面在浇筑混凝土、铺设沥青。以我从内地小城市来的眼光观察，我觉得有二三十米宽的深南大道其实不算狭窄；但是，路面确实有些高低不平，车辆行走时，一会儿爬坡，一忽儿下行，不是太舒服。听说梁湘等市领导到新加坡参观，看到当地宽敞的马路和马路两边大片的绿地，感到深圳道路的标准不够高。决定重新制定深圳道路标准。尤其是要对深南大道做一次大规模、高标准的改建，按照60米以上的宽度标准拓宽道路，削高填低，平整路面，让深南大道成为能够与新加坡道路媲美的中心大道。

穿过马路，我顺着深南大道从西往东走，时间差不多了，该回机关吃中饭了。回程路上，在深南大道的路南我又看到很多在建工程，或者广告牌。先是北方大厦，由兵器工业部建设；接着南方农垦大厦，由农业部建设；统建楼，投资方中有核工业部，等等。

看着前面快到市委大楼了，没想到天空中忽然飘下来雨点。海滨城市，夏秋季下雨是家常便饭。开始时，是绿豆小雨；很快变成了黄豆中雨；马上又变成了蚕豆大雨。路上行人纷纷找地方避雨，我推着单车急忙跑到一个工地正在建筑的大楼里躲起来。雨越下越密，雨点越来越急，最后雨珠连成了一线，好像是天上的水通过无数透明水管射向地面，密集喷射，什么样的雨伞都抵挡不住。看样子一时半会儿雨是停不下来了。下雨时几分钟我身上就已经湿透了，黑皮鞋也被泥巴水染成了黄色。我躲在建筑物的屋檐下，呆呆地面对大雨，看着地面上迅速汇集起来的小沟流水，心里想着今天上午调研看到的情景。

深南大道是一条贯穿深圳东西的主要道路。深圳大道分为东路、中路和西路三部分。其中从市委大院到中航小区，也就是我今天上午行走的这一段路，属于深南中路中的一段。这条路长不过几里路，但是云集了国家十多个部门在深圳投资的中央企业。有人称这段路是"央企八大金刚扎堆"的地方。这时候的深圳有两个热闹地段，一个是罗湖区的东门老街一带，是深圳原来的县城商业区；还有一个就是正在形成的深南中路这一段，与华强北路形成一个十字形商业街区。央企聚集，资源汇集，预示着这里将要成为深圳一个重要街道。当时很多人都感觉到了这一点，但是后来这条路发展速度远远超过人们的想象，这里成为创业大舞台，商业万花筒，财富聚宝盆，上演了一场场财富传奇的活剧。再后来，华强北路（包括深南中路这一段）不但成为中国著名商业街，甚至在世界上也产生了很大影响。

央企为什么会如此集中地来到深圳呢？饮水思源，这要感谢王震同志。

1978年11月中央召开十一届三中全会，做出了党的中心工作转移到以经济建设为中心上来的决定。三中全会像春风一样吹绿了中国大地，从此改变了中国的命运。

中央和国家各部委、全国各省市认真贯彻中央精神。王震做事从来讲雷厉风行，这次当然也迅速地行动起来。1979年12月，他率领国防工办主任洪学智以及国防工办系统的航空工业部、七机部、八机部、电子工业部、兵器工业部20余位部领导，来到边陲小镇的深圳实地考察。新成立的深圳市委招待所条件非常简陋，食堂是用铁皮搭建而成，狭小的场地里最多只能摆设3张饭桌。王震就住在这个招待所里，在铁皮房子里吃饭。

到达深圳的当天下午，王震就在招待所会议室开会，听取深圳市委书记张勋甫汇报工作。张勋甫汇报说，对新成立的深圳来说，搞好城市规划是最着急、最重要的工作之一，但困难的是深圳非常缺乏专业人才……。王震表示说："这方面我们可以支持你们，回去后就调规划设计人员来。"王震离开深圳一个月后，就抽调了100多名城市规划设计人员到深圳，帮助做好深圳的地质勘探、城市规划设计等。

王震这次带领20多名部级干部到深圳，一方面调查了解情况，为深圳的发展出谋划策；另一方面也启发了各部的领导，让大家认识到应该积极利用深圳这个改革开放的窗口，对外开放，内外交流，尽快将我国的国防工业、电子工业发展起来。可以说由于三中全会精神的指引，王震副总理带头调研，最终在深圳出现了"央企八大金刚"到深圳各显神通的结果。

雨过天晴，我回到了机关。

时光穿梭，光阴似箭。30年的发展弹指一挥间。

2010年8月26日，是深圳经济特区成立30周年纪念日。这一年，深圳开展了一系列纪念活动。作为一个文化人，为力所能及给深圳做一些实事，为感恩这座城市给了自己燃烧青春、实现理想的机会，我写作了一本《创造中国第一的深圳人》的书，选择了能够称得上"中国第一"的30件事记录下来，算是自己献给这座城市的一份礼物。

为写这本书，我又来到央企扎堆的深南中路这一段，收集材料，看看30年里这条街上发生的变化。这次与上次相比，有几个不同：当年30出头的年轻人，如今已经成为年近花甲的老人；职务由副科长提升为副部长；天津产的飞鸽牌自行车，换成了广州汽车公司生产的丰田凯美瑞小轿车。

车出门右转在十字路口遇到了红灯。停车向左手望去，有一座由上步村投资兴建的20多层高的上步大厦，单是这座大厦就知道如今的上步村实力不俗。从上步村想到了上步区这个名字，后来改名为福田区。人们说"上步区"的名字寓意"上不去"，不吉利。巧的是深圳还有一个地名叫"下步庙"。每当深圳经济发展出现低谷，总有一些懂风水的人出来说："上不去，下来也不妙"，建议改地名。不知道是不是真的因为这个原因，后来上步区改名为"福田区"。这个名字不是领导拍脑袋想出来的，"福田"也是自清代康熙年间就存在的村落之名。据说"福田"的说法早在南宋就有了，来自"湖山拥福，田地生辉"的题词。而在我看来，"上步区"这个名字其实挺好。深圳早期创业的时候，也就是福田区还叫"上步区"时，深圳艰苦创业，真抓实干，大刀阔斧，成绩斐然。名字叫"上步区"，实际工作"上去了"，实际生活中有很多这样名实不符、甚至效果相反的例子。比如说给儿子起个名字叫"富贵"，不一定以后真的能又福又贵；给女儿起个名字叫"引弟"，也未必真的能引个弟弟出来。所以有些聪明人反而反着起名字，生个孩子起名叫阿狗阿猫什么的，没准长大了反而会成为大人物。当然我也承认

今天的上步大厦。
摄影：段亚兵

"福田"名字更加吉利。30年里，深圳城市景观的变化，可以用"翻天覆地，沧海良田"八个字形容。

深南大道经过多年多次改造，已经不是当年那个高低不平、坑坑洼洼、宽窄不一的乡村马路，变成了横贯整个深圳南北、30公里长的城市第一大道。道路两旁，高楼林立，现代美观的大厦鳞次节比，像蜿蜒的长城一样随着大道延伸。深南中路往西出了上海宾馆好像江河临近出海口，路面一下子变得宽阔舒展。道路两边早年栽下的大片树苗已经长大成林，道路中间预留的宽敞空地上，绿茵茵的草地，红彤彤的鲜花，景色十分悦人。来深圳经过这条大道的游客，没有人不称赞这是一条"美丽无比的迎宾大道"。当年大连市的一位领导曾赞叹说："我们大连有多个美丽的城市广场，但是城市道路没有办法与你们的深南大道相比。"我到过巴黎的巴黎香榭丽舍大道，也到过美国曼哈顿的第五商业大街，深南大道硬件的整洁美丽程度与它们相比绰绰有余。今天的深南大道西端，衔接上新建的宝安大道，整条道路转身向北延伸，直到东莞，全长60多公里，超过了"神州第一街"的北京长安街，成为我国最长的市政大道。

绿灯亮了。车轮滚动，行走在深南中路上。宽阔黑色的路面上，白漆线分割出10条车道，优质沥青铺设的路面十分平坦，汽车行走在上面没有丝毫颠簸，车轮压在路面上发出的沙沙摩擦声音，十分悦耳。驾车行走在这样平整舒适的道路上，看着四周高高低低华丽装饰的大厦，欣赏路边修剪整齐的树木景观和鲜艳夺目的广告牌节目，感觉好像在城市客厅里散步，感觉美妙极了。

越过十字路口，右手边就是当年的下巴厂。高高的坡地被铲平，建起了数栋大厦。首先进入眼帘的是华联大钟楼。这栋建于1988年的大楼太有名了，因为楼顶四面都有巨大的电子钟。当年24层的华联大厦是附近最高的建筑物，每当宏亮的钟声响起，罗湖、福田一带都能听得见，

华联大钟楼。
摄影：段亚兵

甚至深圳河对面的香港的居民也能听到清脆的钟声。1983年国家纺织部
属下的华联纺织有限公司在深圳成立，后来改为华联发展集团公司。因
为有纺织部的支持，纺织印染产业是深圳最先发展起来的产业之一，为
深圳的早期发展作出了巨大贡献。后来这些传统产业逐渐退出了深圳的
舞台，但是服装产业始终是深圳的支柱产业之一。特别是深圳的女装一
枝独秀，涌现出来影儿、马斯菲尔、欧柏兰奴、艺之卉、歌力思、杰西
等品牌服装，在全国享有盛誉。

　　大钟楼的西面是广东核电集团大厦。广东核电成立于1994年9月，
是一个注册资本102亿元的大型企业集团，拥有大亚湾核电站、岭澳核
电站等。深南中路路南，广东核电大厦的对面是中国核电大厦。两座核
电大厦对视相望，告诉人们核电在深圳发挥了重要作用。

　　核电大厦往西，越过兴华大厦就是爱华电脑大厦，看着眼前密密排列的高大楼群，我想起了20多年前看着大厦地址前的广告牌，认为是"画饼充饥"。感觉自己有些好笑。后来短短几年里，深南大道两边的高楼大厦像雨后春笋一般破土而出，拔节劲长。接着，就在国贸大厦建设中创造出了"三天一层楼"的深圳建设速度。事实令人信服地证明，当时不是深圳画饼充饥，而是自己是个井底之蛙。那时候的我刚刚从长江边的小城市马鞍山过来，目光短浅并不奇怪。不要说我，就是从内地许多大城市来的人，也常常为深圳惊人的建设速度而震撼。实际上，从世界各地来的外国朋友，包括像比尔·盖茨、巴菲特这样的大人物，当他们听说深圳30年里从一个边陲小镇变成了今天的现代化大都市，也是万分惊讶，张大了嘴半天合不拢。

尽管深南中路非常宽敞，但是车辆太多了，道路仍然有点堵塞。车的河流缓慢地流动。我在右手边看到了深圳电子大厦。当年鹤立鸡群的电子大厦，如今在高楼大厦林立的环境中变得一点都不起眼。中电公司在深圳电子大厦旁边，又建起了更高更现代化的中电科技大厦等许多楼宇，中电公司也变成了一个拥有几十亿资产的大型企业。

再往西，就是著名的赛格广场大厦。大厦太高了，坐在车里是没有办法看到楼房顶端的。只有摇下车窗，偏头伸出去，才能看着大厦像铁塔一样直冲云霄。天上白云飘飘，让人形成错觉，以为大厦摇摇晃晃，有点吓人。

穿过深南中路与华强北路繁忙的十字路口，右手边是华强电子市场。华强市场后来者居上，规模超过了赛格电子市场。这两个单位守在华强北路路口，既是同盟军，又是竞争者。说他们是同盟军，是因为兄弟两个联手把深圳电子市场搞活了，做大了，蛋糕做大了，当然大家分的也就多了；说竞争者，是因为两个单位像两只老虎把守在大街的路口，两虎相争自然会有一番恶斗。

驱车再西行，就到了中航小区。如今10万平方米的小区里，高高低低的楼房早就建得满满登登。面向深南中路的一栋厂房，位置优越，于1985年1月开办了天虹商场。这是华强北商业圈内最早开业的大型百货商场之一。由于商品齐全，服务优质，价格便宜，天虹商场深得顾客们的喜爱。现在这里又成了一个工地，天虹商场几年前被拆掉，中航技公司与香港李嘉诚的和记黄埔地产合作，投资100亿元，将建起一个面积达82万平方米的新中航城，这是一个集五星级酒店、超甲级写字楼、国际服务式公寓、城市级购物中心、高档住宅公寓为一体的超大型城市综合体。

新的购物中心当然会更好，但是我对天虹商场有深厚的感情，就好像是老朋友之间的那种感情一样。回想起过去20多年里，我经常来这个商场购物，商场的每一个角落都留下了我的脚印，我熟悉商场的每一个柜台……如今天虹商场已被拆掉，心中有说不出的惆怅，许多常来老天虹广场购物的顾客们都有这样的感觉。虽然天虹商场的诞生地大楼被拆掉了，但是天虹首创的"百货+超市+X"的经营模式却成功了。"天虹"已经成为国内最著名的百货商场品牌之一。到2011年6月，天虹已经在深圳、厦门、杭州、苏州、北京等14个城市拥有40多家直营连锁百货商场，连续10年进入中国连锁百强企业，是深圳和广东地区销售额最高、商场数量最多的连锁百货企业。

就像深圳这座城市一样，中航小区也在不断地变化，面貌不断翻新，好像是一个小姑娘长大一样，女大十八变，最后变成了一个俊俏的大姑娘。中航苑小区里建筑的变化只是外表的变化，好像一个人的外貌变化一样；中航更深刻的变化实际上发生在内部，中航技创办了许多技术含量很高的企业，生产出了能够代表中国产业水平的高科技产品，远销国内外。这样的变化才是对华强北、对深圳做出的重大贡献。

1983年成立的天马微电子公司，是液晶显示器(LCD)及液晶显示模块(LCM)的专业设计企业。经过20多年的发展已成为一家上市公司，是国内规模最大的液晶显示器及模块制造商之一。1987年成立的飞亚达公司，是国内钟表业唯一上市公司，代表着中国手表第一品牌，跻身世界三大航天表品牌之列。飞亚达手表伴随中国航天人遨游太空。2003年"神舟五号"上的杨利伟带着飞亚达航天表进入太空；2005年，"神舟六号"的航天员在太空中飞行115小时32分钟，手腕上戴的也是飞亚达表；2008年，"神舟七号"航天员戴着"天行者"飞亚达航天表完成中国人第一次太空行走的壮举。中航物业是物业管理专业公司，首创"经营型物业管理模式"，成为国内品牌管理公司。随着中航集团实力不断增加，开始走上资本运作的道路。1997年中深圳中航集团重组旗下7家企业，于9月29日成功在香港上市，成为第一家以控股公司形式设立并上市的H股公司。2011年9月，中航集团在香港举行新闻发布会，正式宣布用41.59亿元，基本完成从母公司中航国际及关联公司购入12家企业股权的交易。这一交易，不仅标志着中航国际整体上市迈出了坚实的一步，而且将实现在深圳设立中航国际深圳运营总部的目标。

正因为中航集团是央企中重要的技术领军者、管理模式创造者，在发展中得到了中央领导的关怀。1984年1月，小平同志来到中航电脑公司视察。参观中他被电脑下象棋吸引住了，饶有兴趣地看了一会儿说："中国人脑子聪明，可以搞软件开发。发展软件要从娃娃抓起……"1990年6月22日，江泽民总书记来到中航技集团公司科万实业有限公司考察，鼓舞了中航人。

我将车停在上海宾馆前面的停车场里，下车随便走走。1983年我第一次来到这里时，还没有上海宾馆。宾馆1985年正式开业。最早的3家股东是上海石化总厂、中航技工贸中心和香港深业公司，所以，宾馆起名为上海宾馆。上海宾馆楼不算高，体量不算大，但是风格中西合璧、线条圆直结合的设计很有特色，成为深圳记忆中的一个标志性建筑。2005年深圳市文化局、市规划局、市旅游局和深圳商报等单位联合主办

上海宾馆。
摄影：段亚兵

了"深圳改革开放十大历史性建筑评选"活动。评选结果上海宾馆榜上有名。评委会给上海宾馆的颁奖词是："很多年了，一座一座的高楼，在她身边崛起，一条一条的大路，从她身边延伸。她曾是20年前深圳的地标，那时她站在市区与郊区之间，为出门的人指明城市的方向，为回家的人照亮手中的车票。如今城市早不是那么小的城市了，她，欣然地站在那里，默诵着地图，翻检着历史，守望着回忆。"

　　上海宾馆的西面建了一条宽敞的华富路。我想起来修路以前这里有茂密的荔枝林。20多前我就是在这里第一次看到了当地人丧葬用的"捡经罐"。道路西面是大片的树林地，后来被建成了中心公园。这片公园林地东西800米宽，南北数公里长，从深南中路一直向北延伸过去，最后与笔架山公园连接起来。在闹市区留有这样一片大块的绿地，极其可贵，像城市的一个肺，为市民生成氧气，净化废气，提供满目绿色。

我向深南中路南面望去，那边也是高楼林立，气势不凡。斜对面就是兵器工业部的北方大厦。再往东面是风格相似、连成一排的统建楼，像是几个长相差不多的兄弟傻乎乎地立正站在一起。许多央企的总部设在这些楼宇里。说也奇怪，只隔着一条深南中路，但是两边的经营状况冷热不同，如天渊之别。大道北边，以华强北路为代表的商业街，是中国城市中销售额最大的一条街，成为具有世界影响的商业街；而大道南边，生意就差了很多，繁华程度实在没有办法相比。有些胆大不怕死的投资经营者，不断来到路南，比如说到与华强北路为同一条街的华强南路来尝试投资，但无论怎样努力、折腾，生意就是做不起来，真是邪了门了。究竟为什么呢？有人说这是风水的原因，风水在北不在南。那如果再问一句：常言道风水轮流转，这里的风水为什么在北面待了30年还不愿意过到南面转一转呢？风水先生就会讲出一大堆玄而又玄的理论说明原因，只是让人听不懂。

以我的看法，其实原因不复杂，是因为大道两边的规划布局不同造成的。按照深圳早期的规划，大道北边面积大，规划成为工业区。工业区里创办、聚集了大量的企业。企业制造产品，产生了销售的需要，自然而然就出现了商业。同时，工厂区里有大量的职工，有一定的购买力；再加上来自全国的销售人员和游客，形成了大量的消费群体。因此，想生意不旺都难。而大道南边呢？面积相对比较小，规划成以配套的住宅为主。不搞工业区就没有企业，没有企业，就没有资金流、物流、人流，因此很难发展起来。

对一个城市来说，工业产业才是最坚实的基础。由于深圳比较早地认识到了这一点，就使城市始终具有发展的后劲。30年后我们回过头来看深圳早期的发展，更加认识到深圳市领导早年决策的正确和眼光的长远，认识到央企早年在深圳经济发展中所起的决定性作用。才会明白为什么深圳能够建设成为一个科技立市的城市；深圳的高交会为什么能够成为中国科技成果交易的品牌博览会之一；为什么深圳能够培育出华为、中兴通信、腾讯等一大批具有世界知名度的企业；为什么华强北能够成为中国电子一条街。

如今的深圳，面貌彻底改变了。毛毛虫变成了美丽的蝴蝶。丑小鸭变成了高贵的天鹅。深圳从落后的农村变成了现代化的城市。乘着党的三中全会的长风，立在改革开放的潮头，在风言风语中忍耐，在大风大浪中成长。

应该说，深圳很好地完成了党中央和国家交给的多项任务：

改革开放的窗口；

社会主义市场经济的试验田；

中国特色社会主义的排头兵。

在中国实现工业化、城市化、现代化的建设中，深圳尽了责，出了力，做出了贡献。

我启动凯美瑞轿车，掉头上了深南中路，东行回市委大楼。在路上，我头脑里不断涌出的就是以上这些念头。

作者感悟

要想弄清楚深圳当年决策的正确性，看一看其它经济特区发展走过的曲折艰难的道路就知道了。比如说，有一个经济特区提出了旅游观光的发展定位，结果错失了黄金发展时期，使城市经济发展始终徘徊在一个很低的水平上。由此我们可以看清楚当年深圳市领导眼光的长远，在建市初期，就提出了"特区产业结构应以具有先进技术水平的工业为主"的发展方针。30年的发展史证明，这个决策是正确的。

光有发展工业的想法还不够，还有一个发展什么样工业的选择问

今日深南中路街景。
摄影：段亚兵

题。深圳早期发展的多是"三来一补"的加工、代工产业。深圳领导很快就认识到，发展这样的工业是没有出路的。于是，提出了发展高新技术产业的方针。

光有发展高新技术产业的想法还不行，要有懂得高新技术的人才才行。当时落后的深圳最缺乏技术人才。正是在这样的背景下，胸中有战略思考的市领导，眼光盯上了中央企业，它们是国家级掌握先进技术的主力军。深圳市的领导不断主动向中央领导、国家各部委领导汇报，请求支援；实行优惠政策吸引央企到深圳来发展。而当时正在积极贯彻落实党的三中全会精神的国家各部委领导，也在考虑怎样利用好深圳经济特区窗口的作用，发展外向型经济，把央企做大做强。

自由恋爱容易成好事；双方都有积极性才能两相情愿一拍即合。因此，当时几乎所有的国家各部委都安排下属企业到深圳投资办厂，建立对外交流的窗口，通畅销售渠道，多数取得了明显效果。央企进入深圳为当地带来了最早的人才、技术和资金，使深圳发展高新技术产业、建立外向型经济有了可能性。深圳最早的一批合资企业，几乎都是驻深的央企与外商合资兴建的。

央企为深圳的发展作出了重要贡献；深圳创业热土成就了央企辉煌的发展事业。

第二回 中电建立桥头堡
先锋折戟泪沾襟

绘图：王建明

中国人没有人不喜欢听屈原的故事。

屈原是楚国人，自幼勤奋好学，胸怀大志。早年受楚怀王信任，任左徒等职务，负责国家内政外交事务。春秋战国时代，天下大乱，诸国争雄，合纵连横，你死我活。屈原主张楚国联合齐国，共同抗衡秦国。但是，受到国内奸臣的倾轧和秦国使者张仪的暗算，昏庸的楚怀王疏远了屈原。楚国背叛盟国齐国，倒向虎狼之国秦国。屈原被楚怀王逐出郢都，开始了流放生涯。后来楚怀王吃到自己种下的苦果，被秦国诱去，囚死于秦国。顷襄王即位后，屈原被放逐到江南，继续受到迫害。公元前278年，秦国大军攻破了楚国国都。屈原的政治理想破灭，对前途感到绝望，同年5月投汨罗江自杀。

"亦余心之所善兮，虽九死其犹未悔。"这是屈原在《离骚》中的诗句。这句话流传了千百年，反复被人们吟诵。一位情操高尚的人，为了自己的崇高理想，受到委屈而无怨无悔。也许这就是诗句能够深深打动人的原因。人，感情丰富，但很脆弱，受不得一点委屈。古今往来，很多人受到了各种委屈和冤枉，他们心情郁结、苦闷、疼痛，心里的伤口难以愈合始终滴血。冤屈可能是人最难忍受的一种心情。

下面的故事与此有关。

4月的北京，虽然已经进入早春，但是天气仍然清冷。寒风吹过，身上掠过凉意。大地开始苏醒，树木开始返青，有些不怕冷的枝头上出现了一些绿色嫩芽尖。

1980年早春时节，时任位于广州的国营750厂代理厂长兼总工程师的周志荣，到坐落在万寿路的中央组织部招待所报到，参加国家第四机械工业部（即后来的电子工业部）召开的"电子工业科研十年规划会议"。他做梦也没有想到的是，会议期间部领导5次找他谈话，让他到深圳组建一家公司。

开始，周志荣感到很突然，对此不理解，表态不愿意去深圳。在他眼里，深圳是个十分特殊的地方，听说中央决定要在这里创办经济特区。由于深圳长期是政治边防，影响了经济的发展，基本上是什么都没有，一切都要从头开始。创业的艰苦对自己算不了什么，但是这个地方靠近香港，日夜受资本主义香风毒雾的吹拂，环境特别复杂。这后一点才是他最担心的，感觉完全没有办法把握。

这一天，德高望重的刘寅副部长又来找他谈话。周志荣再次推辞说："刘部长，我热爱750厂，如果嫌我能力有限，就将我调到一个小厂……"

刘寅回答说："750厂确实是部里最看重的厂。提议你到深圳，不是说你没有领导好这个厂。部下属的工厂中，你们厂上交的利润最多嘛。正是因为看到你在750厂的出色业绩，才考虑让你到深圳承担更重要的责任。"

刘寅常务副部长与周志荣（站立）。
该照片拍于1980年3月23日。
（图片由周志荣提供）

周志荣再次推辞说："部属的单位里，人才多多，藏龙卧虎。仅就部属同类的26个大厂里，总工程师们不是在苏联有工作经历，就是从美国回来的留学生。相比之下，只有我一个人是放牛娃出身，没有多少文化，恐怕难以服众……"

周志荣说的话，并不是矫情的过歉之词，他确实是一个放牛娃。他是江苏金坛县人，小时候家里很穷，就到一个大户人家去放牛。放牛放了4个月，爷爷看到自己的小孙子人太小，老是被大牛拉着跑来跑去，有时候会不小心摔个跟头，心里难过得要死，就去找东家辞了工，带孙子回家。但是，吃饭的问题还要解决呀，只好让奶奶带着孙子讨了几年饭。小时候的苦难生活，周志荣没齿难忘。

解放后，翻身得解放的周志荣一家6口人，分得了13亩2分田地。"我感觉我们家像枯死的树木发出了新芽。我像小鸟一样飞起来了，前途一片光明。那种欢欣鼓舞的感觉终身难忘……"周志荣经常给人讲这种充满了感恩之情的话。1950年国家开展大规模的农村扫文盲活动。村里办起了农民识字夜校。班上200多名学生都是大人，最小的一个学生是周志荣。读了3个月后考试时，他得了第一名。周志荣出色的成绩，引起了夜校老师的注意。老师来到家里，动员周志荣的爸爸让孩子上学。周志荣的爸爸读过一年私塾，他能体会到孩子渴望上学的心情，就爽快地同意了。根据周志荣的知识水平，老师让他直接插班到四年级。这个乡办小学最高只有四年级。半年后，有6名同学初级小学毕业，报考中心小学。中心小学录取了52个学生，周志荣又是成绩第一名。到1953年，中心小学有44个学生毕业，周志荣成绩还是第一。报考县中学时，全县招收200多个初中生，周志荣考试成绩排名14，但是在农村学生中分数最高。初中毕业时，他再一次拿到了优秀的成绩。

由于学习成绩一直很好，周志荣被保送到南京无线电工业学校上学。该校是由苏联专家帮助我国兴办的第一家军事通讯技术专科学校。

1959年毕业后，周志荣留校任教。不久，国家在广州成立750厂。学校号召年轻的教师到工厂工作。周志荣积极报名，来到了750厂。这可是一个拥有几千员工的大型企业，光是技术人员就有2000多人，其中留学回来的人比比皆是，有的甚至拥有两个博士学位。但是周志荣并不自卑，该怎么干就怎么干，凭能力干活，靠成绩说话。先是技术员，后到总工程师兼副厂长，最后任代理厂长兼总工程师，成为实际负责工作的最高厂领导。周志荣经常说："我一个放牛娃出生，最高学历中专生的人，成了国家这样一个重要大型企业的总工程师，没有党的培养这一切怎么可能？饮水思源，知恩图报。我是党培养出了的人才，党让我干什么我就干什么，永不退缩，不讲价钱，没有杂念……"

按照周志荣的为人，按理说对上级交代的任务不讲条件。但是，这一次不同，他感到不是应该不应该去做，而是自己能不能承担起这份重担，任务太重了！从部领导几次谈话中他感觉到了这项任务的重要和难度：深圳是改革开放的窗口，这里所做的任何事情都对整个国家改革开放政策的贯彻执行产生影响；而党和国家实行改革开放政策，又关系到中华民族复兴的大业。电子技术是渗透百业的核心技术，百业发展电子领军。因此部领导想在深圳建立一个桥头堡，表现出了主动为国家多作贡献的高度责任心。深圳的事情做好了，为中国现代化建设增砖添瓦；如果干不好，毁了自己的名声事小，影响改革开放的事业大。这就是他一次一次推辞领导提名的顾虑。

刘寅继续说服他："学习知识，学校不是唯一途径。放牛娃经过多年的刻苦自学，已经是一个技术能手了。许多大厂的总工程师中，你是走在前列的。你31岁当上总工程师，今年43岁已是750厂的代理厂长兼总工程师，组织信任你……那次承担海军交给的任务，你研发的产品性能，不就超过了苏联人的原型产品吗？"

刘副部长说的是周志荣在750厂当技术员时发生的一件事。上世纪

60年代初期，中苏两国关系交恶，苏联专家一夜之间撤走，有一个重要的军事通讯项目有可能半途而废，面临失败。周志荣决心拿下这个项目，他对该项目反复研究，专注研发，日夜加班，终于制造出了自主知识产权的同类产品。在一次军代表主持的项目评审鉴定工作中，将苏联的原型机，我们的仿制机，和周志荣研发的新型机，进行对照试验。结果是新型机的许多性能指标，不但超过了仿制机，而且超过了苏联人的原型机。为此，周志荣得到了国家有关部门和军方的大力表扬。

听刘寅提起这件事，周志荣心中一股自豪之情油然而生。周志荣更是舍不得离开750厂了，他竭力想说服领导："刘副部长，您是知道的，做技术研发的人不能长时间脱离技术研发工作，否则，知识会老化，脑子会迟钝，业务也就废掉了。我更愿意做技术研发工作……"

刘寅呵呵一笑说："这你就放心吧。我们怎么舍得让一个技术研发能手，去做买卖生意呢？你去深圳也就两年时间吧。基础打好了，局面打开了，部里还要让你回来做更重要的工作呢。"

话说到这个份上，再争辩没有什么意义了。周志荣最后表态说："如果部党组决定了，作为一名党员我无条件服从……"

刘寅高兴地握住他的手说："你是能干大事情的人，相信你会完成部党组交给你的这项艰巨任务……"

接下来，刘寅说了一席话，对周志荣产生了极大的影响。"小周啊，你是搞技术研究的，了解电子技术发展的历史。这门学科十分年轻，也就是一百年左右时间吧，但是发展速度多么快呀！这方面西方国家走在前面。电子技术发展速度一日千里，短短时间里已经形成了一股洪流。然而，解放前的中国基本上站在洪流外面，与此毫无关系。我们的电子技术发展是新中国成立后才开始的。一批学电子技术的专家和留学生冲破重重阻力从海外归来，将西方先进的电子科研技术引到了我国。50年代我们的电子产业开始起步，建起了一批以电子元器件、通信和雷达为重点的骨干企业，在10多所高等院校中成立了无线电系科，制定了发展电子科学的十二年规划。接着，完成了为研制原子弹和导弹的电子配套工程，研制并生产了一批军用雷达、电台和其它通讯装备。文化革命中，尽管局面十分困难，我们还是取得了第一颗人造地球卫星发射成功、第一台集成电路计算机研制成功等重大成果……但是总的来说，我国的电子技术发展非常落后，与国外先进国家的差距不断拉大。没有哪个学科能像电子技术这样广泛应用，有很强的渗透力，对全面提高劳动生产率具有如此关键的推动作用。毫不夸张地说，由于电子技术的发展，人类社会正进入一个新的发展时代。我国提出了实现四个现代化的目标，电子技术将在实现伟大任务中发挥先锋作用。这就是我们四机部应该扮演的角色和肩负的重任。从科学技术发展的历史经验看，关起门来搞研发是不行的，闭关锁国的结果是落后挨打。党的十一届三中全会确定了改革开放的政策，对外打开了大门。我们要认真执行对外开放的政策，主动与外界接触，积极发展我们的电子产业。深圳是对外开放的窗口，是我们发展电子技术的桥头堡。四机部之所成立中国电子技术进出口公司，而且将公司的重点放在深圳，就是指望它能够承担起国家强盛、民族复兴的重担……你周志荣就是这支突击队的扛旗手啊！部党组研究决定，你任中国电子技术进出口公司深圳分部的总经理、党委书记。你们要在深圳开辟战场，建设起一个巨型电子城，就像北京东城区酒仙桥这样的电子城。北京的酒仙桥5万人，你们在深圳也要建设5万人规模的电子生产基地。通过搞中外合资合作，把国外先进的生产技术引进来。但是，部里不给你一分钱投资，你们要自己想办法。就像小平同志说的，杀开一条血路……"

刘寅副部长的一席话，说得周志荣热血沸腾，坐不住了，他腾地站起来抓住刘副部长的手使劲握。不再有什么顾虑，不再有丝毫犹豫，周志荣接过帅旗，踌躇满志进入深圳。

周志世荣进入深圳的时间是1980年。这时的深圳市区只有2万多人，城市顺着广州通往香港的铁路沿线铺开，除了罗湖桥附近有一些大型建筑外，解放路附近的东门一带算是最繁华的商业区了。急于发展高新技术产业的深圳市领导对四机部寄予很大希望，多次登门四机部请部领导派人到深圳开办电子企业。在这种背景下，对部里派来深开办的电子公司给予一些优惠条件是很自然的了。因此，划拨给了中电公司比较好的一片土地，就是华强北路东面建设了电子大厦和电子科技大厦的那一片土地。

当周志荣第一次来到这块土地上考察时，看见的情形是这样的：位置偏僻，十分荒凉。深南大道还是一条几米宽的小马路。土地是高低不平的丘陵地，田地荒芜，长满了杂枝野草，有的地方野草竟然长得比人还高。周志荣有点惊讶深圳的落后，不要说与内地城市比，就连自己金坛老家农村的情况都不如。

到了深圳首先安营扎寨。建房子没有材料，也没有钱买建筑材料，只有就地取材。买来一些大毛竹，用竹竿搭出房屋的骨架，把编好的草垫绑上去，就建起了一座不错的草屋。干部员工们都住进了草屋。没有自来水，就在院子里挖水井，解决喝水问题。

住草棚是权宜之计。居住条件差不说，草棚可能起火，下雨天难避风雨，遇到台风会被整个掀翻。再说，草棚做宿舍勉强可以，但是不能做工厂车间呀。周志荣开始张罗盖房子。当时的深圳没有大的建材店，砖头5分钱一块，要到番禺去购买，然后雇船水运穿过珠江口运到深圳河边卸货。一问费用，卸货一块砖5分，从河岸运到工地又是5分。周志荣嫌贵，决定组织公司员工亲自到河边卸货、运输。一个对当地边防政治情况比较熟悉的人紧张地对周志荣说："周书记，深圳这个地方历史上出现过4次大逃港事件，当地绝大部分年轻人都跑到香港去了。发生逃港事件是深圳的重大政治事故，领导人会被撤职。现在我们组织上百名员工到河边去，如果有人跳河逃港怎么办？我们负不起这个责任啊……"周志荣沉吟一下说："我相信我们队伍的政治觉悟，不会出现这种情况；当然我们应该防备万一，领导干部亲自带队，制定应急方案……"这一天，路上出现了一支队伍，周志荣亲自带队走在前面，队伍排队整齐，精神饱满，步伐有力，一边走一边唱着《社会主义好》的歌曲，引来许多市民围着观看。队伍雄赳赳来到河边，排队传递将砖头卸下，又装上货车。活干完后，员工们又排队唱歌回到了公司。结果，省下了一大笔钱，没有出现逃港的人。

车间房子盖好了，周志荣立即开始抓生产。组织生产也没有资金，就从最简单的来料加工做起，为港商组装收录机。组装5部收录机赚到的加工费，可以用来买1部收录机的散件，安装好后在市场上能够卖到300多块钱。公司所有的干部员工都投入到组装收录机的生产中，连周志荣也不例外。他与外商谈判结束，从市委开会回来，立刻脱下外衣，只穿着一个跨栏背心，坐到生产线上开始组装收录机。如果这时候有人想找周志荣，就是走到他旁边也不一定能认出他来，以为是个老员工。中电进出口公司最早的生产就这样开头了：先是为港商组装收录机；用赚到的加工费买收录机散件，组装好后售出。这样就有了加工费和销售产品两笔收入，中电公司开始有了一些积累。现在的人，能有几个人知道早年大名鼎鼎的国字号中电公司就是这样开始创业的？

1980年上半年的深圳还不是经济特区，当时的深圳缺钱，更缺人。没有人愿意到偏僻荒凉的深圳来，怕浪费了青春，耽误了前程。就是来到深圳的人也只是在观望。看看深圳能不能成为经济特区，能不能真正发展起来。有一些做生意的人来到深圳，抱着"淘金"的态度，看看有没有机会赚钱捞一把就走，也没有长远的打算。总之，那时候进入深圳的人，属于"飞鸽牌"的多，属于"永久牌"的少。正因为这样，深圳市的领导非常希望来到深圳的公司能够在深圳留下来，在深圳投资建厂，扎根在这块创业热土上。来到深圳大家就是登上了同一条船，大家应该风雨同舟，同进退，共荣辱，有了这种破釜沉舟决心的人，才有可能在深圳真正做出一番事业。

周志荣就是这种人。

虽然部领导谈话时，表示了他在深圳干两年就可以回部里工作的意思。但是周志荣可不是一个随便敷衍对付的人，他是那种"不干则已，干就干出个样子"的人。一到深圳，他就把深圳当成了家园。住在家里，能不为家园做点事吗？周志荣带领中电公司以极快的速度安营扎寨、投入生产后，他就开始考虑用什么样的方式为深圳做点贡献。

既然深圳的领导最希望来深圳投资办厂的公司能够扎根深圳，那我们就在深圳建一座大楼表示我们扎根深圳的决心！既然赋予这样的象征意义，这座楼就要建成深圳标志性的建筑。当时深圳最高的楼房只是5层高的深圳旅店，我们的大厦要建20层高；大厦的名字不叫代表企业的"中电大厦"，而要叫代表深圳的"电子大厦"，我们要让这座大厦成为标志着深圳电子工业起步的基石。这样做，符合部领导要求我们为深圳电子产业发展做贡献的要求，符合深圳市领导对我们国家队伍的期望。

建设一栋大厦可是张开血盆大口吃钱的大老虎，巨额资金从哪里来？周志荣手中并没有多少钱，但是只要想干就没有困难能够阻拦他。周志荣把每一分钱都攒了起来：部领导开始说不给一分钱，后来还是给了30万元开办费，这是周志荣手中最大的一笔钱；还有就是靠员工组装收录机挣钱，每装1部机能挣十几元，真有点像农村的老太太养一群母鸡靠生蛋赚钱；周志荣把公司的所有开支压到最低，包括干部职工的工资都不高。放牛娃出身的他最懂得节省每一块铜板。

选哪一支建筑队伍建设这座当时的"特区第一大厦"呢？一些活跃在当地的包工头纷纷找上门来抢这项任务，悄悄告诉周志荣：如果能把

电子大厦是由基建工程兵部队建成的。
该图片拍摄于1982年。
摄影：周顺斌

工程交给他们，会献上可观的"饮茶费"……周志荣一概拒绝，没得商量！他决定将工程交给从辽宁鞍山来的基建工程兵一支队的先头部队。选择这支队伍的理由很多：这是一支"劳武结合，能工能战，以工为主"的基建队伍，政治素质信得过；施工能力强，他们曾经在东北承担过大型工业烟囱的施工任务，拥有最高的大型塔吊，建筑设备有保证；更重要的是深圳市领导信任这部队，要把市委大楼交给他们施工。后来电子大厦的施工情况证明，这支队伍选对了，施工速度快，质量好，让人放心。电子大厦1981年1月20日破土动工。平地起高楼，造价很低，速度创纪录，轰动了香港。

短时间里，中电公司的管理走向正规，生产规模也越来越大。中电公司一手抓来料加工，一手抓外贸经营，生意越做越顺手。看着公司帐上的美元越来越多。中电公司也开始与其他公司合作成立合资公司。第一个成立的是京华电子有限公司，第二个是华发电子公司。这两家公司

深圳市领导与中电公司的领导
到京华电子公司工地慰问。
前排左二是周志荣。
该照片拍摄于1982年1月12日。
摄影：何煌友

是深圳,也是全国成立最早的中外合资电子企业。周志荣高兴地想，看这样的势头，部里交给的任务一定能够早日完成。电子部想在深圳建立一个电子生产出口基地，这是一个有若干工厂，有研究所，有学校，还有医院等后勤单位的综合单位，员工人数5万人以上。这将是电子部在北京以外的最大产业基地，是面向海外市场的桥头堡。周志荣感觉将在深圳这块创业的热土上实现自己的理想抱负。

就在周志荣拼命向前冲锋的时候，万万没有想到，后院开始起火，灾难慢慢向他逼近。

1982年年初深圳出现了少有的寒冷天气。像天气一样，中电公司内部冷风飕飕，流言四起，人心不稳。北京中央有关部门派人来到中电公司，找多人谈话，审查公司账目，说是有走私、偷税漏税等问题。周志荣开始认为是一般检查，没有想到事态会非常严重。在办案人员和电子部领导找他谈话了解情况时，他还很不服气地为自己辩护。

事情是由一名与京华公司合作的港商，在一批进口货物中夹带了5000件收录机散件引起的。这件事情的前因后果比较复杂，这里不赘述。

办案人员认为在这一单进口业务中，中电公司涉嫌走私。周志荣为自己辩解说："进口这批货是……，我并没有同意。我有批准30万美元进口货物批文的权力，这批货只有几万美元。如果我同意，有权发给进口批文，没有必要走私……供货的香港商人，根据合同采购了这批货，没有仓库存放，就在进口其他货物时夹带运输进来……我后来听了关于这件事的汇报后，明确表态港商这样做违反海关法。本人立即与另一负责人王国元召开会议，查清情况，并当即与王国元同志等一起去海关如实作了汇报，实际上阻止了这批夹带货物的进口。"

办案人员还认为中电公司涉嫌偷税漏税。周志荣又为自己辩解说："这件事发生后，我召开党委会讨论，要求公司业务、财务部门彻底清查了几年公司所有进口方面的纳税问题。清查的结果，几年间中电公司共漏缴关税17笔，金额约44万；但是，海关也重复多收了公司几笔税款，约21万元。有意偷税的情况不存在，漏税的错误确实有。但是，相比之下中电公司缴税更多，漏税数额占不到缴税总额的1%。功劳能不能补点过失呢？而且，发现问题后，我们立即向深圳市委书记和海关关长作了如实汇报，作了检讨要求补税，海关也同意这个处理办法……"

电子部领导严肃批评了周志荣，要求他作深刻检讨。看了他的检讨后，又给了他停职检查处分。周志荣委屈地掉下了眼泪，在部里他从来都是先进工作者，从来都是受表扬的呀，突然受到这样大的打击他真感到有些受不了。他安慰自己：虽然处理得有些重，但总算过去了。今后我要加倍工作，做出成绩弥补这次过失。在哪里跌倒，就在哪里爬起来。

天真的周志荣没有想到，他哪里还有用工作弥补自己过失的机会？

春节过后，2月26号，有关部门将他看管起来。接着被抄家。与办案人员想象的不同，一个多年当过大厂厂长兼总工程师、掌管经济大权的人，一个在深圳中电公司这样有地位、有权力的老总，家里竟然十分简朴，什么值钱的家当都没有，只抄出了一百多元现金。负责抄家的一个办案人员，看到这种情况感觉有些不可思议。他哪里知道，虽说周志荣是750大厂的代理厂长兼总工程师，尽管这个厂的许多有学历、从国外留学归来的副职和专家工程师们工资比较高，但是由于周志荣的最高学历只是中专，按照当时的工资管理制度，他的工资一直只有几十块钱。直到调来深圳前，电子部领导破格用部机关干部提级的指标给周志荣提拔两级工资，他的工资才提到61块钱。这么少的工资要养活一大家子人，而且要供两个孩子上学，怎么可能有多的储蓄呢？这位负责抄家的办案人员后来熟悉周志荣后，有些感慨地对他说："我抄过很多家，没有抄到一个像你这样清贫的家，你们家里什么都没有……。"

上学受老师表扬，工作后多次受领导表扬的周志荣，从来感觉自己像是走在铺满鲜花的道路上，遇见路人都送给他一束束鲜花。偶尔受到一次批评会感到委屈；现在被关押起来了，他怎么能想得通，怎么忍受得了呢？他感觉天塌下来了，眼前一片黑暗。他是那样的委屈，那样的无助，那样的绝望，这样活下去还有什么意思？他想到了自杀……但是不能死啊，死了，自己的老父母谁来管？自己的亲人们会一直生活在别人瞧不起的眼光中，他们怎么办？更重要的是，自己的冤枉不说清楚，做鬼都不得安宁啊！

他像祥林嫂一样，不停地唠唠叨叨，不断地向办案人员申诉说太冤枉自己了。终于有一天一个办案人员嫌烦，发火了，拿来一篇刊登在报纸上的《论租界的由来》的文章，大声训斥他说："周志荣，你有什么冤屈？睁开你的狗眼看看，你就是当代的李鸿章。"周志荣一听愣住了，这说的是哪儿跟哪儿啊？实在感到莫名其妙。他小声嘟囔说："李鸿章可是清朝的军机大臣、国家领导人，我算什么？一个小小的厅级干部……"没想到这句话招来办案人员更多的训斥："你不算小干部，这么大单位的党委书记嘛。你比当年的李鸿章更坏。新中国成立30多年了，搞什么特区，特区不就是新的租界吗？还搞什么合资工厂，合资工厂不就是新的殖民地经济吗？"

听了这句话，周志荣出了一身冷汗。他虽然是技术干部，但他同时也是领导干部，能不知道政治的分量吗？任何情况下，一件事只要与政治挂上钩，一寻查政治动机，一追查政治背景，再简单的问题也会变得非常复杂和严重。看来自己卷进政治漩涡中了。明明是工作失误，为什么严重到要抓人呢？再说事情也不是我亲自做的，我最多应负领导责任，就要把我抓起来吗？我来深圳办公司，这是电子部领导交给的任务；我也愿意承担这项任务，这是关系到改革开放的政策能不能正确贯彻执行的大问题，关系到党和国家的前途和命运。这怎么好与李鸿章相比呢？

不过到了现在这种情况下，他反而坚定了活下去的勇气。个人受委屈、被冤枉，还算是小事；有更大的，关系到改革开放前途和命运的大是大非问题。我要申诉，我要等待澄清实事。自己绝不是里通外国的汉奸，不能因为自己的事情给改革开放政策抹黑。我要让事情的真象大白于天下。

1982年11月23日《人民日报》发表发表标题为《中国电子技术进出口公司深圳分部周志荣等人走私偷税，被依法逮捕》的文章，宣布：10月30日，周志荣……已被依法逮捕，追究刑事责任。周志荣走私获罪的消息，震动了深圳，影响了香港，传遍了中国。这条消息太突然了，令人们惊愕，不知所措。无论是中电公司这家新成立的国字号大公司，还是中国改革开放的窗口深圳，好像爆炸了一颗原子弹，令人绝望的火光闪过，震耳欲聋的巨声响过，蘑菇烟云升起，砂石尘土冲天飞扬再慢慢从天空中落下，大地笼罩在一片阴影之中。1984年3月29号，周志荣获刑13年。被关押进广东韶关山区的红星茶场里劳动改造。

自从周志荣耳边反复出现"有问题"、"犯了罪"、"判了刑"这样的话语开始，他就陷入了一种痛苦万分、惊慌失措、想寻短见的歇斯底里情绪中。没有想到是，他一进入山清水秀的茶场美丽景色中，反而产生了回到自己老家温馨家园环境的感觉；抄起铁锹参加劳动，劳累了身体却放松了精神，不知不觉痛苦减少了大半。他对熟人说："说是劳动改造，其实劳动让我快乐。不管我有多大的委屈和冤枉，我相信党，相信历史会公正地对待我。现在积极参加劳动，用汗水洗涤和滋润自己的灵魂，在劳改场的两年多时间，为劳改场办了5个电子工厂解决了一大批年青人的就业，建起了电视差转台，编写了两本电子教材……，在劳改场的岁月，是痛苦的等待，也是昼夜忙碌的日子。"

1985年7月，传来了刘寅副部长去世的噩耗。这个消息对周志荣的打击特别大。他"相信党"，其实包括"相信刘寅这样的好领导"。如今这样好的老领导已经不在，一股强烈的孤独和无助的情绪再次包围了他。刘寅副部长是参加过长征的老红军，对党的事业忠诚，做人光明磊落。他旗帜鲜明地支持党的改革开放政策，贯彻党的路线方针不遗余力，做好工作没有私心。他说："刘寅副部长以前并不认识我，只是随着我工作中不断出成绩而慢慢地引起了他的注意，最后郑重其事地向组织推荐自己到深圳工作……"周志荣特别敬重这位领导的才华和人品。他感觉刘寅就像是自己的父亲。这么大岁数，身体又不太好，但是在中电公司深圳分部最困难的时候，几次带病来深圳视察指导工作。就是在周志荣被办案人员追查的最危险时刻，刘寅还是召见他循循教导如何开展工作……刘寅副部长才75岁呀，不应该走得这样早。是不是由于中电公司深圳分部出了这样的大事情，给他精神上沉重打击而出了事？想到这里他自责万分。但是，让周志荣欣慰的是，在任何时候自己都出自良知，没有诬陷老领导。他想起自己被判刑来到茶场不久，就有办案人员来找他，对他说："你在这里受苦受累干什么呢，你只要说是刘寅副部长指使你走私逃税不就好了？你这样说就可以马上回去，还是当你的党委书记，我保证。"周志荣回答说："你们就是杀我的头，我也不会冤枉刘副部长。"说完撇下目瞪口呆的办案人员，自己回到了劳改场的高墙里面。征得劳教所管理人员的同意，周志荣给治丧委员会发了一个"痛悼刘寅副部长逝世"的唁电，署名"岳中周"，这个化名的意思是"监狱中的周志荣"。他遥祭刘寅副部长说："尊敬的领导，您安息吧。如果党给我机会，我一定要将您交给我的事业继续下去，做得更好，用成绩来祭奠你……"

遗憾的是周志荣始终没有这样的机会。他身怀绝技，满腔热血，但是没有办法实现"用更大的成绩祭奠老部长"的誓言。

1986年8月15日，周志荣因服刑表现出色，提前释放出狱。他多次找有关领导申诉自己的冤情。

周志荣沮丧地发现，他就像是一架破旧的留声机，一遍遍转动唱片发出悲伤的声音，他渴望党和国家早日为他平反，但是没有人愿意听。

失之东隅，收之桑榆。上小学时老师教的这句成语，近来经常出现在周志荣的心头。好像有一位伟人也说过一句话，巨大的损失，历史老人会给予补偿的。让周志荣得到一丝安慰的是，虽然国家没有为他平反，但是儿子给了他显示才华的机会。出狱以后，在儿子开办的公司里，周志荣潜心帮助他们搞科研，研制出的产品得到了国家科技二等奖，小儿子的电子公司获得奖金100万元。周志荣对此有一些感慨，这也是拜改革开放政策的福啊。没有改革开放，祖国的经济大地上怎么可能成长起那么多的民营企业呢？这说明，中国选择改革开放的决策是正确的；自己当初向刘寅等电子部领导表态愿意为改革开放做贡献是对的。

采访手记之一

见到了周志荣。

高大魁梧的身躯，典型的国字脸型，面容虽已苍老，但是仍然显出不屈不挠的倔强表情……。他就是我记忆中的周志荣吗？我记忆的闸门一下打开，万千的思绪像洪水一样流了出来。我想起了1982年初到深圳的情景。基建工程兵的战友们指着深南大道旁正在紧张施工的20层电子大楼说："看，这座深圳第一栋高层大厦是由我们部队承建的……"人们议论着赫赫有名的中电公司深圳分部发生的惊人走私案："公司老总是一名厅级干部，被抓起来了……"话重复了多次，但是人们还是有些将信将疑。早期来深圳的人，没有人不知道这件事。这事件改变了许多人对深圳的看法：这里是创业的热土，也是欲望的温床；这里充满了机会，也隐藏着无数的诱惑；这里鱼龙混杂，泥沙俱下，搞得好财源滚滚，搞不好粉身碎骨。正因为如此，早期的深圳，一般人是不愿意来、不敢来的。敢来深圳的人，有抱着理想、想做一番事业的人；也有在内地混得不好，想到深圳改变命运的人；更有一些抱着赌徒心理，想到深圳捞一把就走的人。

中电公司发生的事情给早期的深圳形象抹了黑，是不争的事实。

但是随着周志荣慢慢地开始讲述自己故事，我的思绪开始发生剧烈变化。事实真相与我早期印象的巨大反差让我感到震惊；眼前善良老人的悲愤故事让我心中一阵阵疼痛。这样一位我党从小培养成人的老领导干部，一个视科研工作为自己生命的人，一名原本可以在深圳城市发展中青史留名的市民，一位能够为中国改革开放事业写出辉煌篇章的创业者，怎么就成了一个被命运如此残忍捉弄的人？成了一个让社会唾弃的坏典型？

想到此，我扼腕叹息。

老人的旁边坐着一位同样苍老、个子矮小、身体孱弱的婆婆，周志荣向我介绍说：是他的老伴。周志荣年龄76岁，老伴年长一岁，两人是中专学校的同学。几十年里，夫妻两人相濡以沫，相依为命。一生中，老伴给了周志荣最大的支持和安慰。在他想自杀的日子里，老伴天天守在他身边，跪在地上求他不要死，要为家庭好好地活着，活着才能为自己申冤啊！老人说到这里，流下了热泪；老伴的眼眶里也泪花闪闪。

我难以继续采访，沉默一会儿，平静一下问老人：有没有继续申诉呢？

周志荣回答说："我的这个案子其实很多人给予了关注，从中央领导、电子部领导，到市领导，都有人找我谈话安慰我，为给我平反的事情奔走相助。甚至检察院、法院的领导也对我表示同情，同意重审案子。但是不知什么原因，到现在还没有平反……"。他平静地说："如果只是为了个人的名誉、生活待遇，其实现在已经不再重要。但是一想到当年与自己一起创业的中电公司员工们，想到当年为深圳抹的黑，自己又很不甘心。我还是在向有关部门申诉和反映冤情。但是我年事已高，不知道能不能活着看到自己得到平反……"

周志荣深深地叹了一口气，陷入沉默不再说话。

李敬和总经理。
摄影：段亚兵

采访手记之二

约好采访中电公司现任总经理李敬和，老朋友见面，十分热情。采访开始时，他只谈中电公司，不肯谈自己。好在是熟人，我略知道他的情况。李敬和是广西桂平一个小山村里农民家庭出生的孩子，是我国1977年恢复高考后考入大学的第一批大学生。大学毕业后，先后在中国电子技术进出口公司广州分公司、珠海办事处工作。后来珠海办事处升格为中电总公司珠海分公司，他担任公司副总经理。1992年初，37岁的他被任命为珠海公司总经理，成为中电分公司中最年轻的总经理。2000年，他被调任深圳中电公司总经理，一干就是10年。这10年是深圳中电公司发展最快的10年。目前公司总资产42亿元，净资产22亿元；深圳中电是中国服务业500强企业、深圳市100强企业（排名第34位），等等。

　　我请他谈谈管理公司的经验体会。他避而不谈，却向我介绍说，深圳中电公司能够发展到今天，是历届公司领导一代代传递接力棒、不懈努力的结果。他谈到了当年中电深圳分部第一任总经理周志荣创业的艰难，为他犯错落马而惋惜；谈到周志荣出事后对公司造成的巨大伤害，后来在电子部和市领导的多方关心支持下，中电深圳公司重整旗鼓、峰回路转的不易；谈到历届领导班子在不同阶段为公司所做的贡献，一一道来，如数家珍。

　　李敬和是一位谦虚的人。

　　其实也不用详细说明。反正深圳的电子大厦、电子科技大厦等数座大楼耸立在深南大道路边华强北路上，人人都认定中电公司是电子行业的龙头老大；反正公司财务报表上闪闪发亮的一组数字说明了中电公司辉煌的业绩。

　　最后我只提了一个问题：中电公司在华强北究竟发挥了一种什么样的作用？他没有用长篇大论回答问题，而是用诗人一般的口吻朗诵了一段诗句。2005年，深圳在纪念深圳经济特区成立25年活动中，开展了评选深圳改革开放十大历史性建筑活动。评选结果，深圳电子大厦榜上有名。他朗诵的正是新闻媒体对电子大厦的颁奖词：

　　"她，曾经是深圳特区第一高楼。如果说，华强北电子街是一条河，她，曾经是这条河的源头；如果说华强北商业圈是一个舞台，她，曾经是这个舞台最早的导演；如果说深圳电子工商业是一棵枝繁叶茂的大树，她，就是看着这棵树长大的园丁。"

　　这段话对深圳电子大厦在深圳建筑物中的地位，对中电深圳公司在深圳发展历史上所起的作用，说得是如此的准确、明白。

　　还需要更多的解释吗？不用啦！

第三回 粤北军工迁深圳
华强扬名成街名

绘图：王建明

　　1984年，在东京国际马拉松邀请赛中，有一位名不见经传的日本选手山田本一夺得了世界冠军。当记者问他怎么会取得如此惊人的成绩时，他说："用智慧战胜对手。"当时人们并不理解这句话的含义，马拉松赛是体力和耐力的运动，跟智慧扯不上关系，认为他故弄玄虚。两年后，国际马拉松邀请赛在意大利米兰市举行，山田本一又一次获得世界冠军。记者问他，他还是那句老话："用智慧战胜对手。"

　　10年后，山田本一自己揭开了这句话的谜底。他在自传中说："每次比赛之前，我都要乘车把比赛的线路仔细地看一遍，把沿途比较醒目的标志画下来。比如第一个标志是一家银行，第二个标志是一棵大树，第三个标志是一座红房子等等，一直画到赛程的终点。比赛开始后，我以跑百米的速度冲向第一个目标；到达后，我又以同样的速度冲向第二个目标……40多公里的赛程，被一个个的具体目标分解成一段段的赛程，这样跑起来就轻松多了。在我不知道这个窍门前，跑步时我老想着40多公里外终点线上的那面旗帜，感到赛程是如此的漫长，结果跑不到十几公里我就疲惫不堪了。我是被前面遥远的路程吓倒了……"

山田本一的经验，不光用在马拉松长跑中有效，也许用在一个人、一个公司的事业发展道路上也是有效的。华强北华强公司的事业如日中天。也许有人有点奇怪这家最早进入深圳的公司，为什么能够基业常青，常盛不衰？听听他们的创业故事，就能够了解30年来，公司脚踏实地，不急不躁，抓住每一个机会，认真完成好阶段任务，终于取得了今天的辉煌成绩。也许在企业经营的马拉松长跑中，他们就是很好地使用了山田本一的经验。

1978年召开了党的十一届三中全会。三中全会的春风吹绿了广东粤北山区，韶关就属于这片地区。韶关的连县、连南和连山，有3个军工厂，名字分别叫红权厂、东方红厂和先锋机械厂。

在建国初期，考虑到国防建设的安全，不能把自己的坛坛罐罐摆在沿海地区，被美帝国主义的先进武器打击和摧毁。中央和国务院决定将沿海地区的许多技术先进的工厂、特别是军工厂迁到内地被称为大三线的地区。大三线包括西南、西北和中原的广大地区。与大三线的概念相同，广东粤北地区被称作为小三线地区，也迁来一些军工厂。3个军工厂属于其中一部分。

其中，红权厂的厂长名叫殷登辰，三中全会召开这一年他37岁。这一段时间里，殷厂长压力比较大，他在为工厂的经营问题而发愁。由于军工厂建在偏僻落后、交通不便的内地山区，造成工厂生产成本增加。为了解决这个问题，国家有关部门规定设在三线的军工厂生产的产品，销售价格可以高于市场40%左右。在计划经济时代，国家用行政指令的办法解决价格问题是可以的。但是，到了改革开放年代，这种做法就行不通了。军工厂享受的税收优惠政策逐步取消了，而且还有更急迫的问题威胁着工厂生存：订单逐步减少。党的三中全会上做出了将中心工作转移到经济建设上来的决定。国家将有限的资源集中到了经济建设上，军费大幅压缩，军方订单大量减少，工厂面临停产局面，工人发不出工资。这种情况下，作为厂长的殷登辰，自然十分着急。

他对自己说："有志青年志在边疆。我自愿来山区是为了给祖国发展军事工业做贡献的，现在工资都挣不到，何谈实现远大抱负？"殷登辰是来自大城市的高等技术人员。他1966年毕业于中国科技大学。在殷登辰眼睛中，科技大的成立是中国高等教育的一个里程碑。科技大成立于1958年9月，由中国科学院直接领导，科学院的一些领导干部兼任大学和院系的领导人。例如，校长由院长郭沫若兼任，华罗庚、钱学森等科学家都在科大兼职。科大的目标是建设一个理工结合、培养高级人才的大学。大学毕业后，殷登辰被分配到北京国防研究院工作。年轻的殷登辰充满了建设祖国的理想和创业的激情，向学校提出要到基层去锻炼。

院领导看到他要求坚决，就向他推荐了在韶关新成立的军工厂。问他愿不愿意去？韶关？这可是个历史悠久的地方啊。他想起了历史书中关于韶关的记述。"韶"字的来历，可以追溯到三皇五帝的舜帝当年南巡中国时，走过"苍梧之野"（今湖南九嶷山）、"南抚交趾"（今越南一带），鼓琴奏"韶乐"的传说。其中，史料记载传闻最著名的有两次，一次是"舜奏韶于山岳"，即南岳山脉韶山（也就是湖南韶山）；另一次又"抚琴于大盘石上"，后称为韶石，即韶关韶石山。这样的地方多好啊，可以与古人对话，发思古之幽情。就这样他离开了北京，来到粤北山区。在军工厂他从头干起，先是技术员，后提拔为厂长。

殷登辰的家乡是河北石家庄，那里属于华北平原，一马平川望不到边。而韶关的地形地貌与家乡太不一样了。这里属于丘陵地带，连绵的山岭像绿色的屏风，虽然满目绿色，景色悦目，却挡住了视野；而在家乡平展展的土地上极目远望，能看到极远处蓝天与大地交汇的朦胧地平线。此外，两个地方的土地颜色也不一样。家乡的土地是黑色的、黄色的，而这里大山的颜色是暗红色的。地质学家称这种地貌为"丹霞地貌"。这个名字来自于"色如渥丹，灿若明霞"（明朝词人李永茂的词句）。刚来的时候，自己也确实为美丽的景色而陶醉。但是，风景不能当饭吃，他现在没有了如此轻松的心情。工厂没有订单，会坐吃山空的呀，怎么办呢？

比较现实的出路看来是：军改民，找市场，自己找米下锅。既然要"军改民"，生产民用产品，军事保密的问题不存在了，就不一定呆在山沟里了。工厂应该搬迁到城市里。倒不是因为城市繁华好玩，而是因为城市市场大，到了城市能够敏感地了解到市场需要什么样的产品；城市交通方便，无论进原材料还是销售产品，都能够大大降低生产成本。就在这种情况下，3个军工厂都向上级领导部门——省电子工业局提出申请，将工厂搬到城市里，省会城市广州市最佳，退一步韶关市也行啊。

当时的上级领导，实际上也在考虑同一个问题。1979年，省电子工业局组织一些军工厂到深圳参观考察。带队的领导介绍情况说，深圳将要开办经济特区，实行特别优惠的产业政策；这里毗临香港，更加接近于国际市场。因此，几个厂的领导可以考虑将工厂搬迁到深圳。军工厂虽然不是军队，但也是准军事组织，按照军队条例管理，组织原则是服从命令听指挥。既然领导是这个意思，就没有什么好说的。那时流行的一句话是："愿做革命一块砖，东西南北由党搬。"几个厂都同意搬迁到深圳创业。1979年，在深圳经济特区成立前一年，3个厂各抽调一部分人组成先头部队，来到深圳。

军工厂搬迁到深圳，再使用原来的厂名就不方便了。新成立的公司起名为深圳华强电子工业公司。华强寓意中华民族富裕强大。深圳市领导非常欢迎华强公司来参加深圳建设，相对来说，省级的军工企业在当时的深圳算是技术最先进的企业了。于是很大方地划拨了约15万平方米的土地给华强公司。

　　如今的华强北路一带是平地，后来的深圳人记不起原来这个地方的面貌，但是华强公司的职工们记得很清楚。殷登辰带领职工们来的时候，这里还是丘陵地带，坑坑洼洼，沟沟渠渠，高低不平，荆棘丛生，荒草疯长，蛇鼠乱窜，让来自北方的人吓得心惊胆战不敢移步。华强公司开发这块土地时，用推土机将大小山包推平，成为今天平地的模样。当时的荒地里没有道路，从罗湖通往南头的路只是一条乡间小路，后来这条路几经拓宽后起名深南大道。华强公司的土地分在道路两侧，路南

在深南中路北面华强公司厂区现场，准备合作的中日双方管理人员考察环境。照片拍摄于1979年10月。
图片由华强集团提供

较小的一块为生活区，路北较大的一块为生产区。由于华强公司是最早落户的单位，市政府规划建设道路时，就将公司附近的一条道路命名为华强路。深南路与华强路交叉，深南路的路南为华强南路，路北为华强北路。从先来后到说，先有华强公司后有华强路。如今威震世界电子界的华强北名字就是这么来的。

尽管职工们被告知深圳是一个边防地区的边陲小镇、一个像一张白纸一样待开发的地区，大家要有艰苦创业的思想准备。但是来到当时的深圳一看，其景象之落后，环境之荒凉，生活之艰苦，还是远远超出了大家的想象。殷登辰是厂长，省电子局派出最新最好的北京吉普车，从广州送他到深圳。不足二百公里长的路，整整走了一天。前几天有一场台风袭击了深圳，一些碗口粗的大树拦腰折断，一些茅草房被掀开了顶，许多路段满是积水和泥泞，成堆的垃圾来不及清理，一片狼藉景象。广州到深圳的道路不能直达，中间要经过两次摆渡，到了深圳天色已经黑麻。职工们从广州进入深圳，如果乘坐大卡车，花的时间会更长。

干部职工来到深圳，住房一间都没有，首要任务是建竹棚安家。先用小腿粗的毛竹竿搭出房架，然后绑上用竹叶和茅草编成的竹排当墙，房子就算盖好了。进了屋子，在地上铺些稻草，打开铺盖就是床。竹棚最怕火灾。每天都要派专人在房前屋后巡逻，严禁吸烟，严防任何火星。这是关系到大家生命财产的头等大事，丝毫麻痹不得。烟可以不抽，饭却不能不做，厨房是最大的火源地，怎么解决？宿舍区的院子中间有一个小水塘，就在水塘旁边用石块和砖头建了一个小厨房。一旦出现火情，就用水塘的水灭火。饭菜做好后分送到各个竹棚里用餐。没有自来水，就地打井解决喝水问题。不通电，自己拉电线解决工厂用电问题。总之，这里什么都没有，全靠自己动手解决。

当时深圳流传一句话："南头苍蝇深圳蚊。"说的是深圳这个地方苍蝇蚊子多。吃饭时，苍蝇围着饭菜盘旋，轰都轰不走。晚上出门散步，不管走到哪里，头顶一尺高的空中总有一个篮球大小的黑团跟着你走动。举高双手一拍，拍死一些小飞虫，仔细一看是小咬和蚊虫，有的蚊子大如苍蝇。不光苍蝇蚊子多，老鼠也不少。晚上睡觉时，经常听到蚊帐外面老鼠窸窸窣窣跑来跑去，胆小的人不敢睡觉。而一些广东籍的职工看到这么大的老鼠（实际上可能是田鼠），高兴得不得了。他们有办法用鼠夹一类的工具捕获这些大肥老鼠后，剥皮挂在屋檐下晾干煲汤喝。殷登辰是河北人，不要说吃老鼠，听都没有听说过。有好几个月，他一想起这样的事就恶心得吃不下饭。

　　新成立的华强公司开始由省电子局刘中山副局长负责全面工作。同

在深南中路南面的华强公司生活区，
建起了第一批职工宿舍。
照片拍摄于20世纪80年代初期。
图片由华强集团提供

时，省委组织部开始为华强公司选调干部，最后选中了湛江的安山。安山原籍不是广东人，他是河北唐山市人。1949年，全国解放前夕，解放军部队跨过长江天险，开始解放全中国。解放军大军所到之处，狂飙突进，摧枯拉朽，风卷残云。解放了的地区，建设人民政权，需要大量的干部。为此，在老根据地选择了大量的年轻基层干部随军南下，解放军在前面攻城掠地打江山，地方干部在后面接手安民建政权。当时，20来岁的安山，已经是河北唐山迁西县有相当资历的干部了，被选中随军队来到广西，后来在广东湛江地区扎根工作了。先后当过县长、县委书记、市公安局长、工业局长、农业局长等。按照安山自己的话说："我是典型的'万金油干部'，什么都懂得一点，什么都不精。身上哪里不舒服抹一点，能不能治病再说了……"其实，按照人才的知识结构，一般分为两种类型，一种是专才型，一种是通才型。专才型知识结构像是钻杆，选中一个点，往地底下钻得越深越好；而通才型的知识结构，像一片草地，越宽阔风光越美好。安山属于后者。

1981年，身为湛江地区经委主任的安山调入华强公司，接替刘中山副局长负责华强的全面工作。安山一挑起华强这副担子，就感到担子特别沉重。当时的深圳可以说，一张白纸，一穷二白，一无所有。华强公司所在的土地，十分荒凉，鬼不生蛋。当时的深南大道只是一条狭窄的道路，两边都是成片的竹棚草屋，没有什么像样的房子。华强公司的前身是军工企业，生产八一型军用电台，产品品种单一，没有严格控制生产成本的概念；技术研发力量比较弱，不了解国外先进电子技术发展情况；最糟糕的是公司基本上没有市场营运经验，没有市场经营人才。一句话，当时的华强公司，大家懵懵懂懂，不懂得该做什么样的民用产品，也不知道什么样的产品适合市场，老实说就是知道也不大会做。由于公司没有生产，也就没有收入，没有办法解决公司的吃住问题，也不知道从哪里找钱来为工人们发工资。有些工人们来到深圳后发现困难极多，还不如原来的工厂，就要求回韶关去了。

上任时的安山，面临的就是这样一个局面。

怎么办？当然首先应该解决生产问题。安山想起了延安时期南泥湾开展的大生产运动，最终解决了红军的吃饭问题。不干活就没有饭吃，这是农民都懂得的一句话。当时的华强公司不知道怎样生产民用产品，也没有生产资金，只有放下架子，从头做起。学习当时深圳老百姓通行的做法，开展来料加工业务。在上级领导和市政府的支持帮助下，华强公司凑了一些资金，盖起了几栋简易厂房。用竹子、木材、牛毛毡一类材料搭建的厂房，就编号为木1、木2；用钢铁金属一类材料建盖的厂房，就编号为钢1、钢2。有了这些厂房，就有了组织来料加工业务的条件。与香港老板合作，穿表链；与日本三洋公司合作，生产三洋牌小收音机……总之，有什么活就学着干什么活；只要有钱赚，不管多少都要想办法赚。大鸡不嫌米小。为了创业，节省每一块铜板。华强公司最初就是这样起步的。

在组织来料加工业务过程中，工人们的技术水平迅速提高，公司在资金方面也逐步有了一些积累。安山感觉自己的底气足了一点，就开始考虑与日本三洋公司成立合资公司的事情。成立合资公司有好处，会让华强公司有更加稳定的订单和更好的收入。合作方选择三洋公司，是因为它是日本后起之秀，是一家有实力的公司。三洋公司1947年由井植岁男创建。三洋是指太平洋、大西洋、印度洋。公司以三洋命名表达了想要与世界人民共同发展的意愿。从名字可以看出公司的胸怀和抱负。三洋公司是最早进入中国的日资公司，早在1983年三洋电机株式会社就在深圳蛇口设立了生产基地。

但是，这是一个不太般配的恋爱，富家千金女看不上老土的穷小子。开始，日方看不起华强公司，不愿意谈合资的事情。安山认识到，谈判桌上，从来都是靠实力说话，不可能求对方照顾。想让资本家发善心，简直比让骆驼穿过针眼还要困难。要想拥有与对方谈判的资格，必须增强自己的力量，靠实力说话。安山找国家经委、省经委、省财政等，到处化缘。华强公司再次得到了上级领导和地方政府的支持，通过上级拨款、银行贷款和自己省吃俭用，东凑西凑，集中资金，在深南大道北边建起了一栋标准厂房。正是因为有了这栋厂房，才让三洋公司的老板对华强公司刮目相看。双方坐到了谈判桌上，经过多次商谈，最后签订协议，于1984年4月，成立了华强三洋合资公司。合资公司成立后，引进几条生产线，开始装配生产华强三洋牌收录机。很快，达到了年生产收录机100万台、彩电15万台的能力。收录机和彩电投放市场后，大受消费者欢迎。事实证明这是一次成功的合作。日本三洋公司资金雄厚，技术先进，品牌有名；华强公司的职工队伍技术基础好，组织纪律性强。深圳经济特区既有与国外市场交易方便的地理条件，又有可以享受到多种优惠政策的好处。合资公司生产的产品，包括收音机、收录机、录像机、彩电、磁头等，品种丰富，性能优越，技术从简单到复杂，都是市场上的畅销产品。双方各自发挥了自己的优势，取得了令人满意的回报，合作十分愉快。事实证明，恋爱经过虽然曲折，但是一个成功的婚姻。

　　合资公司使生产稳定下来，对华强公司当然有利。但是，安山感觉到，日本方严格控制生产过程。进来多少散件，就要出去多少成品。散件的成本多少钱，日本人说了算；而产品在国际市场上买了什么价钱，中方无法掌握。日方掌握着产品研发和市场销售两个环节，赚取了大量利润，而华强公司负责制造和装配，分得的利润很少。这就是营销学理论所说的"微笑曲线"(Smiling Curve)。按照这个理论，产品研发和市场营销是这条微笑曲线的两头，利润丰厚；而中间的一段曲线就是制造加工，利润极少。从小的方面说，华强三洋公司产品的研发、市场两头在外，就是一条微笑曲线。从大的方面说，中国的大部分产业也是这种情况。中国获得了"制造大国"的称号，这并不是一个光荣的名字，含有辛苦和讽刺的意味。

安山决心改变这种局面。向日方提出由华强公司负责内销市场。日本人开始不同意。但是经过多次谈判，安山对日方晓之以理：双方是合作关系，应该双赢。如果中方长期利润太低，这种合作模式是不可持续的。日方经过考虑，认为有理最后同意了。华强公司拿到了国内销售权后，局面顿时大不相同。公司建立了全国销售网络，在主要城市设立了销售点。结果很快就赚到了较多的营销利润，日子好过了。而由于蛋糕做大了，日方的收入也不断增加，合作双方各得其利，皆大欢喜。

华强公司就是用这种省吃俭用、精打细算、一点一滴积累的办法，凑点钱就盖楼。在深南大道与华强北路交叉的十字路口西北角，华强公司建起了第一栋9层高的厂房，被称为一号楼，成为合资公司的生产楼。从一号楼开始，由南向北，一栋接一栋，盖楼一直盖到了11栋厂房，办起了收音机厂、录音机厂、电视机厂、磁头厂等一个又一个合资工厂。华强公司占据了华强北路西侧的大半个街道。东面与一号楼一街之隔的是赛格大楼，这两栋楼成为华强北路上最著名的两座大楼，说华强北的繁荣就是从这两座楼开始的，不算是夸张之词。

在解决生产问题的同时，职工的生活也不断得到改善。生活方面，最难解决的是住房问题。3个军工厂最初到深圳的职工有几百户，后来逐渐增加到上千户。一千多个家庭就需要一千多套住房。这在当时看来几乎是不可能完成的艰巨任务。但是住房不解决，就没有办法稳定职工队伍，会影响搞好生产。因此，安山将解决职工住房问题作为自己的重要责任。

华强公司的厂区土地，以深南大道为界划分为北区生产和南区生活两个区。在公司生产发展过程中，赚到的钱分成两部分，一部分在北区建厂房，一部分在南区建宿舍。只要建好一栋宿舍，就及时分给职工。

两家合住一套不大的住房，在当时这已算是很好了。更多的职工分不到住房，由公司在布吉一带租农民房作为职工宿舍。安山记得在一段很长的时间里，每天总有职工找他，早晨起床有人等，一日三餐有人陪，饭后散步有人跟。职工找他主要话题就是谈房子，问他究竟什么时候才能分到住房？有的女职工说着说着，激动起来又哭又闹让人心烦意乱。但是，安山总是耐心地陪着职工说话，做思想工作。这种情况延续了好几年，直到1984年前后随着职工们都搬进了华强公司宿舍楼，安山才过上了不用别人陪同的自由日子。这时候的华强公司职工们算是真正过上了比较稳定舒适的日子。职工如果穿上写着"华强"两个字的公司工作服上街，经常有人会竖起大拇指称赞。很多职工回想起自己刚到深圳时感

1984年时的公司大楼面貌。在这座
大楼里开办了华强三洋合资公司。
图片由华强公司提供

觉一点盼头都没有，没想到现在的华强会发展的这样好，经济实力雄厚，又多次被评为深圳市的文明单位。后来一些早期在深圳没有能坚持下来回到韶关的职工，想再回来已经没有可能了，肠子都悔青了。这时候的华强公司开始进入全盛期，职工们有很强的荣誉感，工作劲头更足了。

作者感悟

为收集华强公司的素材，我分别采访了华强公司的老同志安山和殷登辰。特别是安山，我更熟悉一些，老朋友了。记得上世纪80年代中期，我第一次到华强公司调研，就是安山接待介绍情况的。当时，他已经从一把手位置上退下来，职务是华强公司职工思想工作研究会会长。

两位老同志向我讲述了当年华强公司进入深圳创业初期时艰苦生活的情况。奇怪的是，当回忆往事时，感觉留下来的好像不是什么艰苦的苦涩，而是一种创业的快乐和成功的喜悦。仿佛当时的艰苦并不真的苦，而很有一些苦中有甜、苦中作乐的意思。这是为什么呢？哲学家们说，与动物相比，人有一种"神性"或者"精神"。就是这种原因造成的结果吧。首先，人更重视对事业的追求。而"事业"，包括物质精神两个方面的内容，很多情况下精神更重要。在空喊革命口号的年代，人们为创业时代"先治坡"好，还是"先治窝"好而争论。华强在深圳创业时，是"治窝、治坡"同时进行的。但是，人们记住的是创业的事，而改善生活的过程却往往淡忘了。殷登辰有一句话说得好："回想起来，与我们创业中承担的艰巨任务相比，生活上的所有困难都算不了什么。"因此，随着时间流逝，最后沉淀在人们记忆深处的往往是事业的成功，而不是生活的待遇（包括所吃过的

华强集团公司华强广场英姿
摄影：段亚兵

苦）。其次，人的物质需要是有限的，精神追求却是无限的。人的生存适应能力很强，环境极端困难时，人什么食物都能吃得下；在饥饿的时候，人吃什么饭菜都很香。反过来，如果人过上荣华富贵的日子，天天花天酒地，最后吃什么都没有味道了。这种情况有点像俗话所说的："没有吃不了的苦，只有享不了的福。"实践证明，艰苦是磨练意志的磨刀石，困境是培养人才的竞技场。深圳初创时期的艰难困苦，磨炼了创业者的意志，使深圳形成了艰苦奋斗的思想传统。对于深圳下一个30年的发展而言，这尤其是极其宝贵的精神财富。华强公司为深圳所作的贡献，可能不是创造了多少物质财富，而是为深圳的思想文化宝库写下了艰苦创业的精采篇章。

第四回　组建赛格艰难多
振兴电子显豪情

绘图：王建明

　　不怕失败的人中，《第一滴血》的主角兰博的扮演者、美国电影巨星西尔维斯特?史泰龙是个典型的例子。他成名前穷得连房子都租不起，但是立志要当演员。他走遍了纽约所有的电影公司应聘都失败了，老板嫌他相貌平平，而且说话咬字不清。当他被纽约所有的500家电影公司都拒绝后，仍不放弃，又从第一家开始再度尝试。在被拒绝了1500次之后，他写出了《洛奇》的电影剧本。他开始四处推销剧本，等待他的是更多的嘲笑奚落。在被拒绝了1855次之后，终于遇到一位欣赏他剧本的老板。老板买下剧本，却不让他当演员，怕演砸了。但他不屈不挠，继续坚持……最后，精诚石开，史泰龙不但成功地扮演了《洛奇》里的主角，而且最终成为一名国际超级巨星。

　　一般人是做不到不怕失败的，正因为做不到才导致他们最终还是普通人；但凡成功的人没有不经过多次失败的，只有咬牙坚持的才有可能取得成功。华强北如今云集着的成功身影，曾经都是不怕失败的人。在深圳这样一座宽容失败的城市，因而让许多人创业成功，成为创业者的乐土。

下面讲一个不怕失败的人的故事。

1985年，对马福元来说，是命运发生转折的一年。

此年，中国的改革开放已如火如荼，电子信息产业——这个世界上最具竞争力、被誉为领航工业的产业，也进入了资源整合、整体开拓的新时期。由于深圳独特的地理位置和改革开放赋予的特殊职能，在此前沿阵地，电子产业该何去何从，对全国来讲具有举足轻重的示范意义。

早在1980年，电子工业部常务副部长刘寅与深圳市委主要领导梁湘、周鼎等交换意见，商讨深圳的电子信息产业应该作为深圳工业的主导产业，并设定战略目标。1984年12月，电子工业部江泽民部长主持由155人参加的特区电子工作会议，又为电子信息产业的发展定下基调，规划了蓝图。

老部长江泽民，和后来上任的李铁映部长，希望深圳电子工业能在加强横向经济联合、进行外向型建设、实现企业集约化方面走在全国前列，在实现"双重模式"，即发展模式和管理模式的转变上多做贡献；同时，希望深圳电子工业充分利用特区的有利条件，作一些超前试验。于是，电子工业部在制订"七五"规划时，提出了企业集约化、建设基地化、生产规模化的目标模式，并提出要把电子产品推入国际市场。1983年7月，电子部组织了有57人参加的庞大联合规划组专程前往深圳。江泽民部长指派马福元任组长，刘忠山、曲华任副组长，部、省、市电子工业相关部门领导参加。这是一个高规格的规划组，任务是为深圳市电子工业发展编制规划。1984年，马福元又以电子部计算机管理局局长的身份，再次到深圳爱华电子公司进行调研。他发现企业对外开展

深圳赛格集团原董事长马福元。
摄影：段亚兵

业务时，党委书记的身份不方便，就提出实行董事会领导下的总经理负责制。实践的结果说明，这是一项对国企管理体制的重要改革措施。马福元对国家及深圳电子工业的发展状况了如指掌，实事求是的工作作风和敢于创新的思想，给深圳市领导留下深刻的印象。为了实施深圳市将电子信息产业作为第一工业的发展规划，深圳市委决定，将已有的电子小企业加以整合，形成规模优势，同时聘请一位领军人物。

市委书记梁湘给电子工业部江泽民部长写了一封聘请信，派副秘书长曲华专程送到江部长手中。在远离深圳的京城，电子部党组也在为此事进行研究和部署。经过讨论达成共识：既为支持特区电子工业建设实现发展规划目标，也为发展内地电子工业服务，特区电子工业要引进新技术，开拓国际市场，设立服务窗口，加强电子部深圳办事处的工作；决定马福元以电子部在任党组成员、电子部深圳办事处主任的身份，应聘于深圳市。

当江部长就这件事征求马福元本人意见时，向来对组织决定无条件服从的这位老党员，没有半点的含糊和犹疑，当即答应。于是，马福元于1985年7月，怀揣着电子工业部党组同意受聘的信函，离开了他朝夕相处再熟悉不过的电子部，离开了他曾经工作了33年的北京城，携带着一些简单的行李，只身南下，踏上了新的征程。

马福元乘飞机赶到深圳，没有停留，径直去向梁湘书记报到。马福元找到市委办公楼，上三楼来到梁湘办公室。给他第一印象是梁书记的办公室简单朴素，除了办公桌椅没有更多的摆设，但收拾得干净清爽。马福元看着眼前的情景，不禁想起了刘禹锡《陋室铭》中的语句："斯是陋室，惟吾德馨……市委书记的办公室尚且如此简单，看来深圳确实是初创阶段，一切都在从头开始！"

梁湘书记亲自为马福元冲泡了一壶乌龙茶。马福元喝了一杯茶后，拿出一份文件交给了书记。梁湘接过来一看，这是中共电子工业部党组047号文。文件上写着："关于同意马福元同志受聘的函。广东省深圳市委：梁湘同志给江泽民同志的信收悉。经我部党组研究，同意马福元同志接受你市聘任……"梁湘高兴地将文件交给秘书，让他找组织部尽快办理有关手续。两人边喝茶边谈情况。当梁湘书记问他此次来深圳的感受时，马福元坚定地说："中央决定在深圳建立特区，这是新事物，大家都没有经验，要摸索着干。部党组领导的意思和市委领导的想法一样，把深圳分散的小电子企业组织起来，加以整合形成强有力的团队，走向世界。但是这项任务难度太大了。说老实话，对我是生平头一回，成败难料啊。但是我还是愿意来，主动请战，破釜沉舟！"梁湘听了哈哈大笑："看来你的决心比我大。当时省主要领导找我谈话让我到深圳时，我还犹豫了一下。办特区毕竟是开天辟地前无古人的事业，只能做好，不能做砸呀。我是背水一战，你是破釜沉舟，看来我们两个人都没有退路了……"几年后，《深圳特区报》记者钱汉江采访马福元时，

1987年高科技开发区奠基仪式
图片由马福元提供

问道："马主任，您在电子部位处中枢部门，官位高、权力大、前途好，为什么来深圳呢？要是公司组建不成功怎么办？"马福元笑着回答说："世上没有绝对成功的事。到深圳组建公司不可能保证百分之百会成功。不成功怎么办？我也不想回去了，就在深圳开一家个体户的饺子馆。我爱吃饺子，我包的饺子好吃，饭馆的名字也想好了，就叫'马福元饺子馆'，我相信生意不会差……到那时，欢迎你来品尝。"马福元说这番话，表露出了东北人的豪爽性格，这不是开玩笑，其中饱含着一些复杂的感受：既有对深圳特区形势不明朗的担心，也有往最坏处做打算的准备，当然更多的是看好深圳这块创业热土的乐观。马福元的人生屡遭风雨，几经沉浮，丰富的人生阅历和积淀，让他学会了多角度看问题，从最坏处打算，无论身处何种境况，都能在思想上充分做好准备。1931年，他出生在黑龙江省。1948年参军，先后在东北军区军事

1986年1月6日，谷牧接见马福元。
照片上的人由左至右：周建南、谷牧、马福元、何春霖。
图片由马福元提供。

工业部、中央兵工总局、机械工业部和电子工业部工作。1966年"文化
大革命"中，他被扣上了"苏修特嫌"的帽子，被投入北京秦城监狱坐
牢3年多。1977年平反后又回到电子工业部，被派到电子部华北计算机
研究所任所长，组织研制国家重点工程百万次计算机。这台计算机后来
安装到了"远望二号"测量船，承担了我国运载火箭监控的重要任务。
由于完成任务出色，集体荣立三等功。

　　经历过大风大浪的人才能够做到波澜不惊，经受过大起大落的人才
会看淡名利。马福元对电子部高层职位不再留恋，只是想将自己未来的
人生融入到特区火热的现实中，真正做一些实事，做成一些大事，也算
不虚此生。他曾说："我这个人受过许多挫折和折磨，但是这不完全是
个人的恩怨，而是国家和民族在发展过程中遇到的不幸和坎坷。比起一
些命运更悲惨的人，我认为自己是一个幸运者。只要民族在前途光明的

道路上迈进，国家在向繁荣富强发展，个人的生命能发多少光、发多少热，我都愿意豁出去干。"

豁出去干！这就是马福元的精神，不怕千辛万苦的精神！当时的深圳非常需要这种精神。我们不妨把"镜头"再推近一些，将25年前的深圳看得更仔细一些。由于特区的优惠政策吸引了各路人马和投资商前来深圳落户，其中开办最多的是电子企业。这些企业中，有中央各部委办的，有各省市办的，有深圳市办的，有中外合资的，有外资独资的。各有归属，各自为政，缺乏统一规划，中外条块割据十分明显，形成了一种多头领导、分散管理、低水平重复建设的局面。当时，仅收录机厂就有56家，做电脑的有80多家，大都在做进口元器件组装的后道工序。深圳的这种落后情况，让当时香港经济界的一些人很有些瞧不起。他们"唱衰深圳"说："深圳面对的是电子工业十分发达的香港和日本。在这样强大的对手面前，你们的产品不可能外向，只能内销。卖元器件的外国人首先赚取深圳的钱，深圳通过组装普通家电产品再赚取内地人的钱……深圳只能当个二传手，能当个好的二传手也不简单！"

马福元不爱听这种话。他到深圳不是来当二传手的，他心里装的是让中国电子工业强大的理想和决心！但是，深圳电子企业力量分散、低水平重复建设……这些都是现实情况啊。这个被动的局面如何改变？参差不齐的队伍如何整合？强弱悬殊的团队如何管理？一定要把一盘散沙似的小企业集中起来，大家团结起来才有可能走向国际市场。但是怎么做呢？需要智慧地决策，需要拍板的魄力！

东北人的性格是坚强豪爽，马福元从来没有被困难吓倒过。他从易到难，循序渐进，讲策略地改革，有节奏地推进。摸索经验，观察效果，听取意见，不断改进……渐渐地，他希望的场面与自己心目中的蓝图开始吻合了。他摸清楚了：这些企业是一群充满活力的骏马，只是这些骏马野性尚存，一时半会儿不太驯服。只要找到有效的办法，把这些野骏马圈起来，经过有效的训练，步伐整齐朝指定的方向飞跑，那就是战斗力强的骑兵团冲刺的场景了。

马福元开始明白自己应该怎么做：他要让这些分散的企业整合成为集团军；这个集团是一个利益共同体。没有任何一个行政机构，单靠行政命令就能够把一百多个企业统领起来。把一百多个单打独斗的企业整合起来，真正有效的粘合剂只有一个，那就是利益。这个"集团"不是吃大锅饭的团体，也不是靠行政命令指挥的组织，只能是利益分享的平台，集团的领导机构只能是为成员企业竭诚服务的公仆。孔子有一句话说得好："大道之行也，天下为公"。马福元想借用孔子的智慧，用一心为公、为民服务的思想来整合这个集团军。

1986年1月6日，深圳电子集团公司(后更名为深圳赛格集团公司)正式成立。开业时间本来定于1986年1月8日，马福元却临时动议提前两天，改为1月6日。因为他听说在深圳召开的中央特区会议将于5日结束。到会的领导有国务委员谷牧、中央有关部委的负责人等。如果能邀请到部分领导参加，深圳电子集团的开业典礼就成为国家级的了。马福元出面一邀请，几乎到会的所有部以上领导干部都同意出席典礼活动。这不光是给马福元面子，更是表示对深圳电子事业的热情支持。集团公司成立大会上，国务委员谷牧亲自剪彩，电子工业部部长李铁映、深圳市市长李灏致辞，香港及外国金融界、财经界和企业界的许多知名人士前来恭贺。会上宣布，马福元正式出任深圳电子集团董事长兼总经理、深圳电子行业协会首任会长。深圳电子集团成立的消息在国内外引起很大反响。

虽然马福元是个不怕困难的人，但是在实际工作中遇到的困难，还是远远地超过了他的想象。把分散经营、低水平重复建设的上百家小企业组织起来，搞集团化的规模经营，开始触动传统计划经济体制的敏感神经。在组建集团公司过程中，领导班子召开了多次会议讨论这些重

1989年10月24日，马福元会见前苏联亚美尼克西格玛公司代表。
图片由马福元提供。

大事项，统一思想，求得共识。思想统一，才有可能做到步伐一致。

当马福元提出公司起名"深圳电子集团公司"时，很多人表示反对说："'集团'是贬义词啊。这个词经常和犯罪团体联系在一起，如'反党集团'、'盗窃集团'、'走私集团'等。我们的公司哪能叫这个名呢？"但是，马福元对此另有道理，他解释说："集团嘛，就是'集中与团结'"。这样一解释，反对的人也觉着挺好，于是这个名字就通过了。经深圳市政府批准，深圳电子集团就这样诞生了。后来，马福元感觉"深圳电子集团"这个名字缺乏个性，公司名称要个性突出，叫起来响亮，方便与国际接轨。他根据公司英文名称SHENZHEN ELECTRONICS GROUP的缩写SEG，将公司名改为"深圳赛格集团公司"。在一次公司会议上，马福元说："'赛格'就是'赛国格，赛人格，赛品格，赛风格'。只要我们在全公司开展这样的'四赛'活动，真正调动起大家的积极性，赛格一定会做成全国一流公司！"

许多事情在今天看来习以为常，但在当时却是大胆的创新和改革，往前推进阻力重重。好在马福元已有破釜沉舟的决心，坚持实践是检验真理的唯一标准，瞄准改革的正确方向，大胆地试，勇敢地闯。他很赞成胡耀邦到深圳调研时，提出的"特事特办、新事新办、立场不变、方法全新"的说法。他要在赛格集团的工作中，认真贯彻落实这句话，在"特"字和"新"字上大做文章。立场不变，大胆地闯。

为切实保障加盟企业的权益，马福元力主通过用经济办法而非行政手段，将集团这个"利益共同体"逐步发展成为"利益命运共同体"，实现"形成合力，开拓市场"的目的。为解除加盟企业的后顾之忧，马福元做了大量艰苦细致的工作，他反复申明，新组建的集团不搞权利再分配，不搞行政干预，不变相高度集权，提倡企业本位论，扩大企业自主权。

于是，一个深圳电子集团的《章程》组织法则诞生了。主要原则包括：集团是行业性、综合性、外向型企业，集团和所属企业都是法人，不是上下级的主从关系，不搞行政干预；成员参加集团和退出集团自由；集团对企业不是管起来，而是主动服务，以维护企业间互利互助格局；集团对企业不是"我领导，你服从"，而是集团和成员企业都是实体，集团虽是婆婆但不多嘴，"谁投资，谁受益，谁有发言权"；集团内部横向联合，信誉第一，讲求感情投资，互助互利互惠互爱，反对见利忘义。《章程》中表现出的很强的"服务意识"，尤其对企业产生了强烈的吸引力：集团的宗旨是对成员无偿而竭诚服务。包括筹借资金服务、质量管理服务、元器件配套服务、办理进出口及内销许可证服务、培训人才服务、制定发展规划及信息咨询服务、开发新产品服务、开拓海外市场服务等等。赛格集团在短时间内能够取得立竿见影的效果，是因为形成了一种自愿联合、互惠互利、强调服务的企业文化。"赛格"

成立中外合资企业，马福元代表赛格签字。
图片由马福元提供。

的"赛国格、赛人格、赛品格、赛风格"，成为集团的价值理念。马福元创办了一个新型公司。在没有开办资金的情况下，他设计出了一种新型企业集团的组织管理模式和经营模式。一般说来，国际的绝大部分公司发展的方式是，先有母公司，派生出许多子公司，然后组成集团；可赛格集团是先有子公司，后组成集团。这是根据深圳实际情况的策划设计，是一种创新之举。

赛格集团成立一年，不仅集团成员个个盈利，一年创利税1.5亿元，而且1986年全年产值达到13亿元，占深圳当年工业总产值的38%。再后来，"赛格"牌电视机、录音机打进了香港、美国市场。赛格凭着优质产品开始在市场上有了一些发言权。

按照当时深圳政府有关部门的规定，集团公司可以对下属企业按照销售额收取3%的管理费。按规定计算，赛格集团1986年的应收管理费为300万元，1987年的应收管理费为450万元。但是马福元不让这样做，他领导的集团从未向下属企业收取过一分钱的管理费。他对机关人员说："对下属企业不要硬性收缴管理费。很多企业都在创业，要多放水养鱼，而不要杀鸡取卵。如果你催急了，他可能就走人，弄得鸡飞蛋打，事与愿违；而是要设法做好服务，我们的服务好了，人家看物有所值，自愿付费这才好。"集团实行一种有情管理原则，增进了下属企业对集团的信任感，增强了对集团的向心力。

一系列与国际惯例接轨"游戏规则"的出台，使处于一盘散沙状态的大部分深圳电子企业，看到了集团化经营优势的光明前景，增强了对未来发展的信心，他们纷纷起而响应。至1988年1月，集团旗下已拥有桑达、华强、康佳、爱华、宝华等117家电子企业。

筷子成把折不断，众人拾柴火焰高。小公司联合起来成为集团，分散部队组成大兵团作战，赛格集团很快就出现了规模效应：

原来单个企业资信差，从银行贷款难度大。而赛格集团是个企业航母，整体实力强，信贷信用好。原来企业找银行，银行爱理不理；现在银行主动上门服务。仅1986、1987两年，在集团担保下的企业贷款达到2.55亿元。这些钱像一股活水一样，流动在电子集团企业里，让企业的经营出现了兴旺景象。

原来企业研发资金不足，没有力量开发自己的新产品。现在具有实力的赛格集团，联合起国内15所高等院校、28家研究所和多家实力雄厚的企业，大力开发新技术、新产品。集团成立的第一年就开发出新产品78项，新增产值2.5亿元。第二年又开发出新产品215项，新增产值4.3亿元。

原来有一些国外的大公司很想与深圳合作，给一些生产加工的大订单。但是由于深圳的公司规模小，不敢接单。现在赛格就可以接这些大单，然后组织集团内的公司一起做，譬如像彩电等来料加工的订单，现在就可以接下来，分别加工，集中交活。后来的几年间，就是用这种方法，赛格集团培养出了一大批加工能力比较强的工厂企业。深圳的电子工业就这样慢慢地起步了，真正成了电子产品的集散地和辐射源。

初战获胜，捷报频传。不断取得的成绩极大地鼓舞了马福元的信心。他边实践边摸索，边试验边前进，步伐越来越坚定，方向越来越明确。他制定了"立足深圳，依托内地，走向世界"的"三点一线"战略，要让赛格集团这条大船最终进入国际市场，实现打造中国第一代跨国公司的理想。他确立了"市场带技术，技术求效益，效益促发展，发展看市场"的经营方针，让内地刚从计划经济体制里走出来的企业，在深圳这个最早确立市场经济体制的海洋里学会游泳，成为傲立潮头的弄潮儿。他要求赛格集团要逐步形成跨国、跨地区，跨行业、跨所有制的"四跨"模式；给赛格集团提出了"两年打基础，三年起步上水平"的发展目标。他针对多数企业干部，重生产轻经营的弱点，教育大家要增强金融意识、学习金融知识，学会"用明天的钱，办今天的事；用外国人的钱办中国人的事；用社会的钱办赛格的事；用钱生钱，办好赛格、服务社会"，等等。马福元以极大的热情投入到他后半生开创的崭新事业中；用自己多年积累的经验和智慧带领队伍前进。赛格集团不仅短短时间里在经营方面取得出色成绩，而且更重要的是培育出了许多出色的企业家。

马福元认识到，深圳面积不大，地位重要，是中国改革开放的窗口，因此要在内联外向问题上作足文章，既要充分依托内地"借鸡生蛋"，又要"借船出海"积极对外发展。所谓"借鸡生蛋"，就是不断加强与内地的横向经济、技术联合，借助内地电子工业的实力来发展深圳电子工业。赛格选择有实力、技术强、信誉好的内地企业、高等院校、科研单位作为合作伙伴，引进技术和产品的良种，让它们在特区优良的土壤和气候条件下发芽生长，优生出一批新型企业，生产出新一代优质产品，打入国际市场。所谓"借船出海"，就是在赛格集团成立初期还没有自己的国际销售渠道和网络情况下，借助外商的购销渠道和技术力量，推出我们的电子产品，积极参与国际市场的竞争。

在此基础上，为适应产品外销快速增长的需要，马福元又提出了"造船出海"和"买船出海"的构想。所谓"造船出海"，就是赛格投资在亚太、北美、西欧、中东、苏联及东欧地区建立生产基地、销售渠道和网点。所谓"买船出海"，就是购买国外现成的企业和销售网络，充分利用原企业苦心经营多年的购销渠道，推销赛格集团的出口产品。这种做法，更省时间，速度更快。

赛格集团羽翼渐丰之后，马福元走出了第二步棋：兴办大型骨干企业。马福元选择项目，不是以赚钱不赚钱为标准，而是以国家电子工业发展的战略目标为依据，从而创造了一种"国家目标、企业行为"建设重大电子工业基础项目的路子。马福元将集团最多数量的资金，先后投在了4个基础性项目上。

首个是大功率晶体管项目。赛格集团公司和美国IBDT亚洲有限公司合资组建深圳深爱半导体有限公司，共同投资1349.6万美元，投资比例中方占73%、美方占27%。该项目1987年12月经深圳市人民政府批准成立。后来，股东变更，由美国IBDT公司变更为赛格(香港)有限公司，持股25.18%；深圳赛格集团的股份上升为74.82%。1992年3月，公司后封装生产线正式投产。3月8日《深圳特区报》头版头条发表了《"深爱"大功率晶体管试制成功》的文章，介绍了该项目。1997年3月31日，深爱公司第一片大功率晶体管芯片走下生产线，深圳半导体芯片依赖进口的历史从此终结。经过20多年的发展，深爱公司已成为拥有4英寸、5英寸三条生产线的大型晶体管芯片生产企业，年销售收入达到6亿元人民币。

第二个是中外合资彩管项目。上这个项目是马福元敏锐地感觉到，彩色显像管市场未来一段时期内肯定有不俗的表现。在深圳市和电子部筹备的彩管项目中，赛格占总投资的45%。1989年5月，赛格集团与日本日立公司合资兴办"赛格日立公司"，项目总投资1.6亿美元，年产量160万只彩管。在给合资公司取名时，出现了一个有趣的小插曲：日方先是提出，按照"北京松下"的先例，深圳的合资公司取名为"深圳日立"，马福元没有表态。日方又提出"日立赛格"的名称，马福元仍然不同意，建议起名"赛格日立"。日方反对说，日立公司历史悠久，是世界著名的跨国公司，赛格集团才3岁，因此"日立"应该摆在"赛格"的前面。马福元反驳说："赛格集团虽然只成立3年，但赛格是合资公司的大股东，日立是小股东(占25%股份)。按国际惯例'赛格'必须排在'日立'前面。"马福元说的有理有据，日方只好同意，公司最后定名为"赛格日立"。1989年6月3日，合资公司在深圳召开第一次董事会，马福元出任董事长，赛格的周工展出任总经理。

从"赛格"和"赛格日立"两次起名的事情中，可以看出马福元非常重视公司的名称。或许有人认为名字不重要，做事情、得实惠才重要。马董可不完全认同，他熟记孔老夫子的教导：名不正则言不顺，言不顺则事不成。当然起名只是开头，实干更重要。令人欣慰的是，赛格日立从破土动工到建成投产，只用了500天时间，比计划工期缩短1个月，创下了国内同类项目建设周期最短的纪录。至2004年7月，赛格日立累计生产出54厘米彩管3000多万只。2004年1月9日，赛格日立已提前足额归还了贷款本息合计1.75亿美元。今天，深圳博物馆中陈列着当年赛格日立生产的第一只彩管，还在向人们默默地述说着那段辉煌的历史。

第三个是彩管玻壳项目。既然开办了彩管厂，那么再接着开办彩管的配套产品玻壳制造厂就是水到渠成的事了。1989年8月20日，成立深圳中电康力玻璃有限公司（简称深圳中康玻璃有限公司），注册资本4400万美元。股权结构为中国电子信息产业集团占40%，深圳赛格集团公司占30%，香港康贸发展有限公司占30%。生产规模为年产1380万套，产品规格覆盖了15″～36″彩色显像管、彩色显示器玻壳。

该项目于1989年12月破土动工，1992年10月点火，1995年通过国家验收。1997年6月，公司通过改组转制成为赛格中康上市股份公司。建成后的新工厂以世界一流企业为目标，创造世界最高竞争力和最大效力。1998年8月，公司与韩国三星康宁株式会社正式合资，成立了深圳市赛格三星股份有限公司。公司生产的各类屏、锥产品，供应全国各彩管生产企业。部分产品远销美国、韩国等地，成为国内同行业中率先将玻壳产品打入国际市场、产品出口量最大、外销率最高、出口创汇最多的玻壳厂家。

第四个是超大规模集成电路项目。这个项目马福元花了最多的心思，倾注了大量心血。但遗憾的是，最后竟然没有做成。（这个故事的详细过程写在本书第五回）。

正确的经营管理思想转化成了巨大的经济效益。1987年赛格集团的工业总产值达到20亿元，销售收入达15亿元，外销收入过1.5亿美元，利润和税收总额达2.23亿，分别比两年前增长105%、106%、292%和161%。到了1991年，赛格集团的产值已达40.2亿，销售收入29亿，外汇收入3.2亿美元，持上市公司原始股票7745万股，净资产从1985年的2264万元增长到2亿元人民币，7年间增长了8倍多。这些数字说明，不光是赛格集团的国有资产迅速增值，而且更重要的是赛格集团的经济结构发生了质的变化，赛格人的精神风貌焕然一新。

蛟龙横空出世，大鹏展翅飞翔。深圳由于有了一个国家级的电子集团公司，使得它的本土财富传奇又厚实了许多。鲁迅先生在《故乡》中过这样一句话："其实地上本没有路，走的人多了也便成了路"。在《中国体改研究会通讯》收录的马福元一篇文章里，他这样写道："深圳赛格集团（原深圳电子集团）作为我国经济特区电子工业第一个综合性、行业性的外向型企业集团，正以它独特的发展模式和管理模式的实践，探索着具有中国特色的发展电子工业的道路"。马福元就是从没有路的地面上，勇敢地走出了一条路。走这条路，需要有敢为天下先的精神，有不怕失败的勇气，还要有善于选择路线的智慧。马福元创造出了我国集团公司发展的新模式。

马福元与作者合影。

采访手记

在采访马老时，我们谈到了他坎坷的经历。我问："马老，你在文化大革命中受了那么大的苦，为什么还要到深圳来创业再次吃苦呢？"他回答说："在那场浩劫中，我确实吃了苦，也坐过牢。当然，最后平了反，落实政策，党和国家又给了我工作的权利。虽然说个人受到许多委屈，受了打击，但是我更认为，文化大革命是一场民族的劫数、国家的灾难。在国家和民族灾难面前，个人的恩怨算不了什么。"

马老歇了一口气继续说："文化大革命耽误了国家的发展，阻碍了民族的进步，影响了中华民族的复兴事业。正因为如此，我们才更加认识到改革开放转折的重要性，这是千载难逢的中华民族发展机遇。当组织上就到深圳工作问题征求我意见时，我意识到，这是我个人的机遇，也是国家和民族的机遇。人是需要有机遇的，重要的机遇可能在一生中只会遇到一次。因此，当机遇真的来临时，不能胆怯，不能犹豫，不能退缩，要牢牢抓住不放。改革开放、创办经济特区，是国家的机遇，是民族的机遇，甚至可以说是人类创造自己前进道路的一次伟大机遇。因此，我们要抓住这个机遇。当然，说是机遇，可能成功，也可能失败。我觉着，能遇着改革开放这么伟大的事业，是我们这代人的幸运。对这样的机遇，能够放弃吗？因此，我当时就是一种义无反顾、破釜沉舟的心态。只要我们尝试了，努力了，奋斗了，就算失败了，也是值得的，我们也感到欣慰。"

马老的话富有感染力，深深地感动了我。

第五回　计划经济破藩篱
电子市场创奇迹

绘图：王建明

　　谁是第一个吃螃蟹的人？据说几千年前，人们在江河湖泊里看到有一种双螯八足、样子凶恶的甲壳虫。此虫不仅偷吃稻谷，还会用螯伤人，故称之为"夹人虫"。大禹到江南治水时，派名叫巴解的壮士督工。手下人汇报说，河滩里的夹人虫经常夹伤工人，严重影响工程进程。巴解想出了一个防虫的办法，在工地边上挖出沟渠，沟渠里灌进沸水。夹人虫不知是计，横行直冲，冲入沟渠里就被烫死。工人们高兴了，围着沟渠看热闹。大家发现，夹人虫被烫死后浑身变红，而且冒出一股香味。人们都抽着鼻子闻香味，但是没有一个人敢动这些可怕的虫子。巴解不管那么多，他拣起一个虫子，掰开甲壳，香味更浓了。他便大着胆子吃了一口，啊，味道鲜美极了。从此，人们知道了螃蟹是极佳的河鲜美味。大家感谢第一个吃螃蟹的巴解，就在解字下面加个虫字，称这种夹人虫为"蟹"。鲁迅先生曾经称赞说："第一次吃螃蟹的人是很可佩服的，不是勇士谁敢去吃它呢？"

　　人们赞美第一个吃螃蟹的人，是因为凡是第一个做某件事的人，勇敢大胆，精神可嘉。做前人没有做过的事，可能成功，也可能失败。成功了，就会开辟新道路，创出新局面，为人类做出了贡献；失败了，就要承担风险、损失，甚至会付出生命的代价。没有牺牲精神的人不会冒这个险。创办赛格电子配套市场，就是第一个吃螃蟹。电子市场不仅开辟了深圳电子业的新局面，也为中国电子产业的发展作出了贡献。

闲话少说，书归正传。

马福元组建了赛格集团后，战略构想是让电子信息产业立足深圳、依托内地、走向世界，使得电子技术、产品产生两个扇面吸收和两个扇面辐射的作用。他很清楚制约电子产业发展的症结所在，是电子元器件特别是芯片的来源供应问题。

小小的电子元器件，特别是芯片，表面上看起来毫不起眼，一块半导体材料上，有几条引线；如果打开看看里面，不过是些粗粗细细、长长短短的线路，也看不到有什么特别让人注意的地方。实际上这是一个极其神奇的东西。它是人类聪明智慧的产物，是人类技术发展的结晶。按照马福元的看法："电子元器件中的集成电路是电子技术的核心，是心脏。往往由于我们缺少集成的高技术含量的芯片，影响开发高技术含量的新产品。"对电子产业的发展来说，芯片的重要程度怎么评价都不为过。中国的电子产业为什么落后？就是因为没有掌握电子芯片这样的核心技术，因而处处受制于人。而且电子芯片还有一个特点，其发展速度十分迅速。按照戈登?摩尔研究提出的摩尔定律，集成电路上可容纳的晶体管数目，每隔约18个月便会增加一倍，性能也将提升一倍。由于电子芯片的这种神奇发展速度，后来的研究者是很难追上美国人的。

由于电子芯片和元器件浓缩了技术，电子产品的制造技术相对变得容易。这种情况下，生产复杂的电器产品，只要把各种不同的元器件组

马福元与王守觉院士（右）谈技术发展趋势。
图片由马福元提供。

合在一起就行了。对于生产厂家来说，生产技术变成了比较简单的装配技术。反过来说，电子元器件，特别是芯片的设计、制作技术却越来越越复杂。这就使那些已经掌握了这些技术的国家，有条件对别的国家实行技术封锁。得到这些元器件特别是芯片，成为比较困难的事情。而要想发展电子工业，能不能得到合适的芯片是关键。没有芯片什么都不用谈了。

　　当时的深圳电子集团处于这样一种状态：电子元器件不能配套，所属的电子企业很难在深圳采购到。企业常常为了诸如电阻、电容之类的小元器件，不远千里前往北京或是上海购买。当时国内的交通与资讯不发达，如此远距离的采购，付出的成本极高。这个问题若不能解决，势必极大地阻碍电子产业发展。马福元看得很清楚，这就是电子产业发展的瓶颈！寻找元器件进行配套是当务之急！这是绕不开的一道坎。这个问题深深地困扰着他这位集团当家人。

更何况，当时许多元器件我国还生产不出来。就算采购人员皮包里装满了钞票，没地方去买呀！这样的元器件只能依赖进口，但是要想进口又谈何容易。最大的障碍是深圳的电子企业没有进口权。进口必须通过对外经贸部授权的国营进出口公司办理。而代理进口的手续极为复杂：提出申请后，经过多道手续，层层审批，没有几个月时间是不行的。批文好不容易下来了，还需要外汇指标，申请外汇指标也是一个很难办的事情。然后由外贸公司进口。如果需要大宗进口元器件，外贸进出口公司也解决不了，只能通过全国电子元器件供销会想办法。当时中国还是计划经济体制，一切企业的生产经营活动都要通过计划推进。国家电子工业部每年在北京召开专门的供销会议，对芯片和电子元器件这些专业而重要的产品，用"计划"的办法分配。开会前，全国各地的电子厂家根据生产需要上报计划数量，电子工业部有关部门汇总需求数量，然后召开会议。参加会议的，有国内的生产厂家，也有从国外请来的各种芯片元器件供应商。大家在会上见面谈生意，讨价还价。有一位经常参加订货会的厂长评价说："这个会议就像俺们北方农村春耕前的'骡马大会'，农民们都要到集市上买牛买马买骡子准备下地耕地……"这句形象的话传开了，因此，行业内人们都将订货会议称之为"骡马大会"。

生意谈好了，签下了订单合同。订单总数汇总起来，上报国家计委批准。红头文件下来后，企业才可以凭着批文，到有关部门申请拨款，到外汇管理局申请外汇指标，寻找有进出口权的公司代理进口电子元器件。办完以上这些事情，往往几个月时间就过去了。当工厂拿到急需的元器件，可能市场情况已经发生了变化。这时候生产出来的电器产品，或者市场上已经大幅降价，赚钱的生产计划做成了赔本的买卖；或者市场已经淘汰了这一类电子产品，进口来的电子元器件没有用了，变成了废物锁进了仓库。

可见，电子元器件的供应与不配套的问题，不仅制约着深圳电子工业的发展，也严重地影响着深圳的投资环境。建立一个对内对外开放的电子配套市场，按供需要求公开交易，就成了深圳赛格集团上百家成员企业的强烈要求，也成为深圳电子行业的共同心声。

根据企业的强烈呼吁，马福元下定决心，要办一个深圳的电子配套市场。赛格集团成立时，明确提出了"市场带技术，技术求效益，效益促发展，发展还要看市场"的方针。这个方针，是要用来指导行动的，而不是说着玩的。更何况，诞生于市场经济体制里的赛格集团，只能按照市场经济规则办事，为什么不能建一个属于深圳的电子市场呢？

1993年10月，马福元（中）向访问深圳的多米尼克总统克拉伦斯·塞尼奥雷特（左二）赠送纪念品。
图片由马福元提供。

几年前，马福元曾经率团去日本考察，专程到过东京秋叶原电器市场参观。他看到市场上出售品种极其繁多的电子元器件，就像瓜果蔬菜市场一样的热闹景象，当时就萌生了在深圳成立电子配套市场的想法。现在，他要让这个想法变成现实，让深圳拥有自己的秋叶原，在深圳创办自己的"骡马大会"。

今天在华强北做生意的许多年轻人，可能认为开办电子市场这样的事很容易。今天的华强北商业街上有多少个电子市场啊，不稀奇。但是，人们不明白在深圳经济特区创业初期，想起干这样的事叫创新，想干成这样的事，那是太难了！其原因，电子元器件是生产资料，生产资料必须纳入计划管理，管理权属于市政府的物资局。赛格集团是一家企业呀，怎么能越权管理生产资料呢？但是当企业需要这些东西，找到物资局时，却被答复说："钢材、水泥这些大宗生产资料我们都管不过来呢，哪能顾得上电阻电容这些芝麻小事呢？"企业没办法又去找市工商局，也无济于事，他们也不管这些事。

既然大家都不管，事情又不能不做，只能靠自己了。马福元就几易其稿，准备好了申请成立深圳电子配套市场的计划书。计划书上报后，得到了市委书记兼市长李灏的大力支持。李灏书记也去日本看过秋叶原电器市场，他明白这个市场是怎么回事。所以，他明确表态支持创办这样的项目。计划书上报后，很快得到市政府同意的批复。市领导积极的态度极大地鼓舞了马福元。1986年7月17日这一天，赛格集团专门成立了一个电子器材配套服务公司，电子市场的筹建工作正式开始。

罗道义是电子器材配套公司经理，由她具体负责筹建工作。一开始，筹建办只有4个人、4张桌子、1部电话机（而且是个分机），办公室加上营业室共40平方米。办公条件虽然简陋，但是罗道义不怕。她明白万事开头难，任何事业都是从小到大发展的，关键是要敢于开拓。她积极了解企业需求，要求大家主动与全国许多元器件厂家联系业务，挑选质量好、供货正常的产品，帮助供应商来深圳为生产商进行配套。摆放产品没有陈列柜，她凭私人关系借来6个柜子，摆放在营业室当展柜。展柜里摆满了第一批产品货样，其中有不同型号规格的二级管、三级管、集成电路、电阻、接插件等300多种。货品虽然不算多，但重要的是深圳电子配套市场开张了。

　　1988年3月18日，经过一年多时间筹备，深圳电子配套市场终于正式开业，这一天举行了隆重的开业典礼。赛格大厦门前鞭炮齐鸣，锣鼓喧天。门前场地两边摆满了祝贺的花篮和牌匾。笑容满面的马福元在开业典礼上讲话说："电子配套市场里设有各类展销摊位，国内外客户可以在这里买进，也可以将自己的产品拿到这里展销……"集团将办公楼的一层全部腾出来，作为电子配套市场的经营场地。整层1400平方米地方，设了保税仓、普通仓、会议室、洽谈室。其余地方，则摆满了铝合

赛格电子配套市场开业典礼上马福元讲话。
图片由马福元提供。

金玻璃条柜，一眼看上去颇显气势。来自全国的160多家厂商和10家港商，进入了市场。

这是一个极具里程碑意义的事件。该市场的出现，标志着深圳的电子原器件供销突破了计划分配的模式，按市场供需要求开始运作了。更可贵的是，这个市场对国内、国外同时开放。电子市场的出现，标志着深圳在发挥"四个窗口"（即"技术的窗口、知识的窗口、管理的窗口和对外开放的窗口"）和"两个扇面"（辐射和吸引的功能）作用方面，向前迈进了一大步。这个项目对促进深圳电子工业的发展，对深圳"中国电子第一街"的形成，起到了重要的奠基作用。

这是全国第一家专门销售国内外电子元器件、组织生产资料配套供应的电子专业市场。该市场把"服务至上"的理念和"办活办旺"的宗旨被摆在了首位。电子市场定位于"服务"，就意味着电子市场的主要功能是为电子工业配套，而不是盈利。根据"服务至上"的理念，电子市场采取了一系列完全不同于传统做法的管理方式：陈列柜不收费，实行免费展销，以吸引更多的电子元器件供应商到展厅来展销；经营者的生意做成了，有了成交额，也不收取手续费；摆放在市场里的陈列品如有丢失，管理方负责照价赔偿；电子市场里设立了保税仓，既方便香港等境外供应商展销时存放货品，也实现了海关监管；最重要的一条措施是实行代销制度，如果国内的电子元器件生产厂没有力量派销售人员，就由电子市场派人帮助展销。结果，短时间里，建立代销关系的厂家多达50余家。除了吸引供应商尽快加入电子市场，在销售方面也实行一种新的销售方式。罗道义带领销售人员走访了上海、香港、珠海、长沙等地的整机生产厂家，建立起供货关系，有时候哪怕整机厂只需要几个电阻电容一类的小元件，电子市场也帮助解决，甚至送货上门。

由于电子市场真正想顾客所想，帮顾客所需，很快就出现了购销两旺的喜人景象。电子元器件的供应商在电子市场租　个柜台，不需要四处奔波找客户了；电子元器件送进电子市场，供不应求很快就会销售出去；电器产品生产厂家来到电子市场，随时能够采购到自己需要的电子元器件，不用再到北京找关系、跑批文了。而且采购员们惊喜地发现，由于电子元器件供应商多了，供求关系发生变化，价格不断下跌，降低了成本，对生产厂家十分有利。此外，电子市场在信息交流方面发挥了重要作用：产供销各方在这里直接见面，洽谈生意，随时能够了解到全球高新技术发展趋势的最新信息，和电子产品的最新市场行情。由于这里交流信息方便，能够做成生意，越来越多的商家加入进来，生意像滚雪球一样越来越大，生意越来越火爆。当年年底，进入配套市场交易的国内外厂家已达200余家，成交额达到400多万元。

马福元创办电子配套市场时，目的只是为计划经济体制外的深圳电子企业搞一个自己的"小骡马大会"。但是谁也没有想到，深圳的电子市场一开张，吸引了全国的电子企业都到深圳来采购、销售、出口、做生意。结果没有多长时间，北京的骡马大会就取消了。虽然这种停办，是整个国家经济体制从计划到市场的转变决定的，但也与深圳电子配套市场的开办，为中国电子企业找到了一个新的采购、销售渠道有很大关系。马福元在总结赛格电子配套市场成功的经验时说："市场带动技术，技术产生效益，效益促进发展，发展又带动市场。我们完全围着市场团团转，最后转出了一个大好局面。"

赛格电子市场一开业就火的情况真有点出乎马福元的预期。他感觉深圳需要这样一个市场，但是没有想到该市场会在全国引起热烈反响；他相信这个市场生意能好，但是没想到短期内就出现了火爆的供销场面；他知道这个市场能解决生产厂家的生产困难，让职工们能够挣到高工资，但是没有想到该市场成为一个财富孵化器，培育出了成千上万的百万富翁、千万富翁、亿万富翁。

但是，对赛格电子市场的做法，也出现了一些议论的声音。有人说，电子市场上的许多芯片和电子元器件是从香港走私过来的，我们不应该提供销售市场；又有人说，马福元开办电子市场的做法是打擦边球，钻政策的空子。对这些议论马福元是如此回答的：由于芯片和电子元器件体积小、便于携带的特点，深圳的电子市场上确实有走私货，赛格电子市场也不例外。但是，私下交易时海关税和营业税，国家都收不到；而进入赛格电子市场后，起码还能够收到营业税，对国家有利。有人说我们打擦边球。打擦边球没有什么不好。能够控制小小的乒乓球擦个边，不出界，这靠运气，也要靠高超的技术。最关键的是裁判对这个球怎么判？擦边球，裁判会判得分，而不是丢分，这个才是硬道理。深圳的许多企业不属于国家计划经济体制，不能像内地企业享受一些权利，如果不想办法一定会倒闭。因此，打擦边球得分，好过把球打出界丢分吧！

创办赛格电子市场是一个创新。最难能可贵的是，这是完全根据市场需要而创新的，是为迅速发展深圳电子产业而创新的，是为振兴中国电子工业而创新的。因此，它一出现就显示了强大的生命力，产生了滚雪球、爆炸式地发展速度，这样的结果，就连原创者马福元事先也完全没有想到。赛格电子市场出现后，不断有新的投资者仿效、复制，创办起一个个新的电子市场，这就为华强北转变成为电子一条街开辟了道路。

1990年，赛格电子配套市场第一次扩容，营业面积扩大到2300平方米，年营业额增加到1000万元。1993年，赛格电子配套市场第二次进行扩容，营业面积增加到3300平方米、展柜（铺位）增加到530个，年营业额猛增到6000万元。同时，深圳电子行业协会会刊"电子信息"编辑部，开始编辑出版"电子信息专页"，为顾客提供导购服务。1995年，赛格电子配套市场第三次进行扩容，营业面积增加到12000平方米，展柜（铺位）增加到1200个。

1997年1月，位于华强北的万商电器城开业。同年，位于华强北路的大百汇商业城开业。逐步形成了以深圳电子配套市场为中心，东至深南中路统建楼路段，北至华强北商业街顺电家电广场的电子一条街。这条街上云集着12家专业市场和商城，成行成市的营业总面积达4万平方米，年营业额高达80亿元。1998年7月，营业面积最大（38800平方米）的华强电子世界在华强北路开业。国内外1000多家厂商进驻，经营各类元器件以及各类高新技术产品。经过扩容，华强电子世界现营业面积达43000平方米，入驻商户3000多家。1999年之后，在华强北商业街中，中电信息时代广场开业，接着远望数码商城、太平洋监控通讯市场、都会电子城、新亚洲电子城等相继开业。至2004年，深圳电子专业市场已发展到20家，营业面积已扩大到近30万平方米，年营业额增加到300多亿元。形成以赛格广场为中心东至深南中路统建路段两侧，北至红荔路的顺电家电广场、国美电器的一个庞大的华强北电子商业区。成为中国乃至亚洲地区的一个最大的电子产品、技术集散地。2007年底，深圳电子市场已达到35家（规模在1万平方米以上），经营面积达到了近60万平方米，其中，各类电子专业市场更是以惊人的速度发展，带动了IT、通讯、数码、家电、光电、安防等产业技术不断更新和数字化革命时代的到来。

平时，马福元没事时，经常喜欢在电子市场里转一转，看看有什么新的电子元器件，特别是先进的芯片上市。他发现有时候竟然能看到一些性能很高的芯片，这样的芯片通过正常进出口渠道是很难买到的。这是因为这些高性能芯片，大部分产自美国和欧洲一些电子技术先进国家，他们对我国实行严格的技术封锁政策。这些国家大部分属于"巴黎统筹组织"成员，"巴统"吃饱了没事专门干这件事。"巴统组织"成立于1950年，正式名称是"对共产党国家出口管制统筹委员会"

1992年11月10日，举办超大规模集成电路项目计划书签字仪式。
马福元（中）、叶鲁（前排右一）代表赛格与外商签约。
图片由马福元提供。

（COCOM），由于总部设在美国驻巴黎大使馆，因此，简称为"巴统"。该组织开始是美国在与苏联争霸中推行冷战战略的一个工具，后来也用来对付中国，限制高新技术进入中国。马福元长期在电子行业工作，十分清楚高性能的芯片对发展航天航空军事工程方面的重要性。他在参加建造我国"远望二号"测量船时，负责百万次计算机的研制生产任务。当时由于少有高性能芯片，计算机里使用了大量的分离性元器件，增加了技术难度，也造成设备体积庞大。如果当时有这些先进的集成电路，完成计算机的研制任务就容易多了。眼前的柜台里有一些高性能、多用途的芯片，不知道是通过什么渠道弄来的。别看这些小小的芯片不起眼，对发展航天航空、甚至军事工程发展非常有好处，同时对发展我国集成电路的技术也是一个参照系……马福元一边向站柜台的销售人员询问情况，一边任自己的思绪遨游遐想。

作为电子部的老同志，在电子行业里摸爬滚打了几十年，马福元真正了解芯片对中国电子产业发展的极端重要性。没有电子芯片，你所做的所有电子产品都没有核心技术；没有芯片的电子产品，就像是没有灵魂的木偶玩具。不掌握制造电子芯片技术，想要发展民族电子产业就会处处受到别人控制；不光在产业链中只能赚到微薄的加工利润，而且外国人随时随地都可能翻脸，卡住芯片的脖子让你呼吸难受，难以生存。

正因为芯片技术是牵一发而动全身的关键技术，这项技术发展的好坏，关系到深圳、甚至整个国家电子产业的命运。所以马福元一直决心想搞赛格大规模集成电路芯片厂。这件事得到了李灏书记的大力支持。李灏调来深圳前是国务院副秘书长，当然同样知道芯片对电子产业发展的重要意义。1990年4月，国务委员宋健到广东考察时，提出在沿海地区开发超大规模集成电路的设想。李灏书记立即指示马福元牵头组建深圳发展超大规模集成电路项目组，成立以马福元为主任、赛格总工程师叶鲁为副主任的项目办公室。马福元带领专家组当月就拟出了发展此项超大项目的整体方案。项目计划书很快上报，先是报到市里李灏批准；接着上报给国务院副总理兼国家计委主任邹家华，也很快获得批准。从1990年4月到1993年2月，超大项目办公室作了大量工作：邀约专家论证；接受国家权威机构评估；对合作方进行选择和考察。

对中国企业来说，芯片是一个全新的技术，必须与国外公司合作。当时，由于"巴统组织"的控制，几乎所有的掌握芯片技术的欧美国家都对赛格关闭大门。马福元和市计划局长姜贵代表深圳市拜访香港工业署领导，得到香港政府的支持。最后谈定：超大规模集成电路项目的前道工序放在香港的大浦工业区。当时的香港还属于英国管辖，巴统组织不会对香港实行封锁。就是到了1997年香港回归，我国领导人宣布香港制度50年不变，所以项目继续办下去应该没有问题。更何况，经过几年的发展，自己开发的芯片技术成熟了，就更不怕别人的技术封锁。

国家计委同意并发文件将此项目改为深港超大规模集成电路项目。

马福元在香港大浦选了一块合适的土地，价格2000万元港币。当时的赛格集团拿不出这笔钱。马福元找到国家计委常务副主任甘子玉，请求给予支持。甘子玉十分重视这个项目，同意由国家计委担保由中国银行给予赛格集团贷款，终于如愿以偿买下了这块地。

合作伙伴最终选择了意法半导体公司，共同投资，成立合资公司。从1992年2月到1993年2月经过一年的谈判，最后达成协议，意法公司同意从1993年到1996年技术转让三代亚微米技术。即0.7微米、0.5微米、0.3微米技术，及包括6英寸和8英寸晶片制造技术，总投资4亿美元，意法占55%股份，赛格占45%股份。项目经深圳市政府批准后，计划于1994年底建成投产，1995年产量为40K晶片，1996年产量达最大值120K晶片。准备1993年2月28日，由马福元率赛格代表团赴意大利签约。然而，事态的发展却未能如愿。1993年1月18日，深圳市委调马福元组建深圳市总商会并出任会长、党组书记，同时兼任超大项目顾问。人事变动后，决策发生了变化。最后这个项目没有做成。大浦的前工序建设用地也被卖掉了。

这个变故可能是马福元一生中最遗憾的事情。后来他每次谈起这件事，都会痛心疾首，难过万分。可以设想一下，如果这个项目搞成了会是什么局面。赛格不但可以通过这家合资公司迅速掌握芯片制造的最先进技术，对于正在兴起的全国电子产业发展给予最强有力的支持；有可能打破欧美对我国的技术封锁，将中国的追赶过程缩短8至10年；而且会让香港和深圳共同形成一个强大的世界级芯片研发制造中心，将对两个城市和全国的电子产业发展起到不可估量的拉动作用。

在马福元看来，由于这个项目没搞成，不光深圳，甚至是中国失去了一次发展芯片技术最好的机会。只有中国才有香港这样一个一国两制的地区啊，本来上天赐给中华民族一条奇特之路可以绕开"巴统"的严密封锁。现在的现实情况怎么样呢？有人评价说："与无可争议的全球电子制造业霸主地位相比，无'芯'之痛一直是我国电子行业最大的心病。"这句话中包括了像20世纪60至90年代，国家投资30亿元人民币建立的无锡华晶这个国内第一家专业芯片厂，目的是为了给国内彩电发展提供自有产权的集成电路，但最后以失败告终。

虽然，十几年时间过去，国内芯片设计业近年来已经取得了长足的进步。不过，严酷事实是，数量众多而实力不强。国内芯片设计公司数目已达500家，这个数字超过了全球其他国家芯片设计公司的总和，但是所有这些公司的年营业额加起来，还不及美国高通公司一年的营业额。中国的芯片制造技术到底有没有可能追上美国呢？按照有些专业人士的估计，有可能，但是"中国的芯片要想像如今中国的衣服和鞋子一样，卖到美国需要20年……"随着中国工业的迅速发展，电子芯片越来越成为像石油和粮食这样的重要资源。据中科院院士邹世昌的估计，目前，中国集成电路芯片80%依靠进口，在这方面消耗的外汇超过石油，成为第一外汇消耗大户。

每当谈起这些情况，马福元就会想起夭折在摇篮里的那个大规模集成电路项目。他说："如果这个项目搞成了，中国芯片技术发展的历史就会重写，中国的电子产业速度会发展得更快更好，会为国家节省大量的外汇……如果这个项目做成了，深圳对中国电子工业发展会立下更大的功劳。"说完此话，马福元摇摇头，满面遗憾和惆怅。

2010年，为纪念深圳经济特区建立30周年，深圳有关部门开展了"深圳经济特区30年30位杰出人物"评选活动。市民群众热情投票，马福元以"深圳赛格集团原董事长"身份当选为杰出人物。8月的一天，市长许勤来到马福元家中，看望马老。许市长原来在国家发改委高新技术司

许勤市长看望马福元。
图片由深圳报业集团提供。

工作，对深圳IT技术发展历史非常熟悉。许勤说："当年深圳成立的第一个电子配套市场，是一个创造，突破了我国电子市场计划经济的藩篱，让我国的电子产业走上了高速发展的道路。从这一点说，深圳是中国电子信息产业的发祥地，是先进电子技术的辐射源。马老，您是深圳电子市场的奠基人，是中国电子产业发展的功臣啊。"市长中肯的评语说得马老心里暖洋洋的。

2012年3月24日，深圳《晶报》发表了通讯员朱志强采写的一篇题为《赛格电子市场年交易额超300亿》的报道。文章中写道："深圳赛格电子市场是中国第一家专业电子市场……被誉为'亚洲电子市场第一市'……经过20多年的发展，赛格电子市场目前商铺数量已达3000余个，年交易额超过300亿元。"这篇文章文字虽然不多，却给赛格电子市场20年的发展做出了总结性的评价。时间是最公正的评论者，最权威的评判官。历史证明了赛格电子市场的宝贵价值。无论是深圳电子产业一枝独秀的出色表现，还是中国电子工业的超常规发展，其中都有赛格电子市场立下的汗马功劳。

马福元当年开设赛格电子配套市场的创举，最终得到了历史的充分肯定。

作者感悟

在20多年后的今天，作者采访马老时，重点谈到了当年的赛格电子配套市场这个话题。

我笑着对马福元说："马老，你当时怎么没有租下一个柜台呢？如果租下来，你也是大富翁了。"马老哈哈大笑说："没有这个眼光啊。我要给别人搭建平台，而不是自己做生意；来深圳是开创事业的，而不是自己来发财的。这就是我的命吧。我觉得这样挺好，我认这个命。"

我感觉到，马老当年创办赛格电子市场，可能是他一生中最有创意的一件事情。他创办电子配套市场，如同手里有了一根神奇的魔术棒，指点石头变成了黄金；好像有了一盏阿拉伯神灯，不断喷涌出财富的云雾；更像是耕耘出了一片肥沃的土地，不断生长出财富的花朵。

我与许多研究深圳发展历史的学者和专家们探讨过赛格电子配套市场的意义。大家一致认为，赛格电子配套市场成立这件事，不仅是深圳华强北发展的奠基石，而且是中国电子工业发展的里程碑，甚至对中国由计划经济到市场经济转变也发生了重要的推动作用。这件事的意义怎样估计都不为过。

第六回　一鸣惊人王殿甫
赛格新楼擎天立

绘图：王建明

　　有个年轻人希望自己事业能够取得成功，虽然他很努力，却总不见效。苦恼的他去拜访一位智者，向他请教成功之道。智者说："我这里有两袋混在一起的黑白芝麻，你今晚把黑白芝麻分开，明天来我告诉你答案。"年轻人回到家中，试着分拣了一会儿，分到头昏眼花，也只分开了一小碗。看着没有可能完成任务，失去耐心的他干脆睡一大觉。第二天，他来找智者。智者问："芝麻全分开了吗?"年轻人不好意思地说："差远了，我看要十天半月才能完成……请告诉我答案吧。"智者听了微微一笑说："答案已经告诉你了，成功就好像分检黑白芝麻。做事要从细处人手；不光努力，还要有耐心。只要你能坚持下去，最终会成功。你为什么不成功，因为缺少耐心!"年轻人恍然大悟。从此以后，确定了事业目标，就执著追求，坚持不懈。10年后获得了巨大成功。

　　这个故事讲的道理很简单，但是例子却比比皆是。李时珍花了整整27年时间，跋山涉水，尝遍百草，写成了巨著《本草纲目》；陈景润夜以继日，反复演算，最终摘下数学王冠上的明珠；居里夫人苦战4年，从成吨的矿渣中提炼出0.1克的镭，揭开了放射性物质的奥秘；爱迪生热爱探索，痴迷研究，一生发明无数，成为大发明家。这些例子说明，天才出自勤奋，成功来自毅力。

王殿甫到深圳，是小平同志南巡深圳的1992年，这年他已经57岁了。

到1992年，电子部在深圳的产业群已经很大，有中国电子器材公司、中电总公司、中国物资公司、中国桑达集团公司等。部领导考虑将深圳的中央电子企业整合，形成更好的发展业态。决定成立中国电子工业深圳总公司，领导所有电子部在深圳的企业。总经理选择了王殿甫。部领导找他谈话，交代清楚任务，让他尽快到深圳开展工作。

王殿甫一到深圳，就被通知参加市委扩大会议。在会上，王殿甫就深圳电子工业的发展现状和未来发展方向发言，谈了自己的思路。他的发言引起了市委书记李灏的注意。李灏向身边的人打听："这位发言的同志是谁？"秘书长汇报说："他是电子部新任命的中国电子工业深圳总公司总经理王殿甫……"会后，市委决定调整赛格集团领导班子。经李灏书记提议，市委决定调王殿甫到赛格集团担任董事长。王殿甫得知这个消息后，打电话报告中国电子工业总公司总经理张学东，表示自己年龄偏大不宜到赛格去。表面上看，王殿甫说的是年龄偏大问题，但实际上是他对赛格集团的发展有看法。作为部派来的干部，他当然要对所包括赛格集团在内深圳所有的电子产业发展情况，进行详细的调查研究。他发现赛格当时的情况不太好。虽说赛格总资产为38亿元，但是资产负债率高达113%，亏损高达上亿元。形成这样的结果有几个原因：一是赛格集团最初的基础是宝安县电子厂，基础很弱。无论是人才、设备、资金都少得可怜；二是在组建赛格集团过程中，大家一拥而进，发

1994年9月，王殿甫在赛格公司。
图片由王殿甫提供。

展太快，盲目扩张，有些失控，管理跟不上；三是集团当时上马了几个
大项目，生产电视机的赛格日立，生产玻壳的中康玻璃，生产半导体的
深爱半导体公司，投入了上几十亿元巨额资金，但是生产还不正常，处
于亏损状态。赛格集团并没有什么家底，投资款来自银行贷款，全额负
债经营。每天眼睛一睁就有了巨额利息，实在拖不起呀！

　　李灏做事雷厉风行，指示组织部门催王殿甫到赛格集团上任。没有
办法他只好以中国电子总公司作挡箭牌，继续推辞："这可能不合
适……我是总公司派来的人，要听总公司领导的呀……"

　　市委组织部长再次来找他时，带来了中国电子总公司领导同意他到
赛格集团任职的批示。这下王殿甫傻眼了。听组织部长说，为了这件
事，元旦前后李灏书记给电子部张学东部长打电话。李灏连着打了几个
电话，请他给予支持。李灏书记是这样说的："电子部要关注全国电子
工业的发展，深圳的电子工业也是属于电子工业的组成部分。如果深圳
电子工业发展不起来，电子部是不是也有责任？现在部属的许多大企业

都在深圳，与地方政府的关系很好，愿意接受我们的领导。既然这样，让王殿甫两项工作一肩挑，兼任赛格集团的董事长，把两面的产业都管起来不好吗？"

李灏的话没办法反驳，部长只好同意这件事。

王殿甫叹了一口气说："我这个人的命真苦，老是接手亏损企业……"王殿甫是电子工业部的老人。文化大革命结束的1977年，他被任命为电子工业部办公厅主任。当时电子部的部长是王诤将军。1980年他要求到基层锻炼，部领导就让他到部属一个很大的北京广播工厂当常务副厂长。当时北广就严重亏损，五千人的大厂几乎发不出工资了。王殿甫在这里踏实工作11年，硬是将北广变成了北京的先进企业之一。看来李灏书记是一位不说话则已，说了话就一定算数的领导。"毛主席的战士最听党的话，哪里需要哪里去，哪里艰苦哪里安家。"这首歌曲唱的就是王殿甫想的。他服从组织决定，1993年1月18日到赛格集团上任。

1993年1月20日在王殿甫主持的赛格集团第一次干部大会上，他没有长篇大论，只是简短地讲了这样几句话："到赛格工作是我没有想过的事情。既然来了，就和大家同命运，共甘苦，一起干。我这个人有一个特点：与天斗，可以；与地斗，也可以；但是，我不愿意与人斗。请同志们关照，千万你不要斗我，我也不斗你。我们齐心协力，万众一心，众志成城，扭转赛格的亏损局面……"

王殿甫是一个崇尚实干精神、不愿空谈说大话的人。他这样说，也这样做。针对赛格当时人心涣散的情况，他首先抓企业文化，提出了"四以""三多""三不"的企业精神，即："以业为重、以诚相待、以身作则、以正压邪。""多工作、多学习、多团结""不争名、不争利、不争权。"经过反复宣传和工作，解决了赛格集团班子不和、人心不稳的问题。让党委变成了坚强的领导班子，让公司队伍团结起来，心往一处想，劲往一处使，励精图治，苦战几年，真的扭转了亏损局面。首先抓赛格日立、中康玻璃、深爱半导体等大项目。这几个项目的投入占了赛格集团60%的资产，关系到赛格集团的生死存亡，当然要紧紧地抓住不放。经过两三年的艰苦努力，赛格日立盈利了，中康玻璃搞活了，实验半导体建立起来了，超大规模电路的赛意法合资公司成立了。只有到了这个时候，赛格集团的日子才好过了，走上了健康发展的轨道。

在抓好大项目的同时，小项目也不放过。其中最重要的就是赛格电子配套市场。作为一个老电子人，他太了解电子元器件、特别是集成电路，对电子工业发展的决定性作用。当时在先进的电子技术方面，美国操纵巴黎统筹委员会一直封锁我国。中国企业想在国外订购一款电子元器件很不容易，巴统组织要要审查合同。如果属于列入禁运名单的产品，那这担生意就不用再谈啦；就算通过了审查，报的价格往往是天价，是正常报价的十倍、十几倍以上；而且供货时间有意地拖延，没有半年一年时间别想拿到货；往往等了很长时间收到了订货，但是由于情况变化或者技术过时，产品不再生产，这些元器件就算是白买了。自从深圳赛格集团开办了电子配套市场，全国的科研单位和生产厂家都可以在这里找到需要的集成电路和元器件，在一定程度上打破了西方国家对我们的技术封锁，解决了我国电子工业发展中的一个"卡脖子"问题。因此，王殿甫老早就赞成马福元的这个创意，赞成深圳搞电子配套市场。

王殿甫上午搬进赛格办公室，下午就到电子市场调研。他看到市场里柜台挤得满满的，人来人往，人声鼎沸，生意十分火爆。可惜的是市场营业面积小，除去配套设施，只有800平米的市场。很多申请在市场里设柜台做生意的商贩，由于没有场地被拒之门外。

1996年1月6日，举办赛特广场大厦奠基仪式，王殿甫致辞。
图片由王殿甫提供。

　　王殿甫感到太可惜了。倒不是说，如果有更大的营业场地，吸引更多的商家进驻，赛格集团就可以收到更多的租金，这个因素有，对赛格集团来说也很重要；而是，如果站在全局的角度看问题，它为全国电子工业的科研和生产单位，提供关键的集成电路和元器件，有力地推动全国电子工业以更快速度发展。有了这个市场，就能在很大程度上解决深圳青年人的就业问题。深圳是在很小的县城基础上开始发展的，产业基础十分薄弱，当地青年就业机会很少。电子市场开设后，很多年轻人在这里开始了自己的事业，先是站柜台，慢慢学会做生意，后来发展到开办工厂，从打工仔开始最后成为公司老板。不仅如此，电子市场还带动了深圳整个电子产业的发展。深圳产业发展有一个特点：市场带动产业。深圳的商人们最先都是在商海里沉浮，在呛水中学会游泳的，因此最懂得市场行情。深圳的许多厂主早先都是市场里的小商小贩，头脑灵活，学习很快，抓住时机，没有几年时间就变成了老板。如今与深圳的一些老板聊天，谈着谈着就会不由自主地说起，他们早期在华强北某个电子市场站柜台的经历。赛格电子市场是一个大工厂，深圳许多青年人的青春在这里发出了火光；赛格市场又是一个大学校，培养出了一大批懂电子的技术人才。话说到这里还不算完。如果站在全国的高度看问题，赛格电子就有了更重要更深远的意义。电子配套市场是面向全国的大市场，它的存在为全国电子工业发展所发挥的作用，无论如何估计都不为高。但是由于受场地条件限制，经营规模太小，品种也太少，远远不能满足实际需要。如果市场扩大了，就意味着能够发挥更大的作用，没准会成为一个促进整个中国电子工业发展的神奇的加速器。

想到这里，王殿甫坐不住了，他决定扩大赛格电子市场规模。人们说新官上任砍三板斧。王殿甫的三板斧是这样砍的：一是办公室搬家让场地给电子市场。电子市场所在的赛格大厦里，原来三层以上都是办公室。王殿甫决定公司总部搬到比较偏僻的赛格科技苑。将赛格大厦改造成电子市场。结果，市场经营面积由原来的800平米，扩大到7000多平米。二是利用赛格大厦旁边一块面积不大的土地，新盖了一栋800平米的小楼，也全部用来开设电子市场。由于市场生意火爆，收到了丰盈的租金，当年就收回了盖楼的投资。两栋楼加起来，电子市场的面积扩大到了8000多平米，扩大了10倍。市领导在大会上表扬赛格说："王殿甫断臂上阵，腾出办公室，快速加大电子市场的经营面积。"三是大手笔建设赛格广场。电子市场的需求魔幻般地变化增长，很快8000平米的市场变得拥挤不堪，也不够用了。1996年，王殿甫做出了可能是自己一生中最大胆的一次决策：在赛格大厦脚下的一万平米土地上，建起新的赛格广场大厦。这座大厦要与深圳第一高楼地王大厦媲美，成为深圳的又一座地标式建筑。为此，需要将这块土地上原有的大大小小所有建筑物全部拆除。建筑这样的摩天大厦，需要投入巨额资金，一旦建成了就是赛格集团的巨额财产和形象标志。大厦裙楼的一到七层都用来做电子配套市场，这将会是一个巨型的市场，成为全国屈指一数的龙头市场。

王殿甫像疼爱自己的孙子小宝宝一样，把自己全部的热情、精力、经验，都倾注到了这座大厦的设计施工中。他对大厦的设计施工提出了严格的要求：一是这座大厦的设计在21世纪也不落后。为此强调要将大厦的设计与深圳的整体规划衔接起来。不是将大厦设计成为赛格集团的一个办公楼，而是要设计成深圳城市的一部分。这一点尤其要在城市交通方面体现出来，要求大厦与整个城市交通无缝连接。因此，位于深南大道与华强北路交叉路口上的赛格广场大厦的进出通道，与深南大道、城市轻铁、高架交叉立体桥等一系列道路规划衔接起来。二是大厦能抗8级以上地震。大厦结构采用了世界上最先进的钢管混凝土结构，巨大的钢管里面浇灌混凝土，将钢的坚硬、弹性与混凝土的厚重、结实结合起来。无数根这样的巨柱像人体中的骨骼一样撑起了整座大厦。王殿甫在给人们讲述这种结构的优点时说："如果当初美国纽约的世贸大厦采用这种钢管混凝土结构的话，撞楼的飞机机翼就不可能将大楼又细又脆的钢筋结构，像快刀削竹竿一样削断，让整个大楼坍塌。"三是让大厦内部的设备现代化、智能化。大厦建设计划周期需要4年，为保证大厦精心设计、精心施工达到预期目的，王殿甫决定成立赛格广场公司，并选用有智慧有能力的张林作总经理管理日常工作。为保证在设计、施工中真正实现这些要求，王殿甫要求一定要请具有一流水平的设计单位和施工单位。经广场公司面向全国招标，最后选择了一个最好的方案，由华艺建筑设计院为总设计单位；请中建二局和船舶总公司负责土建和钢结构施工，他们都是国内最好的国家级专业队伍。

1996年1月6日，赛格大厦原址上，拆除了所有的旧建筑，土地收拾得平平整整，清理得干干净净。彩旗飘飘，锣鼓齐鸣，新大厦开工仪式在这里举行。深圳市委书记厉有为等五套领导班子出席了开工仪式并为大厦奠基，同时以此为标志庆祝赛格集团公司成立十周年。

尽管王殿甫知道建设这样一座大厦绝不是一件简单、轻易的事情，但是项目启动以后所遇到的困难，还是大大地超过了他的想象。在建设大厦的几年时间里，王殿甫夜以继日，废寝忘食，心力交瘁，备受煎熬，整个人好像是脱了一层皮。由于这个内容与本书的主题比较远了，不再赘述。长话短说，经过4年的艰辛努力，滚动发展，先后总投资15亿元，到了2000年巨大的工程终于完成了。

赛格广场大厦的落成是深圳城市和工业发展史上的一个标志性事件，至少有两个意义：一是仅次于地王大厦的深圳第二高楼（赛格广场大厦高度355米）、福田区第一高楼诞生了。从此，赛格集团公司有了与自己地位相称的写字楼。这是赛格集团生产形势全面好转的时期，赛格日立、中康玻璃、赛意法半导体等几个大项目开始盈利。因此，大厦这个时候建成，确实是赛格集团走向辉煌的标志，是证明赛格集团带动深圳电子产业发展立下功劳的一座丰碑。二是赛格电子配套市场，以一个崭新的面貌横空出现。广场裙楼里的电子市场加上附近宝华大厦也被改建为电子市场，总营业面积达到5万平米。这样巨大规模的市场从此牢牢地奠定了赛格电子市场的龙头地位。

但是建造赛格广场，也出现了一个让王殿甫事先完全没有想到的一个结果：由于在建新大厦过程中使电子市场的服务一度中断，结果给华强北路对面的华强公司造成了发展机遇。华强公司抓住时机，将几栋厂房改建成电子市场，规模也达到了4万平米，成为赛格电子市场强有力的竞争对手。从赛格集团来说，这当然有些被动。但是形成竞争局面未尝不是好事。华强北的赛格集团和华强集团，像两只猛虎守住街口，隔路相望，虎视眈眈，各出高招，互相竞争，带动了整个华强北电子市场经营群体的崛起。紧接着，都会电子城（2万平米）、新亚洲电子商城（5万平米）、中电电子市场（2万平米）、桑达电子市场（1万平米）、远望数码城（4万平米）等一大批电子市场相继开业。截止目前电子市场总面积已达到80万平方米。最终让华强北变成了电子一条街。从此以后，华强北作为全国电子元器件配套市场，成为全国的龙头老大，被评为"中国电子第一街"，开始产生世界性影响。

2000年，已经65岁的王殿甫退休了。

王殿甫是深圳电子界的传奇人物，是企业家长寿明星，与华强北有不解之缘。

说他是"长寿企业家"，因为他退休后，被创维公司再次聘请为董事局主席兼CEO而传为佳话。成立于1988年的创维集团，在香港证券交易所上市的公司，是中国三大彩电龙头企业之一。2004年由于原董事局主席黄宏生的经济问题，在香港廉政公署开展的"虎山行"活动中被审查关押。上市公司发生这样大的事件，国内外舆论一片哗然。创维董事局经过多次讨论，决定邀请王殿甫主掌创维公司。这年王殿甫已经69岁。他对这么大年纪、负这么大责任有顾虑，数次推辞。后来市领导亲自出面做工作，希望他出山帮助企业渡过难关。如果过不了这个坎，这个优秀的民族企业有可能倒下。正是考虑到这一点，王殿甫最后终于同意出任公司CEO。后来，公司董事局开会，又将他选举为董事局主席兼CEO。

上任那天，老伴劝他说："你这么大年纪了，有点像当年佘太君挂帅出征。但是人家是打仗，你死我活没有办法。你只是去搞经营，帮助把把关就行了，千万别拼命……"其实，老伴最了解自己的老公，他不是会偷懒的人，自己这样说也是白说，没用。她知道王殿甫是不干则已，干就要干好那种人，一辈子的劳碌命，对工作极端负责任，每天的

王殿甫与技术人员讨论产品。
图片由王殿甫提供。

事情没有处理完，他是绝不会上床睡觉。果然，王殿甫到了创维集团，就好像火车开上了轨道，越跑越快，想停都停不下来。他干脆住到企业不回家，一天工作20个小时，深圳香港两头跑，不长时间人都累瘦了。创维是个有两万多职工队伍的大企业，王殿甫对内开展思想政治工作，调整干部队伍，制定新的规章制度，发扬创维的优势，鼓舞斗志，坚定信心，将内部稳定下来；对外做好投资者的解释工作，一家一家去拜访，坚定了他们对创维的信心；尤其是特别注意对新闻媒体做好宣传工作，使社会能够将企业领导人的个人错误与创维企业健康稳定的经营状况区别开来，让消费者重新认可公司、销售走向正常，扩大品牌的知名度和美誉度。经过努力，半年后创维公司在香港证券交易所恢复挂牌。这样短时间里复牌，大陆在香港上市企业中没有先例。接着，帮助创维公司制定出了新的战略规划，制定和完善了各种管理制度。王殿甫在创维4年时间，又功成而身退。

　　说他与华强北结下不解之缘，是因为他虽然退休，但从未离开过这条街。2002年开始，王殿甫开始任深圳电子商会会长。电子商会是行业协会，为了更好地协调不断开办的电子市场，王殿甫在电子商会里新成立了电子市场专业委员会，更好地协调深圳40多家电子专业市场。这些专业市场为全国的电子产业企业服务，提供集成电路和各种各样的电子元器件。电子配套市场在中国电子工业发展历史中扮演了极为重要的角色。王殿甫从赛格集团退休了，但是没有从华强北电子市场退休。他通过商会和专业委员会，与电子行业、电子企业保持密切联系；为华强北建设日夜操劳，出谋划策，协调关系，奉献力量。

王殿甫对快速发展的深圳电子市场，提出了在"发展中规范，在规范中发展"的方针，参与了电子市场标准制定，组织"诚信商户"评选活动。经过努力，华强北40多家电子市场先后达标，为华强北最终被国家有关部门评为"中国电子第一街"做出了贡献。

2008年，王殿甫敏锐地感觉到LED产业开始兴起，来势迅猛。LED是什么意思？LED是英文Light Emitting Diode的缩写，中文意思是"发光二极管"。这是一种能够将电能转化为可见光的半导体。与白炽灯相比，LED有很多优点：寿命长，无辐射，环保，低功耗（比白炽灯节能70%）等。将LED与白炽灯、螺旋节能灯及T5三基色荧光灯进行对比，差别确实很大：白炽灯的光效为12lm/W，寿命低于2000小时；螺旋节能灯的光效为60lm/W，寿命低于8000小时；T5荧光灯的光效为96lm/W，寿命约为1万小时；相比之下，直径为5毫米的白光LED，光效超过150lm/W，寿命长于10万小时。举一个小例子：现在家庭用的50英寸屏幕电视机，功率是340瓦；如果改用LED背光源，功率为150瓦，省电60%左右。如果全国的电视机都改成了LED背光源，将节省多少电力，少建多少电厂？因此，LED可以说是人类光源史上一次新的革命，对节能减排、建设低碳经济具有决定性意义。

　　王殿甫经过深入细致调查研究，2008年年底给市政府写了3份报告，建议深圳尽快发展LED产业。市政府接受了他的建议，批准成立LED产业联合会，由王殿甫任会长。通过联合会，将深圳已经参与LED产品研发生产的900多家中小企业联合起来，努力打造LED产业的联合舰队。市政府的积极表态鼓励了王殿甫。他发动一些企业，联合成立了深圳LED国际采购交易中心，经营场所就设在华强北华强电子世界新楼的6楼。这一举动得到了厂家的热情响应。50家LED厂家积极进驻，加上二期，已进入100家企业，经营面积达一万平方米。

　　王殿甫在华强北开始了又一个全新的事业。他预测，华强北会出现以LED为内容的新业态，LED将会是新的产业发展热点；华强北也将会因为LED产业的出现而焕发新青春。因LED技术崛起而形成的物流、人流、信息流、资金流，将会在华强北充分流通，新的机遇出现了。LED产业的成熟、市场的全面繁荣将出现在2015年，届时华强北的改造基本完成，这条街将在世人面前露出自己最美丽、最精彩的面貌。

　　到了那个时候，华强北不仅是中国电子第一街，也将是全世界独一无二的电子一条街。对这一点王殿甫坚信不疑。

作者感悟

　　与王殿甫接触，很快就能发现他知识面宽，谈吐不凡，专业知识丰富，上至天文地理，下至鸡毛蒜皮，好像没有他不知道的事情。

　　我想起了十几年前第一次与他见面的情况。那时我是市文明办主任，为考察文明单位来到赛格集团了解情况。王殿甫董事长亲自出面接待。来以前我已经阅读了很多赛格集团的材料，情况比较熟悉。所以，工作方面的事情问的不多。我们很轻松地聊一些新鲜事。王董事长送给我一本书，我接过来一看是一个名叫彼得•圣吉的美国学者写的《第五项修炼》。我算是读书比较杂的人，但是竟然不了解这本书。他郑重其事地向我推荐："这本书中提出了一个观点：提倡企业建立学习型组织，这个观点提得好。企业应该成为学习型组织。只有善于学习的企业，才能应对各种种危机，也才有可能抓住不断出现的商机……"当时王殿甫求知若渴、知识渊博的特点，给我留下了深刻印象。我也是一个喜读书、爱学习的人，一下子就有了阅读知音的感觉，对他的学习精神表示敬意。

按照我的体会，一个人可以有许多优点，求知的优点要排在前面；如果有了喜欢读书学习的优点，他将终生收益。王殿甫是一个爱学习的人，自然受用无穷。年轻时在电子部任办公厅主任，这个角色需要多方面知识，才有可能协调方方面面；后来他先后让两个大型企业扭亏为盈；创维公司一把手出事，董事局满世界选领导人，一致同意聘请王殿甫不是没有道理的，事实证明他带领创维渡过了难关；这几年他又开始研究LED技术，成为这方面的专家，给市政府提出了切实可行的产业发展建议……仔细想一想，真不简单。

生存是企业时时面临的问题，企业的首要任务自然应该是生产经营。但是，按照彼得•圣吉的观点，企业首先应该是学习型组织。按照他的逻辑，好的政府机关、社会团体等等，都应该成为学习型组织。王殿甫和我都同意这个观点。如果研究经营成功的企业、优秀的企业家，共同的特点都是热爱学习，善于求知，创新能力强。

无知的头脑好像是荒芜的土地。读书是心灵的营养，知识是成功的阶梯。

王殿甫的一生说明了这个道理。

第七回 老虎打盹现猎豹
青出于蓝数华强

绘图：王建明

　　著名作家梁衡在一篇文章中讲了这样一个故事。有一位雕塑家用一块普通的石头雕了一只鹰。观众看到这只鹰栩栩如生，振翅欲飞，无不惊叹。问雕塑家是怎样做到的？他回答说："石头里本来就有一只鹰。我只不过将多余的部分去掉，它就飞起来了。"这个回答很有哲理。原子弹爆炸是因为原子核里本来就有原子能；植物发芽，是因为种子里本来就有生命。

　　事物的外表下面会有本质性的东西。人是这样，每个人都有自己的潜力，如果潜力发挥出来，可能会做出惊天动地的事业；公司也是这样，有潜力的公司，一旦条件成熟，就会有良好的表现。放在布袋子里的锥子终究会扎破布袋露出尖利。黄金放在哪里都会闪光。

　　华强公司就是这样的一家公司。

　　1996年，旧赛格大楼拆除，准备建起一座仅次于地王大厦高度的深圳第二高楼——赛格广场大厦。

虽然大家都相信，王殿甫的这一大手笔做法，是想占领更多的市场份额，赛格集团将由此变得更加强大。但是，在华强北路对面的竞争者看来，自己的机会来了。

华强公司的领导这样想是有原因的。1988年，马福元在赛格大楼里开办了电子配套市场。当时，对老马的做法有不同的看法。有人认为，这是投机取巧，不如办实业来得实在；而且电子市场上有一些电子元器件来路不明，有关部门可能会找麻烦。也有人认为，老马的这着棋是高招，电子部每年举办的电子元器件采购大会根本不适应产业的发展形势，难以满足企业各种不同的需求；老马的做法可能会闯出一条新路。后来几年的发展证明了马福元的做法是正确的。赛格电子市场经营情况出人意外地火了，创造出了市场奇迹。赛格公司也由此赚得盆满钵满，马福元乐得合不上嘴。

华强公司是真正的制造业出身，为自己精湛的制造技术自豪，实业报国的思想根深蒂固。但是，华强北发生的一些变化，让华强公司的领导们感觉到了一股冲击力。从90年代开始，不断有投资商进入华强北开办商场，物业租赁价格迅速上升，逼使原有的工厂为降低经营成本离开此街。大家感觉到，华强北开始在转变，不断地脱去原来工厂区的旧工装，换上了商业区的新时装，就好像原来一条灰秃秃的茧蛹，里面的虫子开始苏醒，咬破束缚自己的旧壳，越来越多地露出了彩色蝴蝶的漂亮模样。

虽然华强公司使用的是自有厂房，不会立即感觉到成本上涨的压力；但是与附近的物业价格相比，已经开始产生很严重的隐性成本上升问题。更何况，成本的增加不光体现在房租上，还有人员工资成本的增加。如果把工厂搬到成本更低的地方，公司的收入能明显增加。或者反过来说，如果公司位于华强北的厂房用来开办商场，公司的收入就能够

华强电子世界已经是亚洲最大的单体电子市场。
图片由华强集团提供。

翻几番。

为此，华强公司也开始着手，将工厂搬迁到成本更低廉的地方。公司在东莞塘厦购买了一块10万平方的土地建新厂房。将华强三洋等几家工厂搬到了新厂房里。工厂搬走了，厂房空下来了，就要考虑干什么用。正好在这个时候，赛格拆除旧大楼，兴建新的赛格广场。进行这样规模巨大的工程，怎么说也得好几年时间。人们都看到了赛格电子市场火爆的情景，许多创业者们跃跃欲试，却拿不到柜台……这不是华强公司的机遇从天而降吗？真是三十年河东，三十年河西，风水轮流转。发财的运气来了，挡都挡不住啊。

公司领导班子经过深入细致地讨论，决定在华强的一号楼里开办华强电子市场。当然这样做会有一定的风险：这么大的厂房用来开办电子市场，华强有没有这样强的招商能力呢？能不能吸引来足够多的租赁经营者呢?

后来的情况出乎所有人的预料,原来担心华强电子世界的招商不一定顺利,但是没有想到出现了火爆的场面。招商广告贴出去墨迹未干,就有人开始要求登记铺位。正式开始招商的那几天里,商铺登记处的窗口外排起了超出一里路的长长队伍。有人看正常排队拿不到铺位,就出高价收购二手铺位,开始出现了炒作铺位的现象。华强公司一期推出的商铺根本供不应求。华强公司领导当机立断,将连在一起的一、二、三号楼全部辟为电子市场。在楼与楼之间建走廊,将3座楼连接成为一个巨型电子市场,面积达到4万多平方米。这样一来,华强电子世界崛起成为华强北的龙头老大,坐上了电子市场的第一把交椅。

华强电子世界市场火爆的景象启发了其他投资商:哦,华强北的潜力大得很,蛋糕还可以做得更大、更大。于是一些有眼光有胆量的投资商,接着寻找合适的厂房,继续复制赛格和华强电子市场的模式,在这条街上建起一个一个新的电子市场。短短几年间,华强北发生了多大的变化啊?先是赛格电子市场一王独大,后来赛格电子市场、华强电子世界两霸争雄,再后来都会电子市场、新亚洲商城等纷纷登场,出现了数强混战的局面。那景象,华强北就好像是春天雨后的一座山林里,一丛一丛的蘑菇冒了出来,具有强劲生命力的春笋破土而出,拔节劲长,转眼成为一片青青的竹子林。就在这样的八仙过海、各显神通、你死我活、此起彼伏的激励竞争过程中,培育了市场,做大了蛋糕,最终使华强北成为威震四方的电子一条街。2009年12月,在有关部门组织的评选活动中,华强电子世界高票荣获"深圳十大品牌专业市场"和"市民信赖的深圳专业市场"的荣誉称号。

古人说,月晕而风,础润而雨。华强生产厂房改变为华强电子世界市场,这实际上是华强公司转型开始的先兆,但是当时很多人都没有意识到这一点。事情经常就是这样变化的,当一个事物发生变化时,开始是细微的、静悄悄的、不动声色的，就好像青萍之末出现的小小气旋，好像是巴西亚马逊河上蝴蝶扇动了翅膀，不是特别细心的人觉察不到。这就是哲学家们所说的事物变化的第一个阶段，量变的阶段。当事物内部继续积蓄变化的力量，使事物外部的变化面貌越来越显著，当有一天青萍之末的小气旋在江海掀起了滔天巨浪，亚马逊河上蝴蝶煽动翅膀形成的气流最后在得克萨斯州变成龙卷风，本来微小的事物突然以一种新的巨型面貌出现时，让人们突然恍然大悟，惊讶万分。按照哲学家们的话说，就是量变引起了质变。

20世纪90年代末期，就是华强公司转型变化的开始，这个变化最早是从华强公司电子世界市场开始的。变化的结果，是华强公司从纯粹的制造业逐渐地转变为以电子商务为主的现代服务业。这是华强公司业态方面的第一个变化；还有另一个变化：从简单的科技型企业逐步转变为科技＋文化的复合型科技企业。

这后一个变化要从一次成功的企业收购说起。90年代末期，随着中国改革的深入，军队为强军精兵开始实行系列改革措施，其中一条是军办企业与军队脱钩。总装备部原来在深圳办有一家高科技公司，在市场上询价准备出售。时任公司副总经理的梁光伟听到这个消息，亲自到这家企业考察。这个企业注册资金200万元，实有资产80万元，53名员工，大部分是搞科研的。企业负责人李明是在美国、加拿大学习实践回来的。公司要价两千万元左右。梁光伟的看法是：这家公司，说财物，没有什么；论团队，大有潜力。他向领导班子提出了收购这家企业的意见。他的建议在公司领导班子中引发了不同意见。反对的意见说，几十号人就能值两千万元吗？太离谱啦。经过一番周折，领导班子最后还是同意收购了这家企业。领导班子中的主要领导，特别是像安山、张锦墙、殷登辰等老同志信任梁光伟，相信他的眼光，因为小梁是在华强公司成长的，是公司自己培养出来的干部。

当年深圳经济特区创建初期，恰逢国家军队大裁军，基建工程兵二万人调进深圳集体转业。梁光伟就是这支部队中的一名新兵战士。部队转业时，一些骨干被调到市里的各个单位。梁光伟就是这时被调到了华强公司。安山很早就注意到了这位好学肯干的年轻人。他先后在职完成了深圳大学电子技术和计算机专业、武汉大学行政管理硕士、武汉大学经济学博士的学业。来到华强公司从基层干起，先后任公司团委书记、总裁办主任、总裁助理、投资部部长、财务计算中心主任，后来被提拔为副总经理，分管财务。

收购的企业改名为华强文化科技公司。（收购过程不再赘述。这是一个很精彩的故事。该故事在本人《创造中国第一的深圳人》书中写过，有兴趣的读者可以看看。）这家公司到了华强公司后，如鱼得水，大展拳脚，英雄有了用武之地。2004年6月，华强在重庆投资兴建了35000平方米的重庆科幻乐园，初战告捷。2005年12月，在安徽芜湖长江边一片开阔土地上兴建了芜湖方特欢乐世界，这是我国目前最大规模的主题公园。方特世界开园后，受到游客热捧，游客人数超过黄山，成为安徽的重要旅游项目之一。2008年12月，在山东省泰安市兴建泰山方特欢乐世界。2010年底，华强在芜湖的第二个主题公园方特梦幻王国正式营业。2011年、株洲、青岛、沈阳三地的主题公园又相继开业，华强在国内的布局初步显现。

方特欢乐世界的魅力产生了国际影响，许多国家主动与华强商谈在当地兴建方特娱乐项目。2008年5月，华强文化科技公司与伊朗Saman Gaostar公司签约，共同在伊朗建设方特卡通动漫园，这将是伊朗最大、最先进的动漫园区和旅游景区。2009年5月，国家开发银行、中非发展基金、深圳华强集团、南非工业发展公司签约，将在南非约翰内斯堡建设文化科技主题公园，成为中国向非洲出口的首个大型文化产业项目。

为了实现中国文化产业规模化发展，提高中国文化产业发展水平，

打造中国文化走出去的产业平台，华强集团近年来加快在国内布局整合
"创、研、产、销"产业链，夯实集约高效的文化科技产业基地。
2009年5月，在辽宁沈阳兴建华强文化科技产业基地。2009年9月，在
湖南长沙兴建华强文化科技产业基地。2009年11月，在山东青岛兴建
华强文化科技产业基地。2010年6月，在河南郑州兴建华强文化科技产
业基地。以文化科技产业基地为载体，华强文化产品的生产创作水平跃
上新台阶，多项拳头产品打开国际市场，树立了强势的中国文化品牌。
据国家广电总局公布的2010年全国电视动画片制作发行情况数据表明，
华强数字动漫公司以12818分钟的产量，荣获全国十大动画生产企业亚
军。2010年，华强有4部动漫在央视播放，其中，《十二生肖总动员》

2007年10月17日，拥有我国自主知识产权、
获得多项国内外专利的芜湖华强方特欢乐世界
在安徽芜湖开业。
图片由华强集团提供。

成为央视少儿暑期收视冠军,《小鸡不好惹》创下当月收视最佳。华强的动漫作品出口至100多个国家和地区,累计出口10万分钟。作品先后获得广电总局国产优秀动画片、白玉兰奖、金龙奖、日本TBS Digicon6大奖、意大利海湾卡通节普尔辛耐拉奖、法国戛纳电视节Kids Jury金奖等大奖。

与经营模式上的转型相比,也许华强公司在产权制度上的转变更为重要。首先,华强公司进行了股份制改造。1993年4月,深圳市政府发文批复,同意华强总公司将下属7家企业改组为"深圳华强实业股份有限公司"。其次,华强开始建立现代企业制度试点。1994年8月,华强总公司被省市有关单位列为省现代企业制度试点企业。1994年10月,总公司又被列入全国100家现代企业制度改革试点企业。1995年4月,深圳华强电子工业总公司正式更名为"深圳华强集团有限公司"。1996年3月,集团公司《建立现代企业制度试点方案》,经国家体改委、广东省政府联合批复,同意组织实施。这标志着华强建立现代企业制度工作正式开始实施。1997年1月30日,经国家证监会批准,华强实业的股票首次在深交所挂牌交易。2002年8月,根据广东省推进省属国有企业改革和重组战略的部署,由省委省政府决策、由省委组织部、省国资委(原省经贸委)、省财政厅等有关部门考察调研,华强集团正式被列为4家整体改制试点之一。2003年8月23日省府办公厅批复同意华强集团整体改制方案。2005年11月23日,国务院国资委对华强集团改制做出审核批准,标志着华强集团改制圆满完成。

改制后,集团引入了灵活高效的经营机制,建立起能者上、庸者下的激励约束机制,形成了提倡创新、包容失败的企业文化,使企业迸发出自主创新和产业升级的无限活力。在省市有关部委的持续关注和大力支持下,集团按照广东省及深圳市大力发展现代服务业、加快转变发展

1997年1月30日，华强股票上市。
图为深圳华强A股股票上市前举行的摇号抽签仪式。
图片由华强集团提供。

方式的要求，逐步剥离了缺少品牌、核心技术和市场话语权，连续亏损严重的三洋合资加工制造类业务。转而依托自身多年来积累的自动控制、计算机网络、软件开发等技术力量以及粤港两地IT、文化创意人才聚集的优势，努力培育新的主导产业。一方面实现了由电子加工制造业向电子信息生产性服务业的转型升级，另一方面坚持文化与科技融合，打造从创意源头到市场末端良性循环、优势互补的产业链，走出了文化科技产业发展的新路子。在坚持深化改革、坚持自主创新、加快产业升级、构建现代产业结构方面初见成效。

华强公司与深圳经济特区共同成长，30年间由小变大，由弱变强，取得了巨大成功，实现了华丽转身。如果粗线条地勾勒一下华强公司发展的轨迹，可以看出几个线条：实行来料加工，从技术单一的军工厂变成了掌握最新最复杂技术的现代电子企业；实行股份制改造，建立现代企业制度；创办电子市场，从制造业向高端现代服务业转型；创办文化企业，从单纯技术向文化+科技复合企业转型。每次转变和转型，都取得了成功，积小胜为大胜，最后华强公司成长为享誉国内外的著名公司。安山在总结华强公司30年发展历程时说："我曾经用两句话总结华强：华强的起步靠合资公司，华强以后的发展靠创新。没有当年的来料加工和与三洋公司合作，华强不可能站稳脚跟、发展壮大；但是，华强公司后来的创新更重要，没有创新，不可能跳跃式发展，不可能转型成为现代化企业。创新是华强公司发展的不竭动力。"

2010年，在深圳经济特区成立30年的时候，开展了一个全市30年30位杰出人物评选活动。9月3日，评选结果揭晓，华强集团董事长兼总裁梁光伟获杰出创新人物称号。这是对华强30年艰苦创业历程的肯定，是全市人民赠给华强集团的一枚勋章。梁光伟在谈获奖感言时这样说："我认为，荣誉不是属于某一个个人的，而是属于一个时代，属于所有在深圳为改革开放实践拓荒的建设者。面对未来新的10年，任重而道远，我们已经上路。弘扬与传播中国文化，是我们的使命与责任。华强要打造具有核心竞争力的中国文化产业航母……"

华强以弘扬传播中国文化为己任。远大的抱负、崇高的责任和出色的能力，得到了中央领导的关怀与支持。2008年10月18日，李长春同志视察华强时对华强提出了"学习迪斯尼，超越迪斯尼"的要求。2009年4月20日，温家宝总理视察华强集团时高度评价说，华强将科技与文化结合在一起，传播中国文化的做法"前途无量"。

特别是2011年8月11日，胡锦涛总书记在深圳大运会期间来到深圳，专程到华强文化科技集团视察。在参观企业、听取公司领导汇报后，发表讲话说："华强文化科技集团公司确实名不虚传。华强集团之所以能够取得今天的成绩，关键在于把文化和科技融合在一起，走出了

华强集团董事长兼总裁、
深圳30年杰出创新人物梁光伟。
图片由华强集团提供。

一条创新自主发展之路。希望你们当好领头羊，希望就在你们身上。"
胡总书记的讲话极大地鼓舞了华强公司的全体职工，群情激动，荣耀万
分，同时也感觉到了肩头的责任。

集团召集全体员工认真学习总书记的讲话，提出了未来发展目标：
争取用5到10年时间，集团资产达到1000亿元，年销售额达到1000亿
元，进入千亿企业俱乐部，成为行业中的领头羊。有人对提出这样大胆
的计划有一些担心：华强集团现在年销售额才有几百亿元，数年内能达
到千亿的目标吗？梁光伟用历史经验鼓舞他们："大家还记得吗？十几
年前当时深圳市经营业绩比较好的公司，年销售额也就是十亿元级别
的。为了促进企业做大做强，市政府选择了6家基础比较好的大公司，
采取措施打造百亿集团。虽然6家企业中多数并没有达到目标，但是华

强集团做到了，进入了百亿集团俱乐部。总书记希望我们当领头羊，历史机遇又一次摆在我们华强人面前，我们不能坐失机会，我们要抓住机遇再创奇迹。深圳的经验就是敢闯。深圳人敢为天下先。华强人的信念就是为中华强盛而敢于拼搏！"梁光伟一席话说得大家热血沸腾，豪气倍增。

思想统一了，决心下定了，领导班子仔细研究了实现千亿目标的具体措施：在未来几年内，公司将集中资产、集中精力，大规模发展以文化＋科技为特征的文化项目，和以电子商务为模式的现代高端服务业。由于从传统的电子制造业退出，短期时间里华强公司的年营业额将从250亿元下降到100多亿元，但是由于公司实现了彻底的转型，掌握了文化原创、技术研发、市场销售等核心技术，在微笑曲线上放弃了原来的底部中间线段，占据了两头上翘的线段。因此，未来几年内华强集团年销售额、资产，出现跳跃性、几何型增长是完全可以预期的。

我们期待着华强集团早日成为领头羊。

采访手记

我与梁光伟很熟悉。深圳经济特区建立伊始，我们先后来到深圳，同属基建工程兵战友，只是我们当兵年头相差较多，我是14年老兵，而他是入伍不久的新兵。1983年随部队集体转业我们一起成为深圳市民。上世纪90年代初期，我们一同考进武汉大学行政学院，在职攻读行政管理课程，最后通过答辩拿到了法学硕士学位。同班有10多位同学，大家选我当班长。读书3年时间里，大家一同听课，讨论问题，完成作业，结下了深厚的学友情谊。

为纪念深圳经济特区成立30周年，我写作了《创造中国第一的深圳人》；现在又正在写作《深圳财富传奇·占领华强北》一书，这两本书里都写了华强公司的创业故事。为收集素材，我多次提出采访梁光伟，他却数次推脱不肯接受采访，说"多采访别人，书中多写公司情况，不要写我个人……"但是他毕竟是公司董事长、总裁，公司发展过程中的许多决策都与他有关，完全避开是不可能的。

不肯接受正式采访，我只好在有机会见面时零零碎碎问一些问题。好在，他都能够爽快回答。我最感兴趣的一个问题是："你并不是华强公司最早的员工，是后来调进的。但为什么最后成为华强公司的一把手呢？"他回答说："在深圳30年深圳观念评选中有一句话：'来了，就是深圳人。'这句话充分地体现出了深圳移民城市公平包容的文化特征。华强公司也是这样，华强公司的员工不分来历、资历，只要进入华强公司就是华强人。只要在公司里勤奋学习，认真工作，每个人都有提拔的机会……"看到眼前梁光伟的例子，这句话让人信服。

作为这座城市的新移民，我们自然会谈到对深圳的看法。梁光伟说："我17岁来到深圳，已经30年了，我在深圳生活的时间比在浙江家乡的时间还要长。深圳就是我的第二故乡，我对深圳充满了感情……"这些话十分打动我，因为我有同样的感觉。我1982年来到深圳时30岁出头，一晃30年过去我已经是60岁的退休老头。光阴如大江东流一去不复返；时间快如穿梭眨眼已过30年。岁月易逝令我们感慨不已。

但是让我们欣慰的是，一座现代化的新城在我们这代人的手中建成。我们把青春献给了这片热土，这座城市让我们的精神世界永葆青春。

第八回　种梧桐遮天蔽日
引凤凰展翅高飞

仓库

绘图：王建明

　　在比较东西方文化差别时，人们总是喜欢讲一个关于中国老太太与美国老太太买房子的故事。两位老太太在天堂里相遇，谈论起住房的事。中国老太太说，自己省吃俭用一辈子终于买了一套房，没住上几天就来到天堂；而美国老太太说，自己年轻时刚一工作就从银行贷款买了房子，贷款本利还了一辈子，来天堂前才还清。这个故事确实说出了东西方人不同的消费观：中国人注重储蓄，量入为出，根据自己的经济能力过日子；而美国人是消费在前，今天花明天的钱，提前享受生活。故事的结论是："美国人敢花明天的钱，享受一辈子；中国人量入为出，结果一辈子没享受"。

　　在创业问题上，也有一个有限的资金优先用在生产上，还是用在生活享受上的问题。中国古人主张，生于忧患，死于安乐；革命年代有一种说法：先治坡，后治窝。华强北的年轻创业者们是怎样处理这个问题的呢？

　　转回正题，且听故事。

　　阿莲老家在重庆，工友们叫她"辣妹子"。她1992年底进入深圳燕南路一家电子厂当仓库管理员。这家公司老板非常好，经常跟员工们分享自己在深圳打拼的经验，在这里工作期间，阿莲学到了很多知识，培养了她做人的优秀品质。这家公司是当时少有的规范化管理的民营企业之一。阿莲是个懂得感恩的人，这份工作给了她一个成长和提升的学习平台，为后来创业打下了坚实的基础。

　　阿莲在打工的同时收获了爱情。小薛是阿莲的同事，当时做销售的小薛和阿莲工作上有很多业务联系，日久生情，两人在工作沟通中感情日益增进。故事如千万个深圳打工一族一样，两个人埋头苦干，用自己的辛苦付出，一天天地积攒着自己的梦想。

　　经过几年相恋，两个人到了谈婚论嫁的年龄。可是公司有规定：夫妻两人不能在同一个单位工作，倒不是这家公司老板苛刻，当时许多规范企业都有这样的规定。于是，两人商量到底谁离开？经过反复商议后最后做出决定：还是两人都走吧，不如我们尝试去创业！

　　两人开始了激烈的思想斗争。万一失败怎么办？"阿莲反而很有主意："如果我们今天选择创业，也许会失败，但是我们输得起，我们还年轻，真的失败了可能会后悔几年；如果不敢去尝试，也许会后悔一辈子。就算失败了我们还有大把时间，大不了从头再来！"有了阿莲这句话，小薛更坚定了创业的信心。两人有了创业的计划，就必须为创业准备资金。阿莲宣布说："从今天开始，我们必须节省每一分钱，为筹备创业的资金做好准备。"

　　机会总是垂青那些有准备的人。

　　1996年初，两人先后离开了公司，在岗厦租了间十几平方米的住房，先安顿下来；然后在统建楼电子大厦里的电子中心租下一个一米二的小柜台，这里的租金比较赛格电子市场便宜很多。他们用几年打工积攒下来的几万块钱，开始学做生意。两人站在柜台前，大眼瞪小眼，有

联嘉祥在电子市场的销售中心
图片由联嘉祥公司提供

点犯傻。两人都是新手，没有经验。开始生意比较差，最初几个月几乎每月都要亏损，连600元月的房租都付不起。但他们决心坚持到维持不下去再说。一段时间里小两口相互鼓励。上天不负有心人，在艰难的日子里，终于等来了一个外地的大客户。就是这个客户给了他们成功的机会，赚到了第一桶金，成就了后来的事业。

　　这个大客户需要的产品是一种电子导线，技术要求很高，全部需要手工制作，正因为产品的这个特点，利润也非常可观。由于那个年代信息比较封闭，客户找不到卖家，卖家找不到客户的情况中。一旦找到了客户，只要商家诚信经营，客户的忠诚度非常高。两人很珍惜这个生存机会，白天站柜台，晚上回去加班做导线。不管多累，干到多晚，那怕一夜不睡觉，也要完成加工任务，保质保量按时交货。认真做事，必有回报；讲究信誉，赢得了客户的信任。

慢慢地生意进入了良性循环。小薛与阿莲两人边熟悉市场，边摸索经验，边积累资金。虽然日子过得并不富裕，小日子倒也过得十分舒心。在电子中心经营一年后，他们看着对面的赛格电子市场生意更好，于是决定高价到赛格去转租一个柜台。很快，他们如愿在赛格租到半个柜台，生意也越来越红火。但好景不长，有一天，传来"赛格电子大厦要拆掉重建的消息，新的赛格电子市场可能要好几年才能完工……"的传言。这个消息就像引爆了一个重磅炸弹，在赛格做生意的商户们急得像热锅上的蚂蚁，夫妇两人也是急得团团转，不知怎么办好。接着，又传来一条消息：华强北路对面的华强电子大楼要改造成为新的电子配套市场，招商工作即将开始。听到这个消息。他们立刻去打听华强电子市场招商的详细情况。由于需求商铺的商户纵多，基本是僧多粥少。在赛格电子市场做生意的商户们都知道"一手柜台"的价值，有了柜台就相当于有了固定的收入。懂行情的人说："只要在赛格和华强电子市场租到柜台，就一定能赚到钱。"大家削尖脑袋抢柜台，将柜台的租金炒了起来，行情涨得很快。这种情况下，有些头脑更灵活的人，不再卖货，而是开始炒柜台。只要有办法拿到柜台，转手给别人就能赚大钱。一个柜台的"转让喝茶费"从几万至几十万不等。正因为如此，当华强电子市场招商的消息刚刚传开，无论是做生意的还是不做生意的，但凡有一点点关系的人都各显神通。有关系的找关系，没关系的出高价购买，其火热程度，一点儿不亚于90年代初深圳人抢购股票的疯狂劲儿。

在这种情况下，小薛感觉没有多大希望。阿莲却不死心，在华强电子市场招商部发登记表当天，早早到现场排队，哪怕有一线希望也必须去争取。这一天，华强公司领表的的窗口前，被人群里三层外三层围得水泄不通，商户们排起了长龙。这种情况下排队基本没有什么意义了，她挤到窗户旁边看看有什么办法可想。透过玻璃窗她看到办公室里的几个忙碌的工作人员，没有一个认识的。她注意到里面桌面放着一个名片，盒透过玻璃窗迅速记下电话号码后离开了现场。一直等到下班，才拨通了对方电话，希望能约见到对方。

等在路边上，她不知道这位工作人员到底会不会来。没有别的办法，只好硬着头皮等，希望上天保佑有好运气。等了一小时，终于见到了这位工作人员。那人问的第一个问题是："你是怎么知道我的名字和电话号码的？"小黄老实作了回答。他听完后笑了，又问她有什么事要反映。他的微笑让阿莲有了信心。她用最简单的语言诉说了自己创业的艰难，希望能够在华强电子市场上租到一个柜台。那人听后，没有正面答复，只说，需要研究一下他们的情况，行不行不好说。让她过几天查询公布的名单。几天后，他们去华强公司公布的名单上查询，看到自己的名字赫然写在上面。两人比中了大奖还高兴，小薛回忆说："我们当时真是遇到贵人了！"

华强电子市场是他们的福地。这里的生意越做越好，客户越来越多，通过两年的积累，经济上有了一定实力。小薛决定开始考虑开设工厂，做自己的品牌。小薛说："做生意不能永远卖人家的产品，这样很难有大的发展。"

1998年，他们租下了福田金地工业区的厂房，注册了"联嘉祥"商标。公司成立后，主打产品应该做什么呢？这方面的选择不是很多。选择自己熟悉的行业，选择自己做过、了解、有一定经验的项目。坚持不熟不做的原则！两人原来打工的公司是做电线的，这算是他们最熟悉的业务了。他们决定从电线产品开始，走出自己的创业之路。电线有强电电线和弱电电线之分。他们自知做前者不具备资金条件，于是就决定从资金要求相对低一些的弱电电线开始做起。刚开始只能生产最简单的单芯线、电话线等几款工艺最简单的小线。由于他们的踏实肯干，一步一个脚印从最初的几个规格产品，后来一直发展到生产上千种规格的产品。由于为人实在，产品质量好，慢慢积累了很多忠诚的老客户。几年下来，两人总结生意能够取得成功的经验时，体会最深的一点是：诚信＋用心＋吃苦耐劳＝成功。诚信做人，用心做事，这条原则最早可以追述到两人打工时经常听老板这样讲；他们两人一直坚持将此做为自己做人、做事的标准。

这句话后来被他们提炼为"我们一直用心在做"，成为联嘉祥公司企业文化的核心理念。世上无难事，只怕有心人。如果一家企业一直在"用心"做一件事的话，就是"有心人"了。联嘉祥就算得上是这样的企业，因为"我们一直用心在做！"就是这家企业的做事风格和行为准则。

用心做一件事，一时半会并不难，难的是十多年的坚持；联嘉祥的"用心"，整整坚持了14年。"用心"的文化实质就是一句话："认真做事只能把事情做对，用心做事才能把事情做好！"关注细节，注重结果，对自己的工作有高度的责任心，对客户诚心，对社会尽责任。

正是因为用心，联嘉祥至今已发展成为国家级高新技术企业；从名不见经传的小作坊到广东省名牌，成为线缆行业的一朵奇葩。在深圳市民中心、腾讯大厦、上海浦东国际机场、东方明珠电视塔、浙江省广播电台、浙江横店影视城、江苏省广播电台、南京电视台等一座座标志性建筑的弱电工程里，都有联嘉祥的产品隐身其中。公司创始人黄冬莲（阿莲）被评为"2011年安防界十大风云人物"，"改革开放30年，影响中国安防30人"。联嘉祥公司连续5年跻身"中国安防最具影响力十大品牌"。

如果要总结联嘉祥公司"用心"企业文化的精髓，可以看到有以下几个特点·

"用心"，才能善于发现市场需求，准确把握市场契机。

联嘉祥公司主要做智能弱电线缆，产品是主要用在安防监控系统的安防智能线缆。在智能化安防系统线缆的国内市场份额中，联嘉祥属于国内该行业的第一梯队，是珠三角地区的标杆企业。选择这个行业是"用心"的结果。10多年前，小薛刚刚入行从事电子导线的加工生产。他有一个好习惯，在与客户接触时，用心关注客户需求，把客户的需求记在心上。一个偶然的机会，他接触到了一些安防行业的客户。他留心听客户谈话，掌握了很多该行业的信息。当时，隔行如隔山，线缆行业很少有人关注安防行业所需要的线缆。但是，他们对了解到的信息不轻易放手，直觉告诉他安防是一个朝阳产业，正处于迅猛发展阶段，必将带动上下游产品大发展。安防行业的市场需求巨大，安防线缆的需求必

联嘉祥产品展销厅展厅
图片由联嘉祥公司提供

将急剧增长，联嘉祥应该及早进入这个行业。2000年初，经过深入调研后，公司作出了"转向安防线缆研发和制造"的决策。从此以后，公司专注于特别适合于在安防项目中使用的智能弱电线缆制造。经过十多年的发展，取得了不俗的成绩。

"用心"，就是"做到最专业，把平凡的产品做成不平凡"。

深圳成为"安防之都"后，安防线缆行业开始引起了社会的关注。一些企业以为这个行业容易赚钱，纷纷涌入。有人说："不就是一根线缆，一层塑料外皮包着几根铜丝？很简单嘛，没有什么技术含量，好做。"结果，行业内出现了良莠不齐的状况，市场开始充斥大量的非标准产品。但是，如果走进联嘉祥车间看一看，就知道外行人将这个行业和产品看的过于简单了。一根细细的电线，其实是一个相当复杂的产品，包含着大量的先进技术，是复杂技术集成的成果。线缆作为传输介质，在智能系统中发挥着相当于中枢神经的重要作用。

正因为线缆是具有高科技含量的产品，因此技术开发显得格外重要。联嘉祥很早建立了研发中心，不断引进先进技术专业人才，形成了一支致力于智能化系统专用线缆、弱电线缆开发研制的专业队伍。有了这支高度素质队伍，公司不断投入巨资，追踪世界前沿的先进技术，开发具有自主知识产权的高技术产品。从2007年起，公司开始走"产学研"合作的道路，相继与上海电缆研究所、中山大学、哈尔滨工业大学、深圳航天科技创新研究院等建立了紧密合作关系。对国内外相关行业的最新技术成果不断进行整合。

经过多年努力，联嘉祥公司拥有多项专利和自主知识产权，相继获得了中国国家强制性产品认证（即CCC认证），ISO9001质量管理体系认证，UL产品认证，国家广播电视设备器材入网认定证书，国家标准化管理委员会核准颁发的采用国际标准产品标志证书等。在这个过程中，公司不但积累了大量先进技术，已申请了70多项专利技术；而且，公司开始拥有制定、完善企业标准的能力，积极参与国家标准的制定。

现在公司提供的线缆达上千个品种，包括有建筑智能工程、信息集成（计算机网络、通信、广播、电视等）、安防、工业设备、多种弱电等各类智能化系统专用线缆的系列产品。不但研发生产系列产品，而且提供全方位的服务。产品广泛应用于金融、公安、邮政、电信、交通、电力、煤矿、建筑、机械等行业。例如，公司生产的低烟无卤阻燃线缆，广泛地使用在城市地铁、轨道、隧道等重点工程中；研制的薄壁用扁平电线、高效屏蔽同轴电缆、高柔软环保线缆以及抗干扰音响线缆等新产品，代表未来智能弱电线缆行业发展的趋势，获得了广东省企业创新纪录的荣誉称号。

"用心"，首要要讲诚信。"因为诚信，所以简单"。

小薛和阿莲早年在华强北站柜台时，就坚持以诚待人，诚实做事，诚信经商，使生意从无到有，从小到大发展起来。因此，他们意识到诚信是公司的立身之本，就算以后公司逐渐变大，他们也始终将"诚信"放在首位。他们认为，"诚信"第一条就是要给客户提供货真价实的产品。

为了做到这一条，他们在生产的各个环节都严格把关，保证产品有一流的质量。而要保证线缆产品的高品质，保证原材料的高质量是前提。为此，公司决定实行产业链的垂直整合，把品质管理上延到上游、到原材料环节。制作线缆的铜线、PVC胶粒等主要的原材料，公司自己生产。为此，公司在宝安观澜高新技术产业园征地、建厂房，建立了联嘉祥生产基地。

在生产过程中严把质量关。公司制订出一套完整的产品检验制度，从细节抓起，从原材料加工、生产流水线、到成品出厂，每一环节都层层把关。公司购置先进的生产设备和精密检测仪器，保证检测有可靠的

宽敞整洁的联嘉祥仓库
图片由联嘉祥公司提供

技术手段。公司还与市技术监督局、质检中心紧密协作，签订了常年监督检验协议，主动进行产品检验，使每项产品均符合国家标准。几年来，公司定期送检或被抽检的100多批次产品，全部合格。

公司的产品质量过硬，服务也出色。不管是老客户、新客户，都热情对待，极端负责。热情介绍产品，积极送货上门，完善售后服务，提供详细的技术资料和检验报告等等。公司的口号是："品质、价格、服务，是您选择我们的理由"。

做到这种程度还不算完。为了让客户绝对放心地购买联嘉祥的产品，公司舍得花费巨资，在中国人民财产保险公司为所有产品购买了保险。保额高达1000万元。

公司的所有努力，目的很简单：就是让客户获得高品质、高性价比的产品。这样做的结果，赢得了人心，赢得了口碑。公司的客户越来越多，客户的忠诚度越来越高。这样做还出现了另外一个结果："因为诚信，所以简单"。因为彼此信任，关系变得可靠，做事变得简单。最终，双方节省了交易成本，相应地提高了利润，增加了收入。联嘉祥公司因此在业内口碑很好，声誉远播，经济效益逐年提高。

"用心"，有利于提高创新精神，创出特色。

创新精神，是企业的生命，是不竭的发展动力。真正"用心"了，创新的念头就会不断涌现。在联嘉祥公司，创新的例子举不胜举。

在制造生产厂商中，"零库存"是许多行业和企业都信奉推崇的管理理念。但在联嘉祥却有一个常年备有价值几千万元以上的不同规格的常规品种现货的大仓库。是联嘉祥公司不懂管理么？在联嘉祥拥有十几年线缆行业经验的黄冬莲难道不懂"零库存"是提高企业资金使用效益的一个重要手段？但她更多地考虑的是用户的需求：对于大部分线缆工程来说，时间就是金钱，工程商们无法忍受订购线缆的交货延时性及产品质量的不确定性。正是在研究安防行业的特点和工程商的特殊需求，为了满足客户对线缆品种规格多、交货快的需求，确立了自己的经营方针，创造性地推行"生产型企业、仓储式销售"的模式。走进他们的仓库，就像进入了一个线缆超市，客户在这里可以一站式地采购到所需的各种规格的优质线缆，避免了舟车劳顿。公司的细心和用心赢得了行业的认可和客户的信赖。

公司在业内率先推出"会员制"。制定出了一个为会员积分奖励的制度。目的是让客户享受到更好的服务，同时不断增强客户的忠诚度。从会员制实行后客户的反应看，效果非常好。

为客户建立"知识库"。公司在为客户服务过程中，积累了大量的成功案例。这些案例经过分类整理就是一个内容及其丰富的知识库，公司将知识库对所有的客户开放。客户很快就感觉到了这个知识库的用处：如果客户看了知识库中的案例，就能方便迅速地选择出适合自己的方案。对于新客户来说，这样的知识库特别有用。经验不足的客户能够在限定的预算内，制定出更加合理省钱的采购方案，用更少的钱买到更多、更好的产品。联嘉祥提供的这种设身处地为顾客着想的服务，让客户特别满意和感动。

　　"用心服务"的联嘉祥业务发展很快。公司除了在上海、北京、深圳拥有全资子公司外，还先后在广州、杭州、苏州、南京、武汉、西安、沈阳等国内大中城市设立了直销机构，建立了强大的销售网络。

　　"用心"，就能让员工将公司当成大家庭。大家心往一处想，劲往一处使，就能实现"追求卓越"的目标。

　　小薛和阿莲出生在内地的普通农村家庭；他们来到深圳创业，从一个小柜台开始做出了一番自己的事业，联嘉祥公司已经成长成为国内同行业中排名前列的公司。这样的经历，使他们两人常常"能换位思考"，十分关心自己的员工。在这样的公司打工，心里踏实。事实正是如此。在联嘉祥公司里老员工很多，很多人一干就是七八年，很少跳槽。问员工为什么愿意长期干？有的说，在联嘉祥工作，能够得到尊重和关爱，有大家庭的感觉。也有人说，公司很关心员工成长，经常对员工进行培训，让我们学知识，学文化，学技术，能够成为人才。　员工队伍稳定，职工视企业为家，这是企业的根本，是企业有生命力的表现。在席卷全球的金融海啸中，许多中小企业受到冲击，元气大伤，甚至倒闭。但是，联嘉祥公司生产正常，继续发展，表现出了很强的抗风

联嘉祥在在宝安区观澜科技园里的新厂房。
图片由联嘉祥公司提供。

险能力。联嘉祥甚至还能够逆风而上，"换档加油"，快速发展。2008年公司进行了改制，进一步理顺了企业发展机制。为公司实现从优秀到卓越打下了坚实基础。

展望未来，董事长黄冬莲说："企业的发展目标是带领我们的团队，要把联嘉祥这个品牌做成国内一流的智能线缆的供应商。"

采访手记

我是在深圳福田中心书城紫苑茶馆里采访小薛和阿莲夫妇的。他们俩用平淡话语讲述了他们在华强北发展的历程，仿佛在讲别人的故事。早期在华强北创业的艰难早已忘怀，留给他们的是阅历和成长经验，他们有更多的梦想尚待实现。

我想了很久。节俭是中华民族的美德之一。《治家格言》中说："一茶一饭当思来之不易，一丝一缕恒念物力维艰。"诗人李商隐诗中写道："历览前贤国与家，成由勤俭破由奢。"节俭是修身齐家的必由之路，节俭是创业守成的必胜法宝。正是因他们始终把节俭作为创业的原则之一，他们的创业才能取得成功。

年轻的创业者们是不是应该仔细思考一下这个问题。

第九回 女人世界女人迷
浪漫商城浪漫情

绘图：王建明

在营销学教学中喜欢讲这样一个案例：两个经营鞋的商人去到非洲找经商机会。炎热的非洲，当地土著人光着脚不穿鞋。看到这种情况，一个商人非常失望地说："完了，这里的人不穿鞋，我的鞋肯定卖不出去了。"另一个商人高兴地说："太好了，这里的人都不穿鞋，如果我教会他们穿鞋的话，我的鞋一定会供不应求。"这个案例说明了这样一个道理：会做生意的人，处处会发现商机；而不会做生意的人，就是发财的机会到了眼前也看不见。这个结论对不对呢？按照管理大师彼得·德鲁克的理论，这是对的。他在《管理的实践》中提出了这样一个观点："企业的目的只有一个适当的定义：创造顾客。"顾客是创造出来的，商机是慧眼发现的，市场是开发出来的。

也许，女人世界的故事是解释德鲁克理论的一个绝佳案例。

孙力是个棒小伙子，却创办了一个专做女人服装的"女人世界"，做得还挺成功。说起女人世界，深圳人没有人不知道。凡是逛华强北的女人，女人世界是必去的地方。

世界上发生的事很多时候有偶然性。1994年孙力就偶然碰到了一件事情。有一天他遇见一位市工商局的领导，聊天时听说距离华强北路不远的地方有个田面村，村里有一个几年前临时搭建的小商品市场，按照城市发展的进度应该拆除。但是许多商贩已经在这个市场里做了多年生意，不愿意搬走。商贩们问："往哪里搬啊？损失谁给补啊？"工商局连续发了几次拆迁通知，没有人挪窝，看样子是不肯轻易放弃的。工商局领导感到难度很大，不知怎么办好，一拖几个月过去了。

这个信息触动了孙力，他觉得这里面似乎有商机。事情就是这样，偶然发生的事情中往往有一些看不见的机会。机会女神总是喜欢有心人。对于缺乏准备的人，女神对他也视而不见；对那些做好准备的人，女神会面带笑容送给他幸运的礼物。

孙力立即去服装城了解情况。进入服装城，只见一排排临时搭建的铁皮房，十分简陋。铁皮房里开设的服装店一家接着一家，看样子有上千家。大大小小的服装店里摆满了男女老小的服装，花花绿绿，式样繁多。逛服装城的人熙熙攘攘，十分热闹。只见有的商户正在上货点数，有的顾客一件件试衣服没完没了，有的买卖双方正在讨价还价，有的服务员在柜台后面拿着饭盒大吃大嚼……手提式录音机里播放的港台歌星歌声、商贩的吆喝声、顾客们的说话声、孩子们的哭叫声，混合成一片喧闹的声波，让孙力感觉有些吃不消。他没有想到服装城的规模如此之大，生意如此之好。通过这么一番调查他才知道，当时的深圳只有不多的几个服装销售市场，罗湖那边有两家，一家是人民桥附近的服装商品市场，一家是东门老街里的一个服装城；福田这边只有这一家，由于是独家生意，生意红火，规模很大。当时深圳的居民们只能到这几个市场买衣服、选鞋子，服装城的生意好，一点儿不奇怪。

　　孙力决定抓住机会女神眷顾他的机会，进军服装业。孙力虽然年轻，但是在做生意方面却算得上是个老手。他是随基建工程兵父辈进入深圳的第二代子女。1982年，国务院、中央军委一纸命令，基建工程兵兵种撤销，全国各地几十万部队集体转业成为基本建设战线上的基建队伍。其中有两万人部队进入深圳集体转业，连同家属这支队伍有数万人之众，与当时特区内的当地居民数量差不多。孙力的父亲是31支队802团的军人，祖籍河北。1983年孙力从天津大学化学系毕业后跟着爸爸来到深圳。当时的深圳，百业待兴，物资短缺，有什么东西都能够倒卖出去，简直是做商业贸易的天堂。孙力就开始从贸易起家，成立了金斯泰投资发展有限公司。

　　公司最早注册在罗湖的国际商业大厦。随着业务发展，创劲十足的孙力想开设一家比较大的商场。但是罗湖已经开始拥挤，很难找到很大的场地。他就开始考虑向华强北发展。当时赛格电子市场已经开业，生意火爆。孙力找赛格集团洽谈，租下了旁边的康乐大厦一二层、5000平米的楼层，开设国际电子城，销售电子产品。在开设国际电子城过程中，孙力摸清了筹办一个大型商场需要租赁、装修、招商等一整套环节，积累了丰富的经验。资金方面也有了相当的积累，为创办服装城打下了坚实的基础。

　　孙力开始选场地。深圳早期，兴建了几个工业区，上步工业区是其中的一个，华强北就在这里。随着生产成本的迅速增长，工业区里的一些工厂开始外撤，许多厂房空了出来。房东们着急要将空置的厂房租出去，许多大楼贴出了招租的广告。孙力在街上来回转悠，他发现华强北路西侧有一栋临街的厂房比较合适。他在大楼门口看到一个招租的横幅广告牌，落款是金田公司，这家公司赫赫有名，股票是在深交所上市的"老五股"之一。他进门与房东经过讨价还价，最后敲定90元／平米的租价。整栋楼近一万平米全部拿下。后来孙力才知道自己谈判的对手只是二房东，真正的房东是广东省外经贸委；租房的价格比附近的楼房约贵了28元／平米。贵是贵了一些，但也没办法，二房东总是要赚一些钱的；何况根据孙力的经商经验，对做生意来说，房租倒不是最重要的因素，相比之下商场的位置才是最重要的，就是人们说的"地头要好"。孙力就认准了这栋大楼，坚信在这里做生意一定会火起来。

楼租下来了，接着注册公司。公司起什么名字呢？让孙力颇费心思。经过反复琢磨，想出"女人世界购物广场"这么一个名字。"世界"的意思是商场里的服装数量多，品种全，成为卖服装等商品的世界，无论什么样的顾客来到这里都能够选到称心如意的商品；"女人"是对顾客群体的定位。这一点是从深圳的实际出发，早期的深圳，由于电子、纺织方面的企业多，因此打工的女孩子特别多，据说女工数量是男工的好几倍。女人多，女孩子喜欢穿衣打扮，商场的顾客群定位为"女人"肯定没错。

此外，孙力想到做女人的生意也许是受了犹太人的影响。犹太人做生意有一条法则："嘴巴"和"女人"的钱最容易赚，是世界上永恒、保险的生意。嘴巴是产生利润的宝葫芦。人人都有一张嘴巴，嘴巴每天至少要吃三顿饭，这样的生意当然长久。女人是保管钱包的总管。几乎从人类社会一诞生，男女之间就有了明确的分工：男人生产，女人持家；男人赚钱，女人花钱。这句话引申下去就有了这样一句名言：男人靠征服世界而征服女人，女人靠征服男人来管理世界。具体在服装问题上，男女之间消费的不同特点更加明显：简单的男人一年有一两套衣服就可以了，而最节俭的女人没有十套八套衣服是没有办法出门的。更不用说女人的衣服还要加上一些配饰：别针、腰带、手包、皮鞋、金银饰品、珠宝翡翠等等，看看，能做多么大的生意？从商场开业后一直生意兴隆的盛况看，女人世界这个名字绝对是起对了。

彩旗飘飘，人潮涌涌。女人世界开业盛况空前。
图片由公司提供。

完成公司注册后，一面开始装修，一面开始招商。招商可不是简单的事情，能否成功关系到商场的成败。这方面孙力下足了功夫。首先做好广告宣传工作。在《深圳特区报》和《深圳商报》上刊登广告，同时在报纸里加上另外一张粉红色的DM单，DM（Direct mail）是当时商场喜欢采用的广告方式；粉红色是女人世界确定的品牌颜色，女人嘛，浑身都散发着浪漫，自然是粉红色。公司销售部的12个员工小女孩，拿着上万张DM单，到福田服装城的商户一家家登门送上广告单，游说招商。其次，对先签约的商户实行商铺价格打折、免两个月租金等优惠条件。由于购物广场定位准确，招商工作做得扎实有效，加上市工商局再次发出措词严厉的通告，要求临时服装城限期拆迁。商户们一看，来真格的了，识时务者为俊杰，还是走吧，纷纷签约入驻女人世界。到了招商后期，商城取消了优惠条件。尽管这样，要求租商铺的商户越来越多，甚至出现了抢商铺好位置的现象。孙力原来担心招商不利、交不起二房东租金，而一直悬在嗓子眼里的心终于放下了。

1995年11月18日，女人世界正式开业。刚开业半年里生意略显清淡，后来品牌树立起来后，生意越来越兴隆；进场开店的商户没有人毁约离开。女人世界服装城算是比较成功的。经营的秘诀是什么呢？可能有以下几点：

首先，在初创时期，商品定位于中低档，消费群体定位于蓝领阶层。这个定位与当时深圳的购买力十分吻合。购物广场的商品摆设方面也有讲究：一楼是综合的，二楼为老年服装、内衣、儿童服装、床上用品等，三楼为时尚女装，四楼为鞋帽、皮具、箱包等。商品必须分层分类摆放，不能让顾客在一层里买到所有需要的东西，否则他就买完东西就走了，不一定愿意再到别的楼层看看；越好的商品、流行的品牌，越要布置在高的楼层，防止一些顾客看了时尚的商品，就不愿意再往上爬

志向高远，勇不可当。女人世界董事长孙力与他的团队。
图片由公司提供。

楼了。实践证明，商场这样布局效果比较好，能够保证每一层都有相当的客流量，这是多年摸索出来的经验。

其次，创新商业模式。女人世界可能是最早创出"店中店"模式的女性主题商场。这种模式的最大好处是，让商户资金周转和商品更新速度更快，保证最新的商品最先出现在女人世界，让喜欢逛街的女顾客每次来时都有惊喜。一些商业机构调查的数据说明，深圳在以女人商品为主销售的商场里，女人世界的忠诚度、回头率最高。

再次，与商户利益捆绑在一起，风雨同舟，共进共退。女人世界开业以后，先后遇到了1997年亚洲金融风暴、2003年的"非典"和2008年的西方金融危机等几次大的市场萧条时期。在金融危机期间，顾客们的财产缩水，大家捂住钱包不肯花钱，商场顾客明显减少；来的顾客也是逛商场、看热闹的多，真正花钱买东西的很少。这是商户做生意的艰难时期。最严重的情况出现在"非典型性肺炎"疫情期间。好多公共场所实行隔离，大家谈"非典"色变，不敢上街。最严重时，女人世界那么大的商城里一个顾客都没有。遇到这种非常情况，商户无法做生意，出现严重亏损。这种情况下，有的开办商场的老板仍然坚持按租赁合同办事，逼得商户借钱付租金，最后坚持不下去，只有歇业倒闭。孙力的做法完全不同，在非常时期他决定商场主动降低租金，或者允许缓交租金，大家共度难关。对商场来说，这样做损失了一些租金，但是放水养鱼，保护了商户，使他们能够渡过难关；对商户来说，能够得到到休养生息的机会，从而能够在商场坚持做下去，最后实现双赢。正是坚持了这种正确的做法，女人世界自开业以来，没有商户退场，除了一种情况：有些商户需要提高档次，就会有向更高档市场发展的需求。有一些做得比较好的服装公司，想打造宣传自己的品牌，需要搬迁到档次更高一些的商业城，例如后来出现的茂业百货华强北店等。这种现象引起了孙力的重视，他在女人世界的旁边租下一栋楼房，创办了一个名叫NICO女人世界名店，汇集中外时尚品牌，展示服饰潮流尖端精品，成为经营中高档女性主题商场，满足了一些高端商户的需求。

最后，培育打造商业品牌。孙力认为，商场与商户的关系是皮与毛的关系，皮之不存，毛将焉附？兴办商场的投资者有责任宣传好商场，让女人世界有很高的知名度。这样才有可能吸引更多的顾客来购物，才能保证商场内的商户有生意做。因此，他非常重视对女人世界品牌的宣传，有计划地花费巨额资金在各种媒体上投放广告；每周在女人世界门前的广场上，举办时装发布会，开展各种时装秀活动。经过坚持不懈的努力，很快让女人世界成为家喻户晓的品牌。品牌出名之后，孙力开始在各地工商部门申请注册"女人世界"商标。但是，在国家工商总局申请注册时遇到了挫折。开始有工作人员认为，"女人世界"是一个"通用词汇"，不能注册商标，多次驳回申请。但是，孙力不为所动，继续每年申报，申诉注册理由。经过8年的不懈努力，2003年国家工商总局终于批准了"女人世界"的商标注册。注册成功，在法律的高度使这一品牌得到了保护，为"女人世界"向全国发展提供了条件。此后"女人世界"连续获得很多殊荣：1997年以来连续被评为广东省文明市场、深圳市文明市场；2004年"女人世界"获得"深圳知名品牌"光荣称号；2009年7月，深圳首届"深圳老字号"评选活动，最后评选出了40家企业，"女人世界"榜上有名，并且名列商业类"深圳老字号"的榜首；2009年10月"女人世界"又被授予建国60年来"影响中国"的深圳十大品牌专业市场称号。2011年被授予"华强北30年风云企业 最具活力女人世界"称号。据业内人士估计，现在"女人世界"的品牌价值2亿元以上。

对女人世界在华强北发展过程中所起的作用，有人评价说："如果说赛格在电子配套市场商业模式上起到了龙头作用，万佳百货引来了大量顾客群，那么女人世界则把顾客人流留在了华强北。3个专业市场对华强北初期发展，都起到了关键的带动作用。"

这个评价非常准确。这3个商场对华强北商业的带动作用非常明显，将华强北的生意做旺了。赛格电子市场和万家百货在路的东侧，女人世界在路的西侧。就华强北路西侧由冷清变得热闹而言，女人世界所起的作用更加明显。女人世界成功后，有人开始复制孙力的经营模式，在女人世界的南侧兴建了"男人世界"购物广场。其实，"男人世界"是孙力在注册女人世界时顺便同时注册的商号名称。但是，考虑到精力和投资能力，男人世界并没有上马，后来转让给了别人。男人世界开张后，又有人继续做文章，利用女人世界北边的一个停车场，搭建临时建筑，开办了"男人の世界"。但是，这两个男人世界都没有办法与女人世界竞争，生意好差的程度相差很远。"男人世界"开业不利，3个月后关门，换了老板继续做；"男人の世界"后来在华强北开展整顿市容市貌活动中，被拆除掉还原为停车场。当时有一家报纸发表了一片文章，题目是《两个"男人"不敌一个"女人"？》。这说明孙力当时开办服装城时定位"做女人生意"有多么高明。

当然任何定位都有一个同行模仿的问题。自从女人世界取得成功后，华强北接着出现了"女儿国"、"女性世界"、"俪人世界"、"美眉城"等许多类似的"做女人生意"的商业城。但是，许多人不知道，"定位"并不只是一个起名的问题，而是一个从内部制度建设、严格管理、到经营策略等许多内容的系统工程。比如说，早在2003年，女人世界就在全国同行业中领先通过了ISO9001:2000认证，2009年又通过了ISO9001:2008版认证。通过这一方法，建立了规范科学的内部管理制度。而其它商场只是热心学习女人世界的商业模式，却不肯在加强内部管理方面下功夫，结果由于内部管理不善、同质化恶性竞争等原因，两三年后就在竞争中败下阵来，有的被市场淘汰。

女人世界不仅做为一个出色的领头羊，带旺了华强北商业圈；也是打工妹就业场地，商城里有一千多家商户，解决了三千人的就业岗位，给三千家家庭带来了财富和快乐；而且成为创业者的摇篮，很多商户与女人世界一起成长，这里走出来许多白领、金领精英和很有实力的老板。

王国雄是2004来深圳做生意的。在与朋友们逛女人世界时，被商场里超旺的人气吸引住了。他约了几个朋友凑了十多万元钱盘下一楼的一个铺面，经营装饰画等艺术品。试营业一段时间后，发现生意没有想象中的好，灰心的合伙人提出撤场。但是王国雄不是轻易认输的人。他

女人世界吸引了美女范冰冰的目光，无奈俊男孙力想看不敢看。
图片由公司提供。

经过仔细分析，认为问题在于定位不准。针对问题，他选定专做化妆品，先代理了3个不同品牌的化妆品。学会专业知识、摸熟行情后，注册了"芙罗兰"品牌。生意开始出现转机。经过5年时间，做为深圳本土化妆品品牌的芙罗兰在国内有了一定知名度。现在，芙罗兰已成为一家在深圳拥有40家自营店、在全国有600余家分店的化妆品公司。

这样的例子还有很多。1977年，赫珈尔苑还仅仅是女人世界133C号档口一个做进口金丝绒服装生意的小摊子。经过8年发展，如今的赫珈尔苑已成长为拥有300多家品牌加盟连锁公司的大型服装企业。深圳红苹果美容连锁公司2003年进驻女人世界时，只有5万元资金，租下一个2平方米的小档口。2年时间里迅速发展，兼并了左邻右舍的场地，成

女人世界的员工们有爱心，为抗震救灾慷慨解囊。
图片由公司提供。

为经营面积达300多平方米的美容机构。

　　女人世界从业人员的素质也得到了顾客们的肯定。周玉言是在女人世界5楼033E工作的营业员，是优质服务的一个典型。2008年的一天，她迎来了一位20多岁、背着一个大背囊的女孩顾客。经过仔细挑选后，女孩选定了3个女式拎包。准备付钱时发现自己的背囊后面被小偷用锋利的刀片划开，偷走了钱包，还好身份证、机票等没有丢失。遇到这种倒霉事情，使她对深圳留下了极恶劣的印象，恨恨地说："这辈子再也不来深圳了……"小周好言安慰她，拿来透明胶布帮她将背包上的裂口粘起来。最后决定让女孩先拿走3个女包，回到家后将钱汇来就行了。听了小周的话，女孩简直无法相信。她试探着说："你……这么信任我？"小周肯定地点点头说："我相信你。"她包好女包递给女孩，详细告诉她如何到华联大厦乘坐机场大巴到机场，又给她一些零钱买车票。女孩说："我太感动了，我们才认识，你居然这样相信我。"小周回答说："我虽然不认识那个小偷，但是我在这里替他说一声抱歉……"女孩的眼睛里闪动着泪花说："深圳因你而温暖！"几小时后电话响起，是女孩打来的。她说："我刚下飞机，赶紧想办法把钱打进你账号里了，再次谢谢你……"小周说："从这件事，我的体会到了'送人玫瑰，手有余香'的快乐。"

华强北有许多电子市场和各类商业城。虽然大家都在一条街上，但是经营情况有好有坏。好的始终顾客盈门，生意兴隆；差的生意时好时坏，有亏有赚；更差的生意越来越不行，最后只有关门走人，换一个场地重新开始。在孙力的记忆中，最早在华强北街上开店的商家，除了天虹商场、赛格电子配套市场、万佳百货外，可能就要算女人世界了。从1995年到1998年几年间出现的商城，有顺电、曼哈、茂业、大百汇商城等（由于大百汇商城也是临时建筑，几年后拆除，在原地上建起了华强广场）。再往后，出现了铜锣湾百货、紫禁城等。2000年以后又出现了宏大数码城、华强电子世界、新大好时装城、新亚洲电子城等。再往后面，永乐电器、国美电器等大鳄也挤进来了。

做为一名较早进入华强北的投资者，孙力看到了许多商城兴起和衰落的过程。他喜欢孔尚任的《桃花扇》，觉着商战激烈、硝烟弥漫的华强北，其风云变幻有点像戏里的唱词："眼看他起朱楼，眼看他宴宾客，眼看他楼塌了……"谈起往事孙力不胜唏嘘。他感觉到商场如战场，凶险万分。繁华的华强北好像是一片大海。风和日丽的时候，平静的水面下，有涌动的暗流、深陷的漩涡，隐藏着无数的危险。如果遇到暴风雨，大海顿时变换面孔，咆哮起来，海浪滔天。任何在大海航行的船只，此时都变成了小小的木片和树叶，被巨浪抛上摔下，随时有葬身深渊的危险。对商场危险有清醒认识的孙力，在经营中既大胆决策又小心经营。运用自己的智慧头脑，精确计算；凭着他的善良心肠，愿意与自己的客户共荣辱，同进退。因此，在华强北经营近20年，事业始终稳稳当当，招牌越来擦得越亮。

采访手记

采访中我问了孙力一个问题：在华强北的变迁中看到了一种现象，这条街以赛格电子专业市场发端，以万佳百货、女人世界等超市、服装专业市场变得红火。但是后来万佳百货退出，铜锣湾百货倒闭，这两个场地先后改成了远望数码城和高科德手机市场。这种现象是不是说明在市场竞争中，经过了一个先是电子市场燃起烽烟，接着服装专业市场攻城掠地，后来电子市场又占了上风这么一个"否定之否定"的过程呢？

孙力回答说：问题可能没有这么简单。华强北确实形成了体现高科技的电子市场，与以服装为代表的传统市场竞争的局面。两者的表现不太一样。电子市场确实强，但它的特点是转型块、波动大，上得快也跌得快，"其兴也勃，其亡也忽"。电子市场面对消费者群体的产品，最先是小家电；接着是手机；后来是MP3、MP4一类时尚电子产品；再后来是电脑。一种新产品出现，就会将原来的产品淘汰，挤出市场。而服装市场则一直比较平稳。虽然你举的两个例子，是由电子市场取代了超市、百货。但是，这两个市场改变业态后经营情况大不如前者。依他的看法，一个像华强北这样拥有巨大容量的市场，多种业态经营要好一些。因为两者的顾客群是不同的，电子专业市场的顾客来自全国甚至全球，是这一行业中的专业人士；而服装等传统市场面对的是市民消费群体。因此就顾客流量来说，后者的作用更大。这就是为什么人们一般将万佳百货、女人世界等传统市场进入华强北看成是这条街变成商业旺地的标志。

华强北很像一座森林。森林里只有单一树木肯定不行，一定要有多种树木共生。不但有参天大树，也有茂密的灌木丛和厚密的草地。这样的森林才能抵抗各种病虫害，生存的环境更加健康。做为商业业态来说，品种内容越丰富越好。不同业态相互之间既是竞争关系，也是促进关系，互相依靠，共生共荣。华强北能有今天，不是一家企业、一种业态带来的结果，而是丰富多样的业态共同创造的结果。华

作者感悟

听着孙力讲创业的故事。我感觉，女人世界取得成功，使之成为全国知名品牌，是由于其创业实践完全符合定位理论。"定位"（positioning）概念是美国学者杰克·特劳特于1969年提出来的。这个理论的要点，是要求企业必须在外部市场竞争中界定能被顾克心智接受的定位，回过头来引领内部运营，才能使企业产生的成果（产品和服务）被顾客接受而转化为业绩。2001年，定位理论被美国营销协会评为"有史以来对美国营销影响最大的观念"。定位理论的出现，与市场经营日趋激烈有关。在工厂时代，以产品为导向，谁能做到低成本、高效率，谁就能赢。市场时代，以需求为导向，这时候的市场已经由卖方市场变成了买方市场，企业攻城掠地，谁能扩大自己的市场占有率，谁就能够胜出。现在到了心智时代，竞争的战场转移到了消费者的大脑里，消费者在超市里自由选择商品时，已经决定了企业

的生死存亡。做为企业，谁能占领顾客的心智资源，谁就能够在竞争中立于不败之地。企业占领市场靠什么？靠品牌，顾客确实是根据对品牌的信任程度选择商品；企业创立品牌靠什么？靠定位，一个企业有了准确合适的定位，就能够树立起特征鲜明的品牌，从而牢牢掌握住顾客。

用特劳特定位理论进行分析，女人世界就是一个准确定位的成功案例。当年，孙力在创办服装城时，将服装城定位为"做女人服装生意"，服装档次定位为中低档。这一定位经过多年宣传和经营，牢牢地占领了顾客的心智资源。后来，当顾客的购买力发生变化，出现了一大批对高档服装需求的顾客群后，孙力又不失时机地创办了"NICO女人世界名店"，吸引了一批高端顾客。同时，女人世界不再满足于只在深圳经营，而是到全国各地注册、开设连锁店。这样做，不仅能够利用这个品牌，扩大市场以形成规模经营；更重要的是让这个品牌成为全国品牌，以占领更多顾客的心智资源。如果要想将女人世界打造成百年老店，使之成为全国品牌商场，甚至走出国门成为国际性品牌公司，后一点尤其重要。

女人世界的品牌定位是正确的，这是让女人世界经营成功的保证。

第十回　万佳落脚华强北
深圳商业布新局

绘图：王建明

鬼谷子是春秋战国时期著名的思想家、谋略家，是纵横家的鼻祖。著名的兵家孙膑和庞涓是他的学生。鬼谷子在教学中极善于培养学生的创新思维，流传有这么一个故事。有一天，鬼谷子让孙膑和庞涓，每人带上一把斧头上山砍柴，提出的要求是："木柴无烟，百担有余"，限10天内完成任务。临走时深有意味地笑笑说："学会脑筋急转弯。"庞涓一看任务这么重，每天加班加点，出死力气砍柴。孙膑则不急于砍柴，仔细琢磨老师临别时说的话，想清楚后才开始动手。他花了两天砍伐了足够的榆树，又用3天将榆木放进火窑里烧成木炭，最后用上好的柏木制作了一根结实的扁担，提前几天将榆木炭担回鬼谷洞。整整第10天的夜晚，才看着庞涓唷哧唷哧地将第100担木柴挑进洞来。鬼谷子说："开始验货，将你们的柴火点着看看吧。"庞涓点燃了自己的柴火，火烧得很旺，但是浓烟滚滚，呛得大家咳嗽不已。接着孙膑点燃了自己的木炭，炭火通红，却没有烟雾。鬼谷子表示满意。庞涓不服气地说："虽然没烟，但他只有一担木炭，距离完成任务差得远呢……"鬼谷子说："我没有让你砍100担柴火呀，孙膑用柏树扁担挑回来榆树木炭，符合百（柏）担有余（榆）的要求。"庞涓无话可说。

这个故事说的是重视创新的道理。创新是一个民族进步的灵魂，是一个国家兴旺发达的不竭动力。改革开放为思想创新提供了环境和土壤。深圳能够从一个边陲小镇发展成为国际大都市；深圳商业能够从一个默默无闻的行业发展成为在全国有举足轻重地位的大产业，靠的就是无穷无尽的创新。据深圳零售商业协会会长花涛提供的数据表明：1994年前，全国百强零售企业中，深圳没有一家。2005年全国连锁百强排名中，协会就有15家了，其中总部在深圳的有8家。2006年深圳连锁商业销售额占社会消费品零售总额的比重超过47%，在全国居于领先地位，成为深圳经济增长的重要推动力。目前包括华润万家、新一佳、天虹、岁宝、海雅、人人乐、顺电在内的深圳零售企业已经在全国开设了3.5万家连锁店。而万佳百货无疑是深圳零售业中最出色的创新者、领导者、代表者之一。

1993年，执掌了万佳百货帅印的吴正波在考虑一件事：怎样把万佳百货做大。

深圳万佳连锁商业有限公司成立于1991年，可能是中国第一家以连锁商业的名义注册的公司。据说还费了不少劲才注册下来的。当时由从新西兰回国的刘路明牵头，由原来祥云国货的主要人员开始组建。与当时很多单位起名的方法一样，公司先起一个英文名，再翻译成中文名。万佳百货是英文Vanguard的汉语译音，英文有"先锋、领导者"的含义。从起名可以看出投资者们对这家商场的期望，而后来的历史发展说明万佳百货确实成为中国超市大卖场的先锋之一。

王石、缪川在《道路与梦想》一书中写道："1991年底，万佳商场在友谊城购物中心B座四楼开业，营业面积达到2,000平方米，率先提出'不满意就退钱'的口号，在深圳零售业中产生巨大的反响。"

但是，吴正波感觉商场的规模小了。与城市飞速发展的购买力相比，与他想在深圳零售业干一番事业的雄心相比，目前的万佳百货经营规模只是小儿科。

接手万佳百货以后，吴正波首先关掉了万佳武汉民众乐园店（2000平方）、万佳新疆黄河路店（4500平方）。因为当时的物流条件不具备，战线太长，连锁店经营情况不好。要把拳头收回深圳，集中出击。接着，对万佳实施股份化改造，为未来的发展打下基础。在征得王石同意后，他整理方案，广泛联系，终于赢得深圳康利时装有限公司、中国华西建设集团、深圳天安投资公司的认同、支持和参股，将深圳万佳连锁商业有限公司正式改组为深圳万佳百货股份有限公司，使万佳由万科的全资公司变为股份公司；使万佳由没有钱发展变为帐上有2000多万元的资金余额。同时，开始寻求新的业态、新的项目。现在的万佳百货像是一个正在迅速发育的小孩，身体一天一个样，而身上的衣服越来越绑在身上，鞋子越来越夹脚。是到了给孩子换合身新衣服的时候了。

此时的深圳，虽然出现了百业待兴的气势，但百业规模都不大，零售业尤其如此。在有关部门组织的全国零售业百强评比中，深圳榜上无名。作为一个在零售业方面有丰富阅历的人来说，对这种情况当然不甘忍受。要知道他曾任武汉商场副总经理，当时的武汉商场可是武汉最大的商场，在全国十大商场中排名第四。吴正波1983年毕业于武汉财贸学校商业经济大专班。毕业后，先是在武汉市政府财贸办公室工作，两年后被任命为武汉商场副总经理。1992年迅速发展的万科公司在全国招聘人才。王石慧眼识才，将吴正波招入万科，先在广州成功启动广东省外商投资企业产品陈列中心，成功举办广东首届外资鞋业精品展览会。1993年正式接任万佳百货总经理。

按照吴正波的专业眼光观察，深圳的零售业有几大缺陷：一是规模

万佳百货的创业者、原总经理吴正波。
图片由吴正波提供。

小。当时最大的大江南商场营业面积也不到3000平方米。二是偏向高端市场。当时深圳的免税商店、国际商场、丽晶商场等，商品选自国外，主要为高端顾客群服务，深圳老百姓的日常生活消费多数在街边小店。三是商业布局集中在罗湖区，不是很合理。针对这些问题，吴正波确定了选择新商场地点的原则：规模要够大；商品走平价路线，为普通顾客服务；最好不要在罗湖区，眼光投向正在发展中的上步区。根据这几条原则，华强北一带的工厂区自然而然地落入了大家的视线内。

　　这一天，吴正波带几名助手来到了华强北，约好与华联发厂房的汪总商谈租楼事宜。下车后，他们不着急找业主商谈，而是仔细地观察环境。这一带是成片的工厂区，由于成本上升，工厂区内的工厂很多都已经搬迁，有一种"林中众鸟已飞逝，门前冷落车马稀"的感觉，显得有些寂寞。虽说华强北路是一条市政道路，但目前还是一副典型的厂区道路模样。除了华强北路南端的赛格电子大厦由于拥有电子市场而显得热闹外，其余地方冷冷清清。马路两侧没有商店，不远处有一个摩托车修理店，门前有几个工人懒洋洋地在干活。华联发的厂房当时只是间汽车修理厂。吴正波与助手们做了一个行人统计，发现一小时里只有20多个行人走过。由于行人少，路边许多地方长满了荒草，草丛里丢着一顶破旧的小草帽，一些装着生活垃圾的白色、黑色塑料袋堆放在路边没有来得及清走。与热闹的罗湖区相比，这里整个就是一个荒凉的郊区。

看到眼前的景象，跟着吴正波来的员工一起喊叫起来："你怎么带我们到这里来？这样的场地、这样的街区能够开商场吗？"吴正波嘴上不说话，心里却有数："厂房高高的空间、平整的地面，位置离核心商圈不太远，门前有主要交通干道，北面还有几个住宅小区，周边有部分厂房正准备改成写字楼，这里应该是不可多得的候选场地。"业主汪总是国有大企业的大管家，听说万佳百货想要在这里开设新型商场，非常开心，热情接待并亲自带着吴总一行上楼下楼观察场地。大楼一层面积5千平米，二层2千平方，高度空间有12米，还附带一个停车场。就场地而言，有条件开办一个大型商场。

看完场地，好客的汪总要请大家吃饭。附近唯一比较像样的酒楼是大金川川菜馆，汪总请客人们吃川菜。双方边吃饭，边谈判。这顿饭吃得不太轻松。菜摆在桌子上很少有人动筷子，只是在敬酒过程中不断地试探着讨价还价。虽然目前华强北比较萧条，物业租金不可能要的太高；但是这一段时间不断有人来看厂房，准备开设家具商场等，也不是完全租不出去。汪总掂量来掂量去，认为还是万佳百货能够经营起来的可能性大，收到房租比较有保障。于是，汪总最后还是开出了一个比较优惠的价格：每月租金45万元。如果说一开始吴正波还有点犹豫的话，谈定的租金标准让他心里又多了几份把握。他算了一笔帐：原来友谊城万佳百货场地虽然不到二千多平方米，但是租金每个月为50多万元；而这边只有45万元，用租友谊城场地的租金抵付这边绰绰有余。也就是说，新场地能够在零租金的情况下经营，万佳百货将立于不败之地。同时如果能够把新场地的二楼整体出租，还可以有不少租金收入。上哪里去找这么好的条件？而只有这种场地条件才有可能经营一个新型的大商场，实现自己的商业梦想。

这样宽大的厂房，开什么样的商场好呢？对此吴正波心中已有计划。正好不久前，由广东省贸促会组织一些企业家到美国休斯顿等城市考察商业情况。这次考察吴正波收获特别大，有些团友观光、购物，而吴正波跑遍了几个大商场，整整看了15天，拿着笔记本做了许多笔记。他对其中一个名叫美国价格俱乐部的仓储式商场特别有兴趣。这种商场主要经营日常生活消费品，商品价格非常优惠。开放式货架，顾客推着购货车在货架中随便行走，自由地选择商品，最后到收银台集中结算。对顾客来说，这种商场确实方便、实惠。

但是，在对美国商场开设地点上，吴正波有不同的想法。美国这样的仓储式商场一般设在城市远郊，距离市区比较远。在美国这样设店是有道理的。美国人家家都有汽车，一周光顾商店一两次，购足日常用品和食物，开车回家。但是，中国家庭没有私家车，这样选点开店就不行了。在中国开店，考虑到价格越便宜越好，选点当然也要避开租金贵的闹市区设在租金便宜的郊区比较好。但也不能设在远郊，而要设在适合步行距离的近郊。华强北恰好就是这样一个地点：这里就是当时繁华的罗湖区的郊区；由于深南中路经过华强北，公共交通比较方便；附近有一些居民区，居民走过来购物不是很远。吴正波还注意到了一个因素：顺着深南中路往西走就是天虹商场。当时的天虹商场人气比较旺。如果华强北路上的商场经营得好，就会吸引来一部分天虹商场的顾客。综合看起来，这个物业其实就是吴正波心目中开设大型商场的理想地点。当汪总给出了理想租房价格后，吴正波就知道在这里可以大干一场了。

但是，吴正波仍然装成不敢在这里开商场的样子，不断挑剔场地的各种毛病，想从汪总那里得到更多的优惠条件。没有办法啊，商业谈判就是这样的，不能说实话。兵者，诡道也。能示之以不能，用示之以不用……想干要表现得不想干。谈判就是作战，商场就是战场嘛。吴正波拿定主意后，变得轻松起来。这时候他才注意到，这个酒家的五粮液酒味道醇香浓厚，十分好喝。他开始向汪总频频敬酒碰杯，直到汪总兴致高昂。中国人就是这样，喝好一次酒双方就成了好朋友。后来在筹备商场开业的整个过程中，汪总确实很支持、很配合。这次成功的谈判，预示着一家知名商业企业的诞生。

兵贵神速。谈判谈定后，吴正波抓紧向万佳百货的老板王石写了开办仓储式平价商场的报告。王石只看了报告题目，就理解了这个项目，表态说："这是一个好项目，马上开始筹备"。王石的果断表态鼓舞了吴正波，坚定了他的决心。于是，吴正波立马行动起来，旋风似的在一个月内做了几个大动作：先是将友谊城4楼（原来万佳百货的经营场地）转租给深圳泰格时装公司，经营服装；接着将华联发的二楼租给深圳天都实业有限公司，开办国际电器城。同时，万佳百货启动了搬家的各项准备工作。短短一个月时间里，就像吴正波玩了一个大型魔术节目一样，万佳百货实现了时空大转移：从罗湖友谊城来到福田华强北；营业面积从1500平米扩大到7000平米；由传统的经营方式转变成仓储式平价大卖场；最让吴正波开心的是由原来向别人交租金变成了开始向别人收租金，当上了二房东。爽啊！

又经过8个月的紧张筹备。万佳百货商场准备于1994年7月17日开业。开业前几天，王石来到商场检查工作。他这时候来，是因为正式开业那天他要到外地参加一个重要活动。王石在吴正波的陪同下进入商场。装修一新的商场，格外空旷宽敞。正面墙上"把万佳带回家"的标语分外醒目。数米高、巨大的货架上，摆满了琳琅满目的新颖商品。货架上方的空间充分利用，设计成为仓库，摆满了轻量级的商品，不但方便存储、寻找货物，而且节省了商场的空间和仓库的费用。整个商场有统一的VI视觉识别（Visual Identity）系统，基本格调为绿色，看上去舒服，又寓意环保。经过严格培训的服务员们，身着绿色白色相间的工作

华强北的万佳百货开业时，车水马龙，热闹非凡。
图片由吴正波提供。

服，排队站在货架旁边和收银台后面，排列整齐，精神饱满，像训练有素的士兵。就算是见过世面的王石，也被眼前的景象震撼了。他赶紧让秘书通知取消外地活动行程，决定亲自参加7月17日的开业典礼。

7月17日上午8：30，万佳百货按照计划正式开业。深圳市贸发局局长魏锦魁、市工商局、税务局等单位的代表，以及王石等万科集团的领导出席仪式，为开业剪彩。开业典礼仪式举办得隆重又简朴。热情的顾客们早早来到商场，在门前排队。当开门的时间一到，悦耳的铃声长时间响起，所有的大门一齐打开。顾客们像潮水一样涌进商场。只见精神饱满的服务员们，面带亲切的微笑，身穿绿色马甲工作服，站在各自的岗位上欢迎顾客。顾客们对万佳百货这种新式的购物商场充满了好奇，都想先睹为快、在第一时间来逛商场。许多顾客是全家出动，扶老携幼来看热闹。王石本人当天中午、下午、晚上都多次到商场查看，非常兴奋。第二天王石通知万科集团有关部门发出嘉奖令，对万佳的成功开业给予高度肯定和表扬。

万佳百货将百货商场、超级市场、肉菜市场、生熟食店、专卖店有机结合，在国内创造出了一种"大型综合性超市"的经营业态，满足消费者的"一站式"购物需求。万佳百货商品品种逾3万，其中食品、日用品占到一半以上。特别是设立在入口的十元促销区以及新鲜的水果蔬菜、速冻包装食品等，特别受欢迎。由于品种齐全，价格便宜，迅速形成了一批家庭消费品的稳定客源。

顾客们很快就感觉到了在这里购物的方便。进门时，推上一部购货车，在商场里自由走动。中央是一个宽大的走廊，相当于城市中的主要干道。高大的货架摆在两边，货架之间的走道算是支线。虽然高大的货架有点阻挡视线，但是中央走廊上方挂着品类商品的大广告牌，根据广告牌的指引，你能迅速找到大类商品。再根据货架上的小广告牌就可以方便地找到你需要的商品。如果你不熟悉环境，一时找不到需要的商

李广镇副市长到万佳百货调研，与吴正波交谈。
图片由吴正波提供。

品，也可以呼唤守在货架旁的服务员，让她帮你寻找。选好需要的商品
后，放在推车里，然后再寻找下一个商品，以此类推，直到选好所需要
的所有商品。最后，到收银台结账。结完账后，如果你的货物比较多，
还可以请服务员帮着送到你的汽车上。大件的商品可以办好送货手续，
确定时间由商场派人直接帮你送到家中。深圳的顾客们，从来没有享受
到过如此方便的购物形式，大家兴高采烈，疯狂购物，大包小包，运回
家中。吴正波设想的"把万佳带回家"愿景变成了现实。

　　万佳百货商场，场地宽敞，环境舒适，空气清新，商品散发着清香
的气味。在这里行走确实十分舒服。顾客们很快就发现这里是逛街、散
步的好地方。特别是在炎热的深圳，进到商场，凉风习习，暑热全消，
走很长时间也不会觉得累。于是，家住附近的很多家庭，养成了晚饭后

到商场散步的习惯。当然，到了商场，看到眼前花花绿绿的商品，不可能不买点什么空着手回家。于是，顾客、商场皆大欢喜。

对万佳百货在华强北这样偏僻的地方开办大型商场，筹备期间始终有不同意见。不光是公司内部的许多高管担心，与万佳百货合作的许多商家也不看好，不愿意到华强北平价广场试水。但是，这一次让许多人大跌了眼镜。商场开业当天，营业额达到创纪录的24万元。让吴正波和同事们的开心得不得了。有人心里嘀咕：这是不是因为第一天开业大家来捧场的结果？往后营业状况进入常态，就不可能这么热闹了。但是，谁也没有想到，营业额像热天的温度表一样，水银柱指标不断上升，没有跌的时候。营业额30万元、40万元、50万元；营业第20天，营业额突破100万元；营业两个月，营业额更是创出了240万元／天的惊人记录。这年春节，商场爆棚。因为来的顾客太多，不得不采取限制顾客的措施，每隔10分钟放一批顾客进去。员工们看到自己不断创出的新纪录，感觉非常棒，很多人激动地流下了眼泪。唐小勇是负责食品销售的主管，他兴奋地说："好像是打仗，攻下了很多山头，取得了辉煌的战绩。真有成就感啊！"当完成100万元营业额时，吴正波兑现诺言，拿出15万元，奖励所有150名员工每人1,000元，极大地鼓舞了员工士气。开业当年，商场营业额达7,700万元。1996年销售额最高的一天，创下了300多万元的深圳零售业纪录。2000年万佳百货已经名列全国连锁业百强第13名。2001年实现销售额达20亿元，业绩为广东省同行业中第一位。

当然，天上不会掉馅饼，任何奇迹都是辛勤努力的结果。为了创造良好销售业绩，员工们费尽心机，绞尽脑汁，想了很多办法，组织了许多活动。例如，在商场入口处，安装了两个木制小水车。既好看，又有销售商品的功能。在水车圆轮的木斗里装着一些处理的商品，按照半价或者更低的优惠价格出售。许多顾客很喜欢这种形式，争着到小水车处抢购商品。再例如，每周末开展"一元商品拍卖"活动。选择一些高低价格不等的商品，便宜的有日用小商品，贵的有几百元的电器、床上用品，一律以一元价格起拍。每次拍卖现场被喜欢凑热闹的顾客们围得水泄不通。大家笑着，闹着，竞拍商品。经过你叫我喊，价格不断上升，最后一些商品的价格实际上比商场里便宜不了多少。但是顾客们依然喜欢采用这种方式购买商品。有一次，拍卖会来了一对夫妻，竞价拍买一套多用被。争来争去，价格上升到了167元钱，已经超过了商场标价。负责拍卖的售货员说明了情况，建议他们放弃竞拍，到商场里购买。没想到，这对夫妻竟然不干。他们就要买这个竞拍得来的多用被。问这是为什么？他们解释说，今天是他俩的结婚纪念日，他们想通过竞拍这种形式买一件纪念品，并不是图便宜。因此，既然叫出了这个价格，就要买下来，这样才有纪念意义。

万佳百货短时间内变得红火，也与对新生事物敏感的深圳新闻媒体给予的极其热情的宣传分不开。在万佳百货开业的几个月里，《深圳特区报》、《深圳商报》、深圳电视台、深圳广播电台等，都对万佳百货做了大篇幅、长时段的密集报道。其中《深圳特区报》"先锋本色"、《深圳晚报》"万佳效应"等整版报道、国务院特区办《开发日报》的系列报导产生了较大影响。《人民日报》、《中国青年报》、《工人日报》等中央媒体，也都报道了万佳百货的消息。中央电视台《东方时空》栏目，也做了专题报道。媒体的大量新闻报道，在深圳掀起了一波又一波热浪，为越来越多的顾客到万佳百货购物推波助澜，使华强北人气越来越旺最终变成了一条旺街。

时任国家商业部长的张皓若在听了吴正波的汇报后，欣然题写了"办好万佳百货平价广场"的题词；深圳市副市长李广镇多次到万佳给予现场支持。

　　吴正波成功了。他在华强北开办万佳百货，创造了中国零售业的几个第一：第一个创立平价广场的商业模式；第一个开办自助式综合大卖场，全面实现开架售货；为解决自助式超市商品丢失问题，第一个从美国专业公司引进防盗装置；第一个给商场地面铺上塑化材料；第一个在全商场使用储值卡（当时的名称是家庭理财卡）；第一个在商场的外墙上用大"V"字做店招等等。万佳百货提出了一种"业态创新、平价路线"的经营方针，取得了极大成功。由此开创了中国这种自助超市平价广场的零售模式。业内将这种"大型综合性超市"称之为"万佳模式"。

　　万佳百货在经营方面还有许多创新。比如，当时超市中没有蔬果专业供应商供应新鲜蔬菜。根据顾客需求，商场每天派人到布吉农产品市场采购回来新鲜蔬菜，组织办公室、财务部的员工进行整理、装包、贴上条形码，上货架供顾客选购。给商品贴条形码，首先要解决收银台识别问题。为此，商场与一家名叫宝时公司的专业公司合作，研发出一套识别条形码、适合超市使用的POS机系统。因此，万佳百货又是第一个使用POS机的超市商场。就连万佳百货员工身上穿的绿色马甲，也成为别人模仿的对象。后来在深圳陆续开办的超市中，员工也一般都是身穿各种颜色的马甲。马甲成为超市员工的标准工装。

　　万佳百货很注重企业文化建设。例如，万佳开业成功后，吴正波让员工穿着工作服拍张照片，同深圳新闻媒体报导万佳百货的文章一起寄给他们的家人。员工父母亲看到自己孩子的漂亮彩照以及所在公司在当地的影响，特别为孩子感到骄傲。每天早晨万佳百货要举办国旗升旗仪式。商场8：30开业前，员工们列队站在门前小广场旗杆前，队列整齐，态度严肃。随着《国歌》音乐响起，五星红旗徐徐上升，员工们心中涌出一股爱国情怀。升旗仪式活动也引起了很多顾客的兴趣，他们早早提前来到商场观看升旗仪式。在这种企业文化氛围中培养出来的员工，对万佳百货极有荣誉感和责任感，对工作很有责任心，对顾客十分亲切，服务尽量做到周到，让顾客满意。下大雨时，别的商场可能会大肆推销雨伞，而万佳却将接送员工上下班的专车，分不同的方向送顾客回家。由于商场生意特别好，员工们经常忙得没有时间上洗手间。据说最火爆的时候，顾客排队从收银台一直排到了卖场尾端，结账会花去近一个小时的时间。有时候顾客们会见到眉开眼笑的王石亲自在收银台，帮顾客将买好的商品装袋。下班后，要整理货架，包装商品，做好清洁卫生等，为明天开业做好准备。因此，员工们经常需要加班加点，但是，没人有怨言，人心很齐。

万佳百货有一个团结、合作的骨干团队。他们是副总经理孙安健、吴冲；负责财务的罗琼、邹进生；负责业务的何明、程一兵；负责策划的程端彝、李志、毋英勇；负责行政的王浩宇、甘忠明；负责营运的李光伟、来兴兰、唐小勇；负责电脑技术的边双全等等，他们和全体万佳员工一起用自己的青春、智慧和汗水，让万佳取得成功。

万佳百货入驻，在华强北起到了无可替代的"锚店"（即核心店）作用。在万佳百货的带动下，激活了华强北的商业价值，这条路开始快速地"由工转商"，由工业园区变为繁华的现代商业街区。万佳百货为华强北的商业崛起、为深圳新商业中心的确立奠定了坚实的基础，一个店带旺了一条街，一条街推动了一座城的发展。

1994年底，万佳百货的股东间出现了矛盾。大家吵得不可开交，最后决定好说好散，分道扬镳。万佳百货的第一股东万科公司，收购了一些股东的股份，变成了绝对控股的大股东。退出去的股东出钱，由吴正波带领从万佳分离出来的部分员工创办了深圳"新一佳"商场，他们提出了"走遍千家万家，购物还是新一佳"的广告词，暗示自己才是最好的商场。"新一佳"的第一店于1995年6月在宝安开业。"新一佳"果然经营不错，随后在沙头角、圆岭社区开出第2、第3家店，后来又在江苏徐州、湖南长沙等地开店，也迅速成为名列全国前十位的超市连锁公司。

2001年，万佳百货租用的华联发大楼租约到期。据说由于合作双方在商量新的收费标准时谈崩了，没有达成协议。于是，万佳百货退出了华强北，从1994年7月17日开业到2001年4月15日退出，万佳百货在华联发大楼上共开店经营6年8个月28天。2001年4月14日《深圳特区报》以"万佳百货惜别华强北商业街"的标题作了报道。有人担心，万佳百货退出会对华强北的商业消费人气造成打击。但是后来的情况说明，此时的华强北已经形成气候，单个商场的进出对总的经营局面已不能造成太大影响。万佳百货退出来的场地，由远望数码商城进驻，百货商场摇身一变成为电器城。其实，万佳百货退出华强北路8个月后，又租了华发北路上原属华发电子厂的厂房重新开业。华发大厦里的万佳百货，面积更大（4层，1.8万平方米），商品更丰富。后来华强北的地理范围概念从华强北路扩大到了整个上步工业区。如果按照新的华强北概念看，万佳百货实际上并没有离开华强北。

虽然万佳百货在狭义的华强北路上进来又迁出，单店的经营情况有起伏变化。但是，万佳百货的整体经营不断扩大规模。1996年，万佳百货翠竹店开业。1998年，万佳百货彩田店开业。2000年，万佳百货宝安店和春风店先后开业。

2001年，王石决定将将万科做成一家专业的房地产，凡不符合这个专业的业务全部出售。这一年，万科将其所持万佳百货72%的股份转让给香港华润集团公司。2002年2月，华润集团全面收购万佳百货。2003年10月，公司正式更名为"华润万家有限公司"。2008年6月，万佳百货完成改造，升级为华润万家。2009年，华润万家全国销售额达到了680亿元，位列全国超市企业榜首。

"万佳百货"品牌彻底退出了历史舞台。

家和万事兴。吴正波有一个幸福的家庭，
这是他做好事业的重要动力来源。
图片由吴正波提供。

作者感悟

　　从1991年万佳百货正式成立，到2008年被华润公司收购后结束
生命，前后长达17年。想着这个迅速崛起又最后消失的传奇品牌故事
令人扼腕叹息。想到它的生命基因信息多少有一些藏身在华润万家的
身体里，酸楚的心算是有了少许安慰。虽然万佳百货不存在了，但是
它的历史影响将长期存在。毕竟它是一个有力量抗衡国际超市大鳄的
民族品牌。

　　万佳百货的可贵之处在于，它成功地闯出了一条中国超市成长发
展的路子，为抵御后来国际超市大鳄进入中国做出了贡献。早在20世

纪90年代初期，就开始传言政府将批准一批国际超市品牌公司进入深圳。这个消息在深圳百货零售业引起了恐慌。有人预言"几年后外资零售业大鳄将扫平深圳"。很多人真的很害怕这些巨无霸进来后，横扫千军如卷席，将中国的百货零售业打入地狱。由于万佳百货的开业，人们多少了解到了国外超市零售业的一些经营方式。因此，当1995年佳乐福进入深圳，更晚一些时间沃尔玛在深圳开店时，都没有对深圳的百货零售业造成重大冲击。甚至情况相反，人们看到先后在深圳创出自己品牌的万佳百货、天虹商场、岁宝百货等，不但没有因为洋品牌的进入而陷入困境，而是势均力敌，有的一搏，甚至表现得更出色一些，这才慢慢地安下心来。大家看到，人们喊了多少年"狼来了"，自己吓唬自己；而当狼真正进来时，这才发现我们的"国产羊"也竟然能够与狼共舞，甚至表现得比狼还厉害，就大大地鼓舞了国内百货零售业的信心。例如，可以将万佳百货与沃尔玛做一个比较。同样是 2 万平方米的商场，沃尔玛销售的商品品种大约是 2 万种，万佳百货可以做到 8 万种；在商品价格定位上，万佳百货的商品价格覆盖了从几分钱的针线到八万多元的高档彩电，这方面超过了沃尔玛。沃尔玛的一位高管说："万佳是我最尊敬的中国竞争对手"。当然也应该看到，像沃尔玛、家乐福这样的洋品牌，也确实带来了一些零售业的新经营理念和模式。国内同行以这些洋品牌为榜样，虚心学习先进经验，很快掌握了经营诀窍，使深圳零售业出现了一个土洋并存、亦洋亦土、共同发展的良性局面。最后的结果，使深圳在不长的时间里，培育成长出了一些实力雄厚的百货零售企业。在全国百货零售零百强排名中，深圳企业超过20家榜上有名。在这一过程中，更能看清万佳百货这个领头羊所发挥的重要作用。

　　我想起了姜戎在《狼图腾》一书中讲的故事。古时候，长城外靠游牧业为生的少数民族是狼，长城内从事农业耕种的汉民族是羊。通过一次次的南侵战争，北方的狼让南方的羊变得坚强。近代以来，西方列强是狼，有儒家学说传统的中华民族是羊。不管西方通过战争还是和平方式进入中国，把新的狼性带给了中国。摆在中国人面前的是两条路：或者作为羊被狼吃掉，或者自己也变成狼，以暴制暴。或者还有一种可能，由于杂交而成为新物种。生物学上的实践一再证明，杂交物种会成为具有双重遗传基因的新物种，这种新物种往往更大、更强、更有优势。而且文化交流中也有这种杂交优势的现象。也许中华民族在与西方列强的交往过程中，能够经改造进化变成一种具有新文化特征的民族，这个民族既有羊的善良和智慧，也有狼的强悍和狡猾。如果能做到这一点倒是一件可喜的事情。

从万佳百货创业过程中，我们看到了这种可能性。

第十一回 电子信息创基业
电子商务立新功

绘图：王建明

管理大师彼得·德鲁克在《管理的实践》中讲述了"三个石匠的故事"，使之变成了管理学上著名的经典话语。

有人看见三个石匠在工地上忙碌地干活。他分别问他们在做什么。第一个石匠懒洋洋地回答说："我在凿石头混口饭吃。"第二个石匠自信地说："我做的是全国最好的石匠活。"第三个石匠眼望天空目光炯炯有神说："我在建造神圣的教堂。"虽然都是石匠，但是10年之后结果完全不同：第一个手艺毫无长进，被老板炒了鱿鱼；第二个保住饭碗没问题，但一直是普通的泥水匠；第三个成了著名的建筑师。德鲁特是从培养管理者的角度讲这个故事的。在他看来，第一个石匠永远都会是打工者；第二个可能会变成技术专家；第三个才有成为管理者的潜力。这个故事给我们的启示是：干同样工作的人，由于目标不同，对自己的要求就不同，最终取得的成就完全不一样。

下面这个故事，德鲁克如果听到了，一定会变成他书中的案例。

1991年，19岁的王老豹从粤东农村来到了华强北。这是他长这么大第一次离开家乡来到外地。

当他站在街道上，眼前的景色让他有点眼花缭乱，目不暇接。虽然当时的华强北路还不像后来那样热闹，但还是让刚刚从农村来的王老豹感到震撼。马路太宽敞了，农村里的打谷场也没有这样宽敞；高大的厂房一栋接着一栋，感觉密不透风让人有点透不过气来；街上的汽车很多，速度很快，像发情的公牛横冲直闯；街上的行人走路匆匆忙忙，真不明白他们着急去干什么？进了电子市场，那些售货员卖货的劲头，更给王老豹留下了深刻印象：不停地吆喝生意，不轻易放过每一个走过柜台的顾客。吃饭时候到了，也不离开柜台，拿出一个饭盒，胡乱往嘴里填塞菜饭。最后一口饭还没有咽下去，嘴角上沾着的菜汤油水还没有擦掉，又开始招呼顾客做生意……这一切与自己的家乡是多么地不相同啊。他的家乡在汕头市潮南区陈店镇，把守着汕头的西大门。这几年陈店也开始大规模地做起了电子元器件生意，但是总的来说还是一副田园风光、朴实无华的农村模样。虽然王老豹开始对深圳的生活很不适应，但是他能理解这种生活方式。因为自来到深圳，他也感觉到了一种无形的压力。他摸一摸口袋中的那个信封，里面装着五千块钱，这就是他来闯深圳的所有资本。面对深圳昂贵的柜台承包费、房租和生活费，他觉着靠这点钱坚持不了多久，所以他也要像其他售货员一样拼命工作，设法尽快赚到钱让自己在深圳站住脚跟。

王老豹是从哪里来？来深圳想干什么？在深圳这种竞争激烈的地方站得住脚吗？王老豹家乡在汕头市潮南区陈店镇。像家乡大部分农民兄弟一样，他没有上过多少学，15岁就开始做生意。王老豹开店做的是电子集成电路芯片和元器件生意。他至今清楚地记得当年自己商店开张的每一个细节。选择了黄道吉日，店门大大地敞开。噼噼啪啪的鞭炮声刚刚响完，浓浓的硝烟还弥漫在门口没有散去。这时，店里进来了第一位

王老豹在汕头老家陈店镇开办的第一家商店。
照片里的他只有15岁。
图片由英特翎公司提供。

顾客。王老豹热情地迎上前去说："老板好，照顾一下生意喔……"顾客看中了一个电动马达问价钱。王老豹实实在在地回答："进价8块，你说个价吧。""8块2卖吗？""卖给你了，算我开个张吧。"王老豹做成了自己经商的第一笔生意，虽然只赚到了2毛钱，但这是在商店开业几分钟内做成的。做生意，不光要看赚到多少利润，还应该看货存放了多久。如果货出得快，就是利润薄也算是好生意。这是在货物的成本中考虑了时间的因素，时间就是金钱嘛。从第一笔生意开始，王老豹就形成了薄利多销、快销的生意风格。

在陈店做生意两三年后，王老豹开始接触到的来自深圳华强北的客户。他们谈生意之爽快、业务之精通、一次下订单数量之大，给王老豹

王老豹兄弟3人来到深圳闯天下。
图片由英特翎公司提供。

留下了好印象。有一天，一位名叫蔡汉廷的街坊邻居问他："你为什么不去深圳华强北做生意呢？在我们这里赚1块钱，在那里可以赚到3块钱……"王老豹眼睛睁得大大的："有这么好做生意的地方？"蔡安平说："你去了就知道了，华强北是赚钱的好地方。但是好赚钱的地方风险也大，而且要能够吃苦，如果你胆量够大，不怕吃苦，就跟我去华强北闯世界……"王老豹回答说："这有什么不敢？潮汕人天生就是做生意的料，潮汕人个个都能吃苦，否则就不算是潮汕人。只要有好生意做，能够赚到钱，不要说是深圳，就是国外我也敢去。明天我们兄弟就跟你走。"

有人评价说："潮汕人是东方的犹太人。他们头脑精明，胆量够大，吃得下任何苦，是中国最会做生意的人群。"自古以来，潮汕人的血液里流淌着善做生意的基因，王老豹也有这样的基因。就这样，王老豹身揣五千块钱，在老乡的带领下，来到了华强北。他们在赛格电子市场以三千元的价格承包了一个柜台，开始继续做自己熟悉的集成电路芯片生意。不久，成立了英特翎公司。王老豹在华强北这个更大的平台上，给自己插上轻盈羽毛的双翅，开始在电子信息的空中飞翔、盘旋。

王老豹做高科技产品生意，让很多认识他的人感到奇怪：他的文化程度不算高，对科学技术更是谈不上深刻的了解，为什么选择做这一行呢？产生这种想法，是因为对王老豹缺乏深入的了解。王老豹虽然不太懂科学技术，但是不缺乏对新事物的敏感，天生有一种对高新技术的好奇心。还是在陈店的时候，开始做生意不久，王老豹有一次遇到了一位中学时的老同学。这位同学给他介绍了一种他从未见过的小通讯设备，说这东西名字叫BP机，中文名叫"传呼机"。王老豹拿着这个与香烟盒大不了多少的东西，疑惑地看着老同学问："这东西是干什么用的？"老同学解释说："你拿着这个东西，50公里范围内我随时都可以与你联系。"王老豹反复琢磨，有些不相信地说："你骗我吧，50公里？这么远的地方你怎么可能找到我呢？"老同学说干了唾沫，王老豹还是似懂非懂，但是他十分好奇同意留下一部试用一下。当时王老豹在陈店做生意的范围大概也就是50公里方圆，一试之下发现这位同学没有骗他。当传呼机"滴—滴—"叫起来，他就知道是老同学招呼他呢，打开传呼机一看，有时候是老同学发来的"今晚到海鲜餐厅吃饭"、"有一单生意介绍给你"等一类短信；有时候是留下一个电话号码让他打过去详谈事情。王老豹一下子就迷上了这个东西，问老同学怎么会有这么神奇的功能？老同学给他大概讲了一下传呼机的原理，解释说，能够完成这样复杂的功能主要是因为里面安装了高性能的芯片。王老豹感觉到芯片实在是太不可思议了，他决定以后就做集成电路芯片的生意。

从这里我们能够看出科学技术的魅力有多大。它能够让一个完全不懂的人，产生兴趣，对它着迷，愿意将自己的时间、金钱和聪明才智投入进去；特别是对青年人会产生极大的吸引力，愿意为它发狂，成为铁杆粉丝。年轻人为新奇时髦的科技产品花多少钱都愿意，有时候是为了追求现代、方便的生活；有时候根本没有什么功利的想法，只是证明自己能够掌握复杂技术的能力，听伙伴们说自己"好酷儿"。

王老豹决定要做集成电路芯片生意，幸运的是他遇到了好时机。在中国开始改革开放时，世界范围内正在出现产业大转移的趋势。美国和欧洲一些高度工业化的国家，正在把自己的制造加工产业转移到国外。但是，像电子芯片这样的高科技产品，因为技术垄断和军事敏感等原因，美国人不肯让给别人，牢牢抓在自己的手中。但是，既然装配产业已经转移到了国外，芯片等电子元器件最终也还是要卖到国外的。芯片一般先是卖到台湾、香港地区等，然后由台湾、香港人转手又卖给了中国沿海地区。汕头市的陈店就是这样一个接货的市场。由于高新技术产品升级换代快，降价也很快，所以有很多产量过剩的芯片，或者电子产品换代后淘汰的芯片，或者技术升级后过时的的芯片，会以很低的价格卖给陈店，有的价格便宜到不能想象。陈店人尝这种价格特别便宜的

王老豹越做越大的事业背后，
实际上是做人的成功。
图片由英特翎公司提供。

货称之为"跳楼货"、"清仓货"。王老豹做芯片生意，就是从接收这些便宜货开始的。

吊诡的是，这样的电子元器件在欧美市场可能已经过时了，没用了，与工业垃圾差不多；但是，在中国这样转移先进技术的国家里、刚刚兴起的电子市场里，这些过时的元器件正逢时，正好派上用场，因此这些"仓库货"能以比较理想的价格售出。陈店人就是在这样的买卖中发了财，完成了创业资本的原始积累。

有人问王老豹："虽然芯片的价格便宜，但是你不了解芯片，不知道用在什么地方，也不知道应该卖给谁？您就敢做这样的买卖生意吗？"他回答说："在陈店我们都是这样经营的，不这样做又怎么做呢？我确实不懂芯片，但也摸索到了一些经验：首先，只要是来自摩托罗拉、飞利浦、索尼、东芝等这些技术先进、品牌可靠公司的货物，质量一般不会有问题。其次，进货时要特别注意芯片的材质，一些芯片是用银料或者很好的铜料做的，有的甚至镀金，这样好材料制成的芯片一定值钱。还有，自己买卖过一次芯片，就会知道市场价格；不了解的芯片买错了，吃亏只是一次，再做肯定不会再亏本了，你说是不是？"王老豹说的头头是道，听的人连连点头。

市场经济是最好的老师。即便是不懂高科技的农民，只要敢下海在市场里历练，也能在市场经济的大课堂里学会高科技产品的生意门道。俗话说。不是饿虎不下山，不是猛龙不过江。曾经在陈店摸爬滚打，锻炼了一身本事的王老豹，在赛格电子配套市场里很快站稳了脚跟，在更大的平台上开始了新的创业。

1993年，王老豹听到一个信息，摩托罗拉公司在香港处理一批电子元器件"跳楼货"。这是用在免提电话上的一个小芯片，型号MC34018，两三毛钱一个。王老豹凭感觉认为这种芯片有客户，就花了几千元进货3万个。全部货装进一个小纸箱，顺手就放到阁楼里，一放就是3年，因为不知道这个芯片有什么用途，应该卖给谁。这是做芯片生意经常会遇到的情况，一样货如果一直找不到卖主，最后就当成垃圾处理掉了，算是一种损耗。这是做芯片生意的原则之一：不懂的货、没有做过的货，进货数量不能太多。

幸运的是两年后的一天，有位客户拿着一个样品来找货。王老豹一看货样，依稀记得自己的小仓库里好像有这样的货。他请客户下午再来。中午，他顾不上吃饭，在仓库里翻箱倒柜，找到了这批货。后来才知道这种芯片是用在免提电话机上的，功能是负责免提话筒。客户拿到芯片，满脸喜色。问多少钱一个？

王老豹说："你愿意出多少钱呢？"

客户说试探着说："2元钱行不行？"

2毛钱的东西能卖2元钱，王老豹满心喜欢，但是不露声色，要继续试探客户能够接受价格的底线。他说："这批货我已经存放很长时间了，你可能要加一些仓库费……"

客户说："那就2元5吧。"成交。尽管卖了一个不错的价钱，实际上王老豹还是卖低了。1995年，摩托罗拉美国公司生产这种芯片的生产线停产了。这种芯片在市场上越来越少，价格开始暴涨。王老豹手中最后剩的存货，以27元一个的价格全部售出。

这一单生意王老豹总共赚了几十万元。他用赚来的钱，买了一部皇冠小汽车。刚来到深圳时，他骑的是一辆30元买来的二手单车，后来换成了摩托车。现在驾驶着自己的新房车出门去谈生意，王老豹开始有一些老板的派头了。

有一名专家说，做芯片这样的高科技产品生意，与一般的生意有很大的不同特点。做一般生意，卖家比买家懂行，只有错买没有错卖；做芯片生意不同，买家比卖家懂行，只有是有错卖没有错买。这话用在王老豹身上十分恰当。他也承认，自己虽然做芯片生意，但是对自己的货从来就不太了解，不知道这个芯片是干什么用的，也说不清究竟值多少钱。很多时候只是凭感觉和经验做生意。

1999年，王老豹从一个台湾公司购进了一批飞利浦生产的芯片。验货时他发现这个芯片体积比原来同型号的货变小了很多，是不是搞错了？仔细对过型号，确定型号没错，这是一款新产品。王老豹自言自语地说："技术发展得真快呀，原来的货体积就够小的了，现在做的更小了。飞利浦厉害！"由于这一年台湾发生了大地震，这家公司在地震中厂房倒塌，生产停止，就廉价出售了这批芯片。对这样的最新技术产品，王老豹一时拿不准该定什么价。这一天，柜台前来了一位带着无边眼镜，衣着整洁、气质文雅的顾客。他一看到柜台里摆卖的这种芯片，眼光就再也离不开了。他询问这种芯片的价格。王老豹试探着回答："2块钱？"顾客问："2块？是美金吗？"王老豹嘴巴张得老大说："啊……是2块美金。"顾客说："买10只。"这样一来，王老豹就知道自己这批货的市场价格了。

　　有一次，柜台前来了一位欧洲人。只见他身材高大，有牛奶一样白的皮肤、金黄色的头发、褐色的眼睛。王老豹呆呆地望着他，心想："'鬼佬'怎么长成这个样子，与中国人太不一样了。不过说实话，鬼佬模样长得笨了一点，倒不算难看。"跟随来的翻译介绍说，这位客商来自俄罗斯。俄罗斯客商将自己手里一个芯片样板拿给王老豹，问他有没有这样的货？王老豹一看笑了："正好有。"

　　这是一种特殊的芯片，王老豹至今记得当时进货的情况。2001年，一位香港商人推销给王老豹这批芯片。香港人开价21块钱。漫天要价，坐地还钱，这是做生意的规矩。王老豹还价15块钱。成交，一批货买进了几千个芯片。当时王老豹对这种芯片的用途一无所知。他之所以敢进货，是因为他看到芯片的生产商是美国一家著名公司。王老豹拿在

王老豹创办了"华强北在线"，
与QQ创办人马化腾走进同一个行业。
图片由英特翎公司提供。

手里，仔细查看，芯片制作得很精美，特别是芯片的引线脚上有厚厚的镀金。他心里对自己说："就凭这些黄金，芯片的价值都不止15块钱了……"这种芯片摆在柜台里卖，询问的顾客和成交数都比较少，但是总有人买，价格也不错。一位行家估计说，全世界市场上都没有同样的货了，王老豹手上的货可能是最后剩下的几千个。后来，美国人又开发出同类型的新芯片，引线脚改成黄铜制做不再镀金，但是价格竟然涨到了400美元一个。因此，王老豹将他的存货定价为200元美金一个。俄罗斯商人看到王老豹的芯片后高兴得直搓手。他不还价，一下子买走了10只，痛快地付了2000美元。临走时要了王老豹的电话号码，说以后还要再来买。

连俄罗斯商人也来买这种芯片，王老豹感到有些奇怪。直到后来他认识了一位军事专家，讲了这件事，军事专家才帮他解了谜。这位专家说："您看过美军打南斯拉夫、伊拉克等的战争电视片了吗？美国人发射出巡航导弹，摧毁敌方的坦克、火箭发射架、雷达等军事目标，十分准确，一颗导弹都不浪费。这种巡航导弹聪明的了不得，可以随着地形高低变化调整自己的飞行高度；可以自己寻找到目标，实现精确打击。精确打击精确到什么程度呢？如果是一栋房屋，导弹可以从窗户飞进去，炸毁房间里的设备而不一定炸毁整个建筑物……你知道这种聪明的巡航导弹为什么能有这样惊人的能力呢？就是因为在导弹上安装了类似你卖的这种集成电路芯片。导弹有了这种芯片，可以接收到卫星上发来的指挥指令，实施精确打击。在全球冷战时期，美国和苏联两霸的军事规模是差不多的，但是在技术上美国人更胜一筹。后来随着苏联解体，美国的军事技术还在迅速发展，而俄罗斯则是大大地退步了。如今两家不可同日而语，俄罗斯远远落到后面了。当然，俄罗斯仍然能够制造出威力惊人的炸弹，但是生产不出导航导弹飞行的高性能芯片，只能设法走私购买。也许你的芯片最后就用在俄罗斯的巡航导弹上也说不准……

专家的话让王老豹茅塞顿开。现在他才真正知道自己这些芯片的价值了。

王老豹的生意就这样在赛格电子市场做开了。做生意，从来都是有赚有亏。他也曾因为盲目进货，卖不出去亏了很多钱。不过算总账还是盈利的。他在赛格市场积累了第一桶金后，又先后在华强电子市场、宝华电子市场开专柜。慢慢地专柜变成了房间铺面。后来，在新开张的新亚洲商城租下了几千平方米的营业场地和办公场所，大规模开展经营活动。他成了华强北业内无人不知的企业家。已经有了一定实力的王老豹，开始有了打造品牌的意识。1998年，他成立了英特翎公司。现在，英特翎商标传到了海外，很多国外的商人慕名找他做生意。

2010年，王老豹将目光投向了互联网，开始大胆探索电子商务领域的奥秘。他投资注册了"华强北在线"有限公司，打算在网络上再建

王老豹被选为深圳市人大代表。
图片由英特翎公司提供。

一个电子华强北。这样，就会出现两个华强北，一个是真实的、有物理空间的华强北；另一个是电子信号的、虚拟的华强北。按照王老豹的想法，以后商人们可以来到华强北现场做生意；也可以人不到华强北，在世界各地通过华强北在线的网络完成交易。这样，华强北的生意额会成倍增加，最大限度地发掘华强北的商业潜力。

王老豹又一次走进自己不太懂的商业领域。他开始深入学习研究与网络有关的一切知识。有人对王老豹说："你真有胆量，敢做网络经济。这可是一个烧钱的行业，很多人投入很多钱，坚持不下去，当了别人的垫脚石。一座险峰千人攀，一将功成万骨枯。你真够有魄力。"对此，王老豹是这样看的："华强北的生意是靠柜台起家的。最高峰时，有数万家电子供销商，经营的柜台超过两万多个。华强北创造了如此壮观的商业奇迹。但是，人无百日好，花无千日红。在激烈的竞争下，其中的许多柜台会被慢慢淘汰掉，优存劣汰，经营会向集约化发展。也许华强北最后只会剩余几百家、甚至几十家大商号。做商业要未雨绸缪，不能临渴掘井。如果想把英特翎做成一家百年老店，我必须及早筹划，始终勤劳运作，才有可能不被淘汰。"

"我觉得未来网络商业、网上购物是一个大趋势。1995年互联网开始进入中国，到如今已有15年历史。15年是我们学习、了解互联网的过程；未来15年才是真正接受、发展互联网、物联网的时候，电子商务会快速发展。人只要努力，没有什么学不会。抓住了这个机遇，就抓住了未来的无限商机。我在努力，希望成功，相信会成功。当然，我也可能失败。只要我努力了，就算失败，心也坦然。再说，个人总是渺小的，华强北才是伟大的。就算我的努力最后成了铺路石，也没有什么。只要华强北的事业常青，做为曾经为这一事业做过贡献的一分子，我们也感到欣慰。"

采访手记

王老豹的办公室设在华强北新亚州商城6楼顶层。在采访他时，作者看到在办公桌侧面摆着一块白板，上面写着这样几句话："同心同德谋发展，全力以赴做事业。快乐工作，快乐生活。"我问他为什么要写这样几句话？他回答说："这两句话是不同时间写的。我写前面两句话说的是发展事业。我19岁来深圳，今年37岁，一晃18年时间过去了。这十几年时间里，基本上每天都是早上班，晚回家，两点一线。我时时提醒自己，全力以赴工作，排除心中杂念。我的目标是到60岁时，将我赚的钱回报社会……"

我评价说："这个想法很高尚。"

他继续说："这个想法是在前几年，我34岁时，接触庄老时产生的。"他问我："你知道庄老吗？"我回答说："当然知道，太有名了。庄老名叫庄世平，汕头普宁人，是香港著名的华侨领袖级人物。庄老一生爱国，得过香港大紫荆勋章……"

听我说的没错，王老豹高兴地点点头。他指着挂在墙上的两幅字介绍说："这两个条幅是庄老写给我的。一副是95岁时写的，另一幅是97岁时写的，写完这幅3个月后庄老过世了……有一次见到庄老，我问了他一个问题：'您为什么要把个人的资产，全都捐献给家乡和社会？'庄老回答说：'小王啊，我们赚了钱，一定要回报社会。你现在很年轻，要全力以赴赚钱，赚到大钱后就要回报社会。孟子说得好，穷则独善其身，达则兼济天下。钱这个东西，生带不来死带不去，留着是没有用的，要捐献给社会做好事。人在世上，不过百年，做人最重要是留个好名声……'庄老的话对我的影响是刻骨铭心的。"

"后面'快乐工作，快乐生活'八个字是今年才写上去的。说的是我心里渴望要说的话。实话说，有时候我感觉压力非常大。但是，压力再大也要快乐工作，快乐生活。做事业一定要努力，不努力，事业不会成功；反过来说，只要努力了，不管是成功还是失败，结果反而是次要的。"

按照王老豹的看法，要想做到"快乐工作，快乐生活"，应该让公司变成一个大家庭。在英特翎公司，员工们有集体宿舍一同生活，有集体饭堂一起吃饭；员工过生日，公司会安排组织过生日活动；员工家庭闹别扭，公司高官亲自出面进行调节。公司像个大家庭，员工们就有了归属感，员工流失率非常低。王老豹在这方面作出了表率。当年，王老豹兄弟3人一齐来深圳创业。经过20年的打拼，如今公司已经有了相当的规模。但是兄弟3人没有分家。他们把家庭看得比什么都重要。

有一位记者这样写道："在华强北创业的老板中有百分之七十是潮汕人……"王老豹公认是潮汕人中的典型人物。研究王老豹的创业史，充满了辛勤和艰辛。如果寻找王老豹成功的因素，注重做人、诚信为本是重要的原因。在中国传统文化中，有"为富不仁"的言辞。义利两字，如水火不相容，冰炭不同器。但是，王老豹的例子说明，义与利，德与财，品德与赚钱，不但不矛盾，反而可以互相促进。

讲诚信的人有朋友。有道德的人走得远。

第十二回 摩尔现身华强北
中国出了铜锣湾

绘图：王建明

　　日本是一个善于学习的民族，历史上曾两次大规模对外学习均取得成功。公元663年8月27日，历史上第一次中日战争"白村江"海战打响。日本战败。第二年，被打败的日本派遣唐使到长安学习中国文化。这是日本由弱变强的开始。19世纪以前日本一直处于闭关锁国状态。1852年7月14日，美国东印度洋司令佩里将军率300名海军驾战舰驶入日本江户湾，用武力威胁日本开放门户。日本最后屈服，两国签订了《日美亲善条约》。从这时起，日本开始学习西方文化，最终成为世界强国。日本的例子说明，善于学习的民族，最终会变成强者。　　中华民族也是一个善于学习的民族。特别是改革开放以来，打开国门，虚心学习。深圳是对外开放的窗口，更有善于学习的理由。它山之石，可以攻玉。借鉴西方，取长补短，实现中华民族复兴的梦想已不遥远。

　　陈智是一个最早进入华强北投资的老板之一。他1993年第一次到这里考察时，出现在眼前的是一片荒凉景象。当时的华强北路只是一条厂区道路，灰头灰脸，普普通通，就像一条乡村马路。路边许多地方荒草有半米多高，草丛里丢满了泡沫饭盒和筷子、工人用过的的破帽子、破手套、破拖鞋、废旧杂志报刊等垃圾。道路两边虽然建有一些厂房，但是厂房内并不是一番热火朝天生产的境况，而是有些冷冷清清。骄阳似火，走得陈智满头大汗，嗓子眼里像是冒火。他想买一瓶汽水喝，但是环视四周，找不到商店，连杂货铺都没有，只是见到远处有一家摩托车修理店。　陈智来考察的地点，名叫上步工业区。深圳成立经济特区时，包括市领导在内的许多深圳市民，对究竟要将深圳建设成一个什么样的城市，心里并不是很清楚。这也难怪，在中国建立经济特区是一项前无古人的事业，没有什么现成的模式，只有慢慢地探索，按照小平同志的话说："摸着石头过河"。但是，有一点大家看法比较一致：深圳的发展一定要以工业为主导。有了这个共识，建立工业区发展产业也就是题中应有之义。因此，深圳一开始就规划建设了许多工业区，上步工业区是其中的一个。但是没有想到的是，深圳城市发展的速度太快了。很快，罗湖商业区就显得有些拥挤了，商业开始寻找新的发展空间。上步工业区由于离城市中心不远，又处在交通方便的深南大道边上，成为许多商业投资者注意的地区。原来以工业为主的上步区，也相应出现了成本上升的形势，厂家开始将工厂搬迁到特区管理线外的宝安县，这一带的厂房空了出来。

　　若干年后，许多人质疑当时的市领导：为什么要将工业区摆放在城市的中心地段，怎么这么傻？问这句话的人，肯定不了解深圳发展的历史。深圳真的有点像神话故事中的神奇小子一样，一出生就迎风而长，一天一个变化，没几天就变成了一个大人。深圳人做梦也想不到深圳后来会变成一个大都市。当时市领导最大胆的想法，深圳在20世纪末时将发展成为一个80万人规模的小城市。因此，在20世纪80年代初期，华

铜锣湾董事长陈智近照。
摄影：段亚兵

强北一带只是罗湖商业区的郊区，规划建设工业区是很自然的事。人们回顾这段历史时，一方面为深圳几乎一夜之间从边陲小镇变成现代化大都市而欢呼，另一方面也隐隐地为深圳没有自己的童年时代而感到几分遗憾。事实上，深圳城市建设中出现的很多问题都与发展速度过快有关。如果深圳发展速度慢一点，可能会避免许多没有经验所造成的失误，而市民们也就不用天天像打仗似地拼命打拼，而是可以放慢脚步悠闲地享受生活。

　　2003年，陈智经过考察，最后决定在华强北创办一家以经营家用电器为主的国际电器城。巧合的是，陈智在这里遇到了同样想在这条街上开办商场的吴正波。最后两人决定共同租下华联发的这栋大楼，一楼的主要场地开办万佳百货平价广场（华润万家的前身），一楼的前半部分与二楼开办电器城。两项目同时筹备，万佳百货2004年7月17日开业，国际电器城8月8日正式开业。这两个项目是最早在华强北开业的大型商场，是开创性的拓荒者，为华强北后来成为"全国十大商业步行街"立下了汗马功劳；而华强北商业街为深圳创造了巨大的经济效益和社会效益。

　　一开始，吴正波对与自己在同一栋大楼里开店的陈智的实力有些不放心，规划中的国际电器城可是当时广东最大的电器专业市场，这么年轻的小伙子怎么会有实力投资兴办这么大的项目呢？有心眼的吴正波主动找陈智聊天、套话，又通过一些背景调查，了解清楚了陈智的来头：真是人不可貌相，海水不可斗量。眼前的这位年轻人，可算是一位敢于下海、善于搏击风浪的人啊。陈智来自粤西湛江吴川。1988年，从广东省商业学校财务管理专业毕业后，他进入深圳工业品集团公司工作。深圳经济特区建立后，大刀阔斧进行改革，撤销了各种专业局。这种情况下，由原商业局底子组建起来的工业品集团，成为深圳最大的商业企业，集团旗下的零售企业占了深圳市场80%以上的份额。陈智在工业品集团工作两年后，提拔为部门经理。就在看起来前途光明的时候，陈智决定"下海"当老板。他在罗湖立新路上开店做起了进口名牌服装批发零售生意。立新路长约150米、宽只有几米。可别小看这条又窄又短的小街道，这是深圳最早的名牌服装一条街。后来，在这条街上走出了梵思诺、卡尔丹顿、龙浩等许多在全国有影响的著名深圳服装企业。陈智在这里开了一家100多平方米、名叫美琪时装行的服装店，专门经营梦特娇、金利来、鳄鱼恤、皮尔卡丹、班尼路等国外名牌服装。开店一年赚到100多百万资金，完成了原始积累。陈智创业的故事让吴正波对他刮目相看，他心里赞叹，还是广东人胆子大，眼光精，个个都是经营好手，就放心与陈智为邻了。

　　国际电器城开业后，生意火爆，马上成为深圳家喻户晓的大商场。此后陈智又在马路对面开办中阁时装城（后来改为新大好时装城）；并在华强北路与红荔路交叉路口筹办中阁通讯城（这个场地后来转给温商夏春盛，开办了盛极一时的黄金灯饰城）；后来又在振兴路路口上开办了中阁音像城。国际电器城开业不久，陈智对电器城的经营方式开始不满足了。他发现，做服装生意也好，开设电器城也好，都是一些比较传统的经营方式，既没有什么神秘的高新技术，也没有什么很难掌握的经营模式，人人都能照葫芦画瓢学着做。因此，只要一种生意做火了，马上就有很多人跟着模仿。新来者在你的商店旁边摆起擂台，贴身肉搏与你竞争。由于是同质化竞争，不可能有太多的独特的招数，最方便、最有效的方法就是降价、降价、再降价，薄利多销，争夺顾客，直到战场上横尸遍野，血流成河。结果，不是一方被挤垮，就是两败俱伤。陈智对这种简单复制、低级竞争、残酷血腥的经营局面感到厌倦。他决定要另辟蹊径，冲出博杀的红海，冲向人迹罕至、具有发展空间的蓝海。

但是，蓝海在哪里？

1996年，陈智到美国考察。先后经过了芝加哥、纽约、华盛顿、拉斯维加斯、旧金山、达拉斯、洛杉矶、明尼阿波里斯等城市。在考察中，陈智发现了一种被美国人称之为"Shopping Mall"的业态。Shopping Mall这种新型的商业模式，在零售业发达的美国逐渐占主导地位，营业额占了全国消费品零售总额的50%以上。传统的百货店的老大地位已被前者取代。此外也有大卖场、折扣店等其他业态，虽然这一类商店的份额也在增长，但是，这些商店越来越多地被包括在了Shopping Mall里面。美国商业业态的变化，是美国城市变化的一个侧影。随着美国交通高度发达，汽车的四条轮子取代了人的两条腿。富人们开始抛弃城市，最富有的人住进深山老林，中产阶级住在城市郊区，穷人们被留在了闹市区。这种情况下，美国的商业零售业发生了深刻的变化。市中心的传统百货业开始衰落，而在城乡结合部及郊区出现了许多大型的购物中心——Shopping Mall。这种商场的特点，首先是规模巨大，好像是巨大的工厂，也象是大型的公园。由于空间大，经营的业种丰富，商品品种巨多，琳琅满目。在这样的巨型商城里购物，顾客不可能在短时间内逛遍整个商场，而是在里面待上半天甚至一天。这样就需要附设许多服务项目，客人肚子饿了要在餐厅用餐，走累了需要在咖啡厅里喝杯咖啡休息一下。有的客人还想锻炼身体，或者看一场电影，这样商场里又有了健身房和电影院。许多家庭周末会全家来到商场购物，这样就需要安排更多的活动场所和服务内容。男人们可以打一场迷你高尔夫球，女人们可以在美容美发室里打发时间，小孩们会到儿童乐园里玩遍各种游戏。还有更远道上来的顾客，当天不想回去了，就在商场里的酒店里住宿过夜，什么时候真正尽兴了，这才大包小包装进汽车回家。对美国人来说，Shopping Mall是应有尽有的购物乐园，是开心游玩的游乐场，是约见朋友的聚会地点，是包罗万象的万花筒。

陈智一连看了好几个Shopping Mall，既惊又喜，这不就是他想做的东西吗？他由衷地赞叹："服美国人了，真有创意！你说大家吃的食物都差不多，为什么美国人就显得聪明，总是能想出一些别人想不到的点子呢？"人还在美国，陈智就下了决心，学习美国佬的先进经验，做中国的Shopping Mall。他内心感觉自己将来一生的事业可能就放在这个Shopping Mall事业上了。回到深圳，他一面组织人制定详细的商业计划，一面开始寻找适合的场地。他认为不能完全照搬美国的经验，美国人以车代步，Shopping Mall可以建在远离市区的地方；而中国人拥有私家车的人很少，因此开店的地址不能太远。选来选去还是华强北路位置比较适合。虽然这时的华强北还远远算不上商业旺地，但是已经有消息传来说市政府决定将福田区建设成新的市区中心；福田区也计划打造中央商务区，也就是时髦说法的CBD（Central Business District）。华强北靠近未来的市中心，绝对具有未来发展的潜力。但是，有没有规模够大、适合开店的场地呢？经过考察，大家认为京华电子厂的几栋厂房比较好，但是感觉规模还不够大，于是决定在楼群中再加盖一栋大楼，连同原有的3栋楼，4栋大楼连接起来就有了6万多平米场地。陈智就大手笔地在这个场子里投入7000多万元，开设了中国第一个Shopping Mall。陈智也因此有了"中国Shopping Mall之父"的称号。

　　经过3年时间筹备，1999年12月30日，中国第一家Shopping
Mall铜锣湾广场正式开业。这是一个创造历史的日子。陈智这年34岁。
市委书记厉有为亲自出席剪彩，表示对这一项目的认可。顾客们早就听
说了这个Shopping Mall的名声，早早赶来开眼界。许多顾客没有听说
过这种洋名字，念不准音，有人念作"妙儿"，有人念作"猫儿"。陈
智及他的同事们最终将这个英文MALL定名为"摩尔"，后来"摩尔"
成为Shopping Mall的中国标准名字为业内所接受。公司LOGO是
"CMALL"，为"China Mall"的缩写，意思是"中国的第一个
MALL"。

　　经营模式的概念有了，商场还要有一个具体的名字，叫什么好呢？
为起名字，陈智把自己团队里的秀才集中起来开会研究。大家你一个我
一个想出了500多个名字。陈智叫人把这些名字全都列在墙上，一个一
个筛选淘汰，最后剩下的名字叫"铜锣湾"。铜锣湾是香港的地名，云
集众多品牌专卖店，是世界的购物天堂。陈智当时下海后第一个去看的
地方就是香港的铜锣湾。陈智心中暗喜，认可了这个名字。认为它既能
代表Shopping Mall万商云集、顾客如云、购物天堂的含义，叫起来也
够响亮。突然一名秀才又有了新发现：铜锣湾的英文名是Causeway
Bay，陈智的拼音是Chen Zhi，两个名字的首位字母都是"C"，与
CMALL的首个字母暗合。陈智一听大喜道："3C合一，大大吉利。好
名字，好名字啊！财务部，给提出'铜锣湾'名字的人奖励1万元，给
发现'3C合一'人奖励5000元……今后,CMALL就是铜锣湾广场。"

　　铜锣湾摩尔开业第一天，潮水般的顾客群，汹涌澎湃涌进商城，挤
得水泄不通。深圳的顾客们从来没有见到过这么大、这么新颖的商场，
商品数量之多超出人们的想象。最让人感到与一般商场不同的是，铜锣
湾特别注意留够公共空间，让顾客们有一个舒适的购物环境。购物区里
包括百货、超市、名店坊、音像城、家电区、餐厅、咖啡厅、画廊、空

铜锣湾广场隆重的开幕仪式。
照片由公司提供。

中舞台、瀑布水景、多功能中庭舞台等；休闲区里有运动营、篮球、会所等；表演区里每天安排有不同时间、不同内容的表演秀。顾客们惊喜地发现，这是集购物、展示、休闲、娱乐，餐饮、聚会、文化于一体的一种全新的商业概念，在这里购物有一种与其他商场完全不同的体验。摩尔就好像是一个漂亮可爱的孩子，刚一亮相就得到所有客人的欢喜和称赞。年轻的顾客们尤其爱死它了。深圳人工作繁忙，节奏紧张，个个忙于赚钱。用时间换取金钱，以赚钱消耗光阴，结果时间与金钱换位，多了钱财，少了时间。深圳人以前购物，买家电去百货商场，买衣服去服装城，买日用品去超市，买鸡鸭鱼肉去菜市场；忙完采购差不多到吃饭的时候了，要找餐厅吃饭；出了餐厅遇到一个好久没见的老朋友，赶紧找一家咖啡厅聊天喝咖啡。这样一忙一天过去了。现在有了铜锣湾摩尔，不光可以一站式地买到所有需要的物品，而且朋友可以在这里聚会，节省了大量的时间，这多爽啊。更何况全家可以在这里娱乐休闲，爱运动的可以攀岩、打篮球；爱读书的逛书店；想休息的可以饮茶、做美容，各取所需，度过一段快乐的时光。这一点对忙碌的深圳人来说尤其难能可贵。

摩尔业态首创并亮相之后，全国各地的零售业和地产业都来深圳铜锣湾广场取经、学习，也有不少城市的政府主动前来交流、观摩。自此以后，陈智又开始了将摩尔理念和业态传播到全国的行动，通过宣传、采访、无数次的演讲、交流，铜锣湾广场的摩尔理念和业态慢慢地启蒙了全国。从2002年起，全国掀起了摩尔热潮。这股热潮又进一步在中国催生了一个"商业地产"的概念，最终Shopping Mall和商业地产融汇成了一个新行业。大家认可陈智"摩尔之父"的地位；"铜锣湾摩尔"和"商业地产"的概念对中国的商业模式产生了巨大影响。陈智从2003年起担任中国商业地产联盟第一任主席及第二任联合主席，直到2009年3月22日卸任。由原国家商业部部长胡平接任了主席职务。从2004年12月11日起，陈智担任大中华（两岸四地）购物中心联盟主席至今。

铜锣湾广场的经营智慧，有的来自顾客。有一次，陈智与任克雷在印尼海鲜酒家，宴请文化名人余秋雨、马兰夫妇吃饭，聊天聊到了逛商场的话题。余秋雨大发感慨说："美国有一名名叫约翰·格雷的作家写过一本名为《男人来自火星，女人来自金星》的书，认为男人与女人大不相同。说得很有道理。比如说，对逛商场，男人和女人的感觉如天渊之别：女人兴高采烈，男人苦不堪言。有没有什么办法解决这个问题，让丈夫陪妻子购物时不再受罪？"反应极快的马兰接上话茬说："其实丈夫跟着，女人购物很难尽兴。他老是催你，快点走，快点走，有点烦。要是有一个地方能把丈夫寄存起来就好了。女人逛够了，领回丈夫，帮助拎包回家，那多妙啊？"陈智一听非常高兴，决定采纳这个主意，在商场里选一个清静的场所，做为休闲康乐活动区，提供给陪妻子

陈智代表铜锣湾领取
广东省"杰出贡献企业"奖牌。
照片由公司提供。

购物的丈夫们喝茶，看书，下棋，打扑克牌。余秋雨与马兰经过一番争论后，决定对这个场所起名为"老公寄存处"。马兰认为这个名字具有幽默感，不会引起男士的反感。这下子好了，太太们疯狂购物，乐此不疲；丈夫们休息娱乐，乐在其中。各得其所，两全其美，"老公寄存处"一推出，大受男士们的欢迎。有人建议应该给提出这个创意的人颁发"最佳创意奖"。据说在许多城市里的铜锣湾摩尔，因为增设了这一场所，"顾客流量迅速增加"。到铜锣湾开办第二家MALL的时候，余秋雨还亲自为它的瀑布水景题写了"南国佳水"。

铜锣湾塑造了一种企业文化，陈智将这种文化定位为"快乐文化"。他认为"快乐就是购买力"。为了让顾客获得快乐，商场特意在一楼辟出1000多平米的中庭做为表演秀场所。在这里不定期地邀请娱乐界明星举办各种演唱会、见面互动会，组织民间艺术节，为艺术家举办美术书法展览等。为此，铜锣湾还成立了一家专业演出公司，与100多位演艺界明星合作，丰富表演秀场所的节目内容。

　　从火爆的营业现场和流水一样的营业额收入，可以看出顾客对铜锣湾广场的热情支持。开业两年后，铜锣湾的年销售额达到10亿元。2003年，铜锣湾被评为"2003年度全国百货行业优秀企业"，当年广东省只有两家商场取得该殊荣；总裁陈智被评为"2003年度中国房地产业十佳商业地产领军人物"。"2004年中国连锁业年度人物"评选中，陈智是广东零售企业中唯一上榜的企业家（与苏宁电器张近东同时获奖），上榜理由是"将MALL理念引入中国并推动其在中国的普及"；"2005年中国零售业十大风云人物"（与国美电器黄光裕同时获奖）。2006年，在由国家商务部、中国商业联合会等单位组织开展的"20年20大商业人"评选活动中，陈智又被评为"1985～2005推动中国商业进程的人物"。2009年被评为"改革开放30年中国商业服务业卓越贡献人物"。据2004年胡润零售富豪榜统计，陈智的身价已达到8亿元。

　　初战获胜的陈智大受鼓舞，迅速调兵遣将，计划开始一项雄心勃勃的发展计划。2002年华侨城铜锣湾摩尔开业。这个新的摩尔以"生态景观＋海洋文化"为主题，分为雕塑公园区、核心购物区、酒吧风情区、生态广场区等4大功能分区，拥有6个室内景观中庭，是一个更加符合国际标准的景观式摩尔，被陈智命名为"城郊型"MALL。华强北街的第一个摩尔符合中国国情、具有中国特色，被陈智命名为"都心型"mall。这两种类型的摩尔，再加上铜锣湾百货的"传统型"，铜锣湾有了3种经营模式。商业模式成熟了，陈智就开始扩张性发展，攻城掠地，势如破竹，全国地图的沙盘上，铜锣湾的小红旗插得越来越多。2002～2006年的4年间，铜锣湾在全国24个省、51个城市中开设了66家店。铜锣湾的扩张之势好像是燎原之火，引起行业内的一片惊呼声。特别是2003年，铜锣湾集团与北京新燕莎集团合资，成立了北京新燕莎铜锣湾商业有限公司。成立仪式上，国务院副秘书长闫颖对铜锣湾集团作为广东省第一家进入京城投资的零售企业表示赞赏。合资公司在北京海淀区远大路1号创办了一个名叫"金源新燕莎MALL"的摩尔，于2004年10月24日正式开业，震惊了国际购物中心行业。国家商务部部长助理黄海出席剪彩并发表了热情的讲话。到目前为止，该MALL仍然是亚洲最大的购物中心、中国最大的MALL，无人能够超越。2005年2月，国务院副总理吴仪率领王岐山（时任北京市市长）、张志刚（时任国家商业部副部长）等领导专程到北京新燕莎铜锣湾商业有限公司及下属的金源新燕莎MALL调研，认为这个特大型Shopping Mall超大的规模和齐全的业态及先进的零售理念很好，盛赞燕莎铜锣湾为北京做了一件大好事，对大型摩尔业态做充分肯定。

但是由于扩张过快，资金链濒临断裂，铜锣湾的扩张受到了严重挫折。2006年，危机先是从大连一个店开始，接着，引发了更多城市的铜锣湾发生了危机。最后，对华强北路的铜锣湾广场总店也出现了不利传言。受传言影响的个别供货商中断了供货或暂缓上新货，甚至连银行也停止了贷款。在这段时期，陈智才体会到了什么叫"兵败如山倒"。

在陈智最危难的时候，还是老乡朋友伸出了援手。特别是深圳京基地产的陈华，他也是从湛江吴川出来的年轻俊彦。当年几个年纪相仿的年轻人一起来到深圳创业，结成了超过了20多年的友谊。京基地产在深圳地产界十分出名，经济有实力，做事大手笔。有一次，陈华出30万元美金的大价钱，把美国刚卸任的前总统克林顿邀请到深圳参加京基地产的一个论坛，引起了很大轰动。若干年后，京基地产在深圳蔡屋围金融区建造了京基100的大厦，楼高441.8米，100层，超过地王大厦成为深圳第一高楼、中国内地第三高楼、全球第八高楼。 2008年，京基地产正式收购了铜锣湾集团第一家摩尔，收购价仅4000多万元，其中2000万元用于偿还供应商的货款，1000万元用于付清业主的房租。开

陈智经常在一些高层论坛上
讲述"摩尔"的理念。
图片由公司提供。

始，陈智认为这次交易只是一次平常的资产重组运作，让资金困难的铜
锣湾有一个喘息的机会，当形势好转时他可以再将铜锣湾摩尔收购回
来。陈华给予陈智更多的帮助，前后拿出1亿元资金资助铜锣湾。这些
事情至今让陈智感动。

　　但是事态的发展难以预料，形势急转直下，出现了让陈智"两个没
有想到"的事。第一个"没有想到"的是新闻媒体不准确报道造成的负
面影响。《南方都市报》用两个版面报道说："京基收购铜锣湾"。而
事实上，京基收购的只是铜锣湾深圳两个分店中的一个分店而已。这样
的报道，让外界产生了一种"京基地产收购了铜锣湾总部"的错误印
象，给全国的铜锣湾连锁系统造成了极大的混乱。发现这个严重问题
后，陈智多次在媒体上澄清，但是泼水难收，先入为主造成的影响很难
消除，结果给铜锣湾品牌造成了严重的伤害。

第二个"没有想到"的是场地经营内容的改变。陈智原来以为，陈华接手了经营很火的铜锣湾摩尔，会继续铜锣湾广场的正常经营，保住这块金字招牌。但是，不知是做房地产赚大钱的陈华对零售业这种生意不感兴趣，还是因为工作太忙精力顾不过来，陈华竟然放弃了铜锣湾摩尔，悄悄地将场地转做IT电器城，并改名为"京基铜锣湾广场"。这种做法对陈智来说是釜底抽薪。结果，使陈智失去了重新收购这家铜锣湾摩尔的机会。每说起这一点，让陈智痛心不已。他说："华强北的铜锣湾摩尔是铜锣湾起步、发迹的地方，是铜锣湾的根据地，是中国摩尔行业的圣地啊！失去这一家铜锣湾摩尔，好像是丢失了源头和灵魂。"这是又一次对铜锣湾品牌的严重打击。

陈智不是一个轻言放弃的人，是一个脸上总是挂着笑容不愿意让人看见自己忧伤的人。现在担任中国商业联合会副会长、广东省商业联合会执行会长的他，又在全国范围内开始了发展摩尔的计划。目前，除了原有的剩下来的30多家铜锣湾广场外，近3年铜锣湾集团又在湖南、湖北、河南、江西、安徽、山西等中部6省开设了新店，新一轮的扩展主要以拿地自建为主，业态主要是Shopping Mall，和以Shopping Mall为主体的城市综合体。铜锣湾广场的品牌和业态对内地很多城市具有强大的吸引力，很多城市在土地供应等方面提供了优惠政策，吸引铜锣湾入驻。最近，铜锣湾又在深圳的龙华洽谈一家超过20万平方米的MALL。

勇者，在哪里跌倒，就在哪里爬起。严重受伤的铜锣湾，蛰伏静养，让伤口愈合，重新崛起，又回到了Shopping Mall中国第一品牌的行业地位上。铜锣湾这艘大船，在平静的港湾里，经过修缮保养，慢慢恢复元气，重现勃勃生机，以崭新的姿态又重新出航了。

采访手记

在采访中，陈智对零售业经营业态进行了总结。他说，中国的商业零售业主要有6大业态：Shopping MALL、百货、大卖场、标准超级市场、专业店、小便利店，其中，有3种是深圳创造的。超级市场中国最早出现在深圳蛇口，名叫百佳超级市场；大卖场也叫百货平价广场，中国是从深圳的万佳百货开始的；摩尔业态在中国是深圳的铜锣湾广场创造的。深圳因为这些创造而载入中国商业零售业的史册。而"连锁"概念最早出现在东莞，是东莞糖烟酒集团旗下的美宜佳创造的。

深圳人敢闯，敢为天下先。深圳是一个充满创意的城市。陈智真诚言谈的态度感染了我，使我产生了一些感动。正是因为深圳有许多像陈智这样头脑里有无限的创意，浑身上下充满了创业激情，敢于冒险、善于拼搏的的年轻人，深圳才能有今天，才能在短短30年时间里建起一夜城，创造出人间奇迹。深圳的首创精神为中国商业零售流通业做出了巨大的贡献，如果不是深圳这些人首创并传播了这些业态，那么中国的商业零售业不可能如此飞快地发展，该行业的现代化可能要推迟好多年。

深圳是中国最年轻的城市，生活在年轻城市里的感觉真好。

第十三回　巷子深处有明香
手机卖场成大业

绘图：王建明

营销学中喜欢讲一个"把木梳卖给和尚"的故事。有一家销售公司，为了考核自己的销售员，出了一个题目："想办法把木梳卖给和尚"，卖得多者为胜。10日后检查业绩，多数业务员交了白卷，销售成功的只有3人。其中张三卖出1把，李四卖出10把，王二麻子卖出1000把。总经理问他们是怎样卖出去的？张三回答说："我到寺庙里去卖木梳，和尚们认为我侮辱他们，骂着把我撵了出来。多亏在寺庙边上看到一个晒太阳的小和尚，可能头皮痒痒正在挠头皮。我递上木梳说用这个解痒，他用了感觉不错买下一把……"李四回答说："我到了一座古寺，山高风大，烧香拜佛的香客们的头发被风吹得乱乱的。我计上心来，找到寺院的主持，对他说蓬头乱发对佛不敬，是不是在每各香案前放把木梳，供香客们梳理头发？主持觉着我说的有理，买了10把。"王二麻子回答说："我来到一座拜佛者很多、香火很旺的深山宝刹，找到主持建议说：拜佛的人都有虔诚之心，宝刹是不是应该回赠点纪念品？我有一批木梳，您的书法一流，在木梳上写上'积善梳'3个字，就是少有的赠品……主持听闻大喜，一下子买了1000把木梳。'积善梳'送给香客们后很高兴，消息传开来的拜佛人更多，看来他们还会买我的木梳。"总经理听后赞叹：这才是优秀的销售员，立即提拔为销售经理。

深圳是最先实行市场经济的试验地。市场经济是最好的老师，培养出了无数王二麻子这样的销售经理和商业公司。明通公司无疑是其中的典型之一。

林建华最近遇到了一件事，不知道是好事还是坏事。有些挠头，不知该怎么办才好。什么事呢？有人要交给他一栋厂房物业，让他经营。他不知道该不该接？

这栋厂房位于华发北路。华发北路是位于华强北路东面、与之平行的一条小路。与生意红火的华强北路相比，华发北路略显清静。但两条街毕竟相去不远，应该说华发北路上的这栋厂房也是很有商业潜力的。

这栋厂房属于桑达公司。最近，桑达公司的领导专门找到林建华，向他提出了租厂房给他的意向，条件优惠。林老板有些受宠若惊。桑达公司可是中央企业，领导人能放下架子找他商量生意，林老板感觉好像是有钱的大户人家向他抛出了绣球，想要招他入赘当女婿。

这是好事啊。这是打着灯笼都找不到的好事，还犹豫什么呢？

林老板犹豫是因为这栋厂房已经转了好几手了。前面有3任老板都没有做好。最初两个老板的情况就不大清楚了。第三任老板在这栋厂房里经营一个名叫东方时尚的服装城。刚开始生意也火了一阵子。后来就不行了。老板欠了很多厂家的货款还不上，整天打官司。桑达公司作为房东自然也收不到租金，就决定解除合同，寻找真正有本事的人来经营。别人都没有做好，自己接手行吗？还有一个问题：按照生意场上一般的做法，后面接手的老板，要负责前面经营失利经营者的债务，还清

明香投资公司董事长林建华近照。
摄影：段亚兵

货款。否则，供货商不干，他们出来阻挠干扰，想新开张是不可能的。林老板打听了一下，拖欠的货款高达一千多万元。这就是说，如果接手，就先要设法补上这个大窟窿，替前面的人付清欠款，才有可能新开张营业。还没有开始做生意，就要先承担一千多万元的债务，风险太大了吧？

这是林老板方面考虑的风险。其实，桑达方面也是有风险的。前面已有3任老板没有做起来，桑达一定要选择好第四任老板：一个真正能经营、能够打翻身仗的人。如果这位老兄来了以后情况仍然一塌糊涂，那桑达收不到租金，日子仍然难过不说，已经造成的不良影响会继续发酵，局面难以收拾，这才是更糟糕的事情。因此，这次桑达选人也是相当谨慎。

在这种情况下选到林建华，说明他是"有料到的家伙。"为什么选择林建华呢？首先，他是潮州人。潮州人是东方的犹太人，非常会做生意。其次，他1979年10岁时就来到了深圳，对这座城市十分了解，某些方面比前辈们更有优势。当然，以上两条还只能说是一种潜质，一种可能性。深圳是个移民城市，具有类似条件的人比较多，也不见得个个都会做生意。因此，选择林建华肯定有更充分的理由，那就是他以前做生意的业绩。经历是他事业的记录，经营成功是他的广告，生意圈里良好的口碑是他的品牌，经营上取得成绩是他经营能力的证明。

林建华岁数不算大，但论其做生意的经历是老资格了。1986年17岁时他就开始学做生意。在父亲的鼓励和帮助下，林建华在华发北路租了一间200平方米大小的铺面，开办了一个小商场。他来到商场做开店的准备工作。这一带没有几栋建筑物，地面起伏不平，长满了灌木和野草。有的地方被农民开辟出来种植瓜果蔬菜。来往行人很少。林建华感觉这里还没有自己家乡集镇热闹。林建华看看旁边有一栋厂房，是京华电子厂，这是华强北一带最早建成的工业厂房。林建华的商店是这一带第一间小商场，商场里设了几排货架，摆卖烟酒副食品和一些日用百货。商店虽然不大，卖的是最普通的商品，但是一到下班时间会有成百上千的打工仔打工妹涌进商场购货，毕竟这是工业区几公里以内唯一的商场。小商场实行的销售方式是开架销售。也就是说，顾客可以在货架上自己选好货，拿到收银台结算。这种方式实际上就是后来出现的超市的雏形。林建华当时并没有意识到这一点，他只是按照自己认为最方便、最合适的经营方式经营。这可能就是潮汕人天生会做生意的一种表现。

后来由于超市+百货的仓储式万佳百货进入了华强北，把滚滚的人潮吸引进了这个大卖场。加上政府决定改建工业区道路，修建振中路。林建华租赁的房屋需要拆迁让路，小商场不得已关门结束营业。但是林建华已经小有积累，虽然不多，但也算赚到了第一桶金。

接下来做什么呢？林建华又开始忙于谈场地，选项目。就在这个时候，林建华与桑达电子公司有了生意往来。他租下桑达公司宿舍楼一楼的门面，开办了一个名叫"明香"的大排档餐厅。林建华虽然新开餐厅，但他的经营能力再一次得到证明，餐厅生意出奇地好。中午休息时间少，餐厅就以卖盒饭为主。中午开饭时，公司职工们一窝蜂似地来到餐厅，饭桌上堆得像座小山似的饭盒，一转眼就卖没了。晚上人们时间比较宽裕，就以做海鲜为主。夜里餐厅灯火通明，食客们吃海鲜，喝啤酒，品尝美味，举杯畅饮，商量生意，胡吹瞎聊，一直闹到半夜。

明香很快在华强北做出了名气。"吃海鲜到明香。"成了食客们的口头语。林建华对菜肴的花色质量要求很高，鼓励厨师们研究新菜式。明香研发的"盐□虾"菜式，又香又酥，味道独特，不但成为明香的招牌菜，也成为全市海鲜餐厅的名菜。为吸引回头客，林建华想出一招，给熟客赠送VIP贵宾卡，持卡人享受八折优惠。这可能是深圳最早使用的贵宾卡，很有些纪念意义，当时获得贵宾卡的食客感到很有面子，有人将明香的贵宾卡保存至今。

很少有餐厅能够将生意做得像明香一样火爆。后来，林建华将整座大楼的4层5000多平方米面积全部租下，装修成餐厅。尽管这样，包房还是不够用。晚上生意好的时候，餐桌摆到了院子里、马路上，多达上百张餐桌。就这样还是满足不了食客的需求，林建华就把旁边的迪富宾馆一、二楼部分场地租下来，咫尺之内开设了明香分店。这在很多行家眼里看来，是犯了自己与自己竞争的大忌。但是林建华就这么做，偏偏他又成功了。到1995年，明香酒楼已经成为华强北最大的海鲜酒楼。明香能够成功，林建华善于经营是主观原因；客观原因可能更重要：青春期的华强北在迅速地变化。就像蝴蝶一样，经历着自己生命中的奇妙变化，从一粒虫卵，变成毛毛虫，变成茧宝宝，最后破茧而出成为美丽的蝴蝶。工业区的华强北，逐渐变成了商业的华强北，成为一条热闹的旺街。人流量越来越大，食客越来越多，造就了明香的奇迹。

由于桑达与林建华有这样成功的合作关系，看着林建华在华强北扎实创业的劲头、越做越大的事业，桑达公司的领导们相信林建华，选择由他来接手这样一个有些棘手的项目，也就是很自然的事情了。

林建华怎么想呢？做为一个内心深处时时涌起创业冲动的潮汕人，对于越具挑战性的项目他越感兴奋。他认为，这个项目虽然前几位老板都没有经营好，但是不等于自己也经营不好；这个项目现在牌子做砸了，欠了很多钱，背着晦气，但是越是在这种情况下可能会有大的商机，运气可以转变，晦气可以驱散。再说了，做生意不可能看清楚所有情况，这是做生意必须要冒的风险；也没有办法想得太明白，太明白的生意缺乏赌性和挑战性……先接下来再说。是福不是祸，是祸躲不过。林建华最后决定接下这个摊子，搏一把。

林建华再次与桑达公司签下了一个大合同，为原来的经营者垫付了一千多万元欠款，拿下了这个项目。马上，出现在自己面前的问题是：这么大的厂房做什么项目好？

按照原来"东方时尚"的经营内容继续开服装城？不行，牌子已经砸了，重树牌子费力，不一定讨好；开餐厅？这个自己最拿手，开一间巨型的明香海鲜酒楼？好是好，但这个场子面积太大了，开餐厅不大合适；与餐厅业务相近的是酒店，那就开酒店？不利之处是斜对面就是迪富宾馆，面对面竞争？但是迪富宾馆规模小，在这么大的华强北有几个酒店应该没有问题。林建华不断地做市场调查，搞研究策划，脑子像风车一样滴溜溜转个不停。说实话，有点拿不定主意。

林建华就这个问题向一些朋友咨询。来明香酒楼吃饭的食客中，有一些是在华强北经营电子市场的老板。他们建议说："电子市场最有潜力，华强北在电子市场方面已经形成了气候，搞电子市场大有作为……"正在这时林建华认识了一位对他发生了重要影响的人：徐承亮。1982年冬季，在深圳张开温暖双臂欢迎中，两万基建工程兵部队从全国各地调入这块创业热土，徐承亮是其中的一名士兵。第二年他所在的303团改编为深圳市第四建筑公司。徐承亮是1981年入伍的新兵，浙江金华人，学习精神比较强。他感觉深圳的一切事情都很新鲜，自己的知识远远不够用。他像当年在深圳打工的无数青年人一样，开始过上一种"白天辛苦上班，晚上参加培训"的紧张生活方式。他先后报名参加了好几个培训班学习专业知识，有了一定的基础，就报考了市总工会开办的职工中专技校，毕业后又考上省委党校经济管理专业，最终圆了自己的大学梦。

80年代初期，深圳居民不多。特区方立，百业待兴，新单位不断成立，街上不断响起庆贺新营业项目开张的鞭炮声，空气中弥漫着硝烟的味道。新单位缺乏骨干力量，纷纷到两万人之众的部队来引进人才。徐承亮就是在这个时候调到赛格集团的。在赛格集团的8年时间里，徐承亮与几位同事，在赛格工业大厦里创建了全国第一个通讯器材配套市场，他是负责人。林建华发现他头脑灵活，谈吐不凡，专业知识深厚，就单独约他喝茶深谈。

林建华就刚刚接手的桑达大楼做什么经营项目好，问计徐承亮。徐承亮略加思考，提出建议说："创办一个专营手机的市场吧。"林建华请他详细谈谈思路。徐承亮喝口茶，慢慢谈起来，一幅手机发展史的路线图清晰地出现在林建华的眼前。

"手机，也叫移动电话。20世纪80、90年代，手机最先出现在香港。很快，最喜欢追赶新事物潮流的深圳人，就将手机引进来了。第一代的手机，黑色的，大个头，我们叫它'黑色砖头大哥大'……

林建华忍不住插话说："我就是深圳最早使用大哥大的人了。通话效果不是太好，携带也不方便，走路的时候握在手里能顶件武器，吃饭时竖着摆在餐桌上十分威风……"

明通数码城总经理徐承亮经常
给员工们上技术培训课。
图片由公司提供。

徐承亮哈哈一笑，接着说："是的，第一代手机使用的是模拟技术，叫1G，体积比较大。现在我们使用的是第二代的手机了，使用数字技术，叫2G。通话效果好，体积也越来越小。将来，还会出现更先进的3G手机，技术进步很快。"

林建华有兴趣地问道："手机技术了不起，是谁发明出来的呢？"

徐承亮说："是一名名叫马蒂·库珀(Marty Cooper)的美国人发明的，这里有一个非常有名的发明故事……。"19世纪60年代，美国的科学家们开始研究无线通讯的课题。开始走在前面是美国电话电报公司（AT&T）。这是一家创建于1877年的通讯公司，前身是由电话发明人贝尔于1877年创建的美国贝尔电话公司。这家公司历史悠久，实力雄厚，一直是美国最大的本地和长途电话公司。公司的一名技术主管，名字叫焦尔·恩格（Joel Engel）。他们研发的方向是在汽车上安装无线电话。马蒂·库珀是摩托罗拉公司职工，他认为要让能够实现无线通话的电话拿在人的手里，这样的电话才有市场前途，而安装在汽车上的电话只是小众电话。他给他们研发的电话起名为"便携式电话"。两位科技高手之间展开了激烈的竞争，看谁能先攻下这个超级堡垒。最终库珀胜出。第一部样机制造出来后，在早春一个寒冷日里子，库珀走出位于纽约第六大街公司大门，在街上拨通了第一个电话。通话的对象，就是竞争对手焦尔·恩格。电话打通后，库珀说："焦尔，我是库珀……"话筒里传来对方的声音："嗨！"库珀接着说："我是用移动电话给你打电话……真正的移动电话……是可以用手拿着到处走动时可以打电话的移动电话……"电话那头沉默了，焦尔足足三分钟说不出来话。库珀后来在评论这场竞争时说："AT&T是大象，摩托罗拉只是一条小蛇。技术是双方争战的武器。最终小蛇吞吃了大象。"

林建华听得津津有味。他问道："那你认为，我们这栋大楼做成手机市场比较好？"

徐承亮肯定地回答说："是的。我认为做手机专业市场大有前途。为什么呢？一是手机是以个人为对象的无线通讯科技产品，只要成本降下来，会迅速普及开来。想一想吧，13亿人的中国将会是一个多么巨大的市场？二是除了芯片以外，现在研制手机的技术并不复杂，国内已经出现了许多手机制造公司，比如说有夏新、波导、TCL、长虹等，国产手机价格低廉，适合目前的国内消费水平，能够占领很大一块市场份额。三是最近国家发改委将以前的手机生产审批制，改为核准制，这意味着降低了手机制造商入行的门槛。可以预料以后会有越来越多的小公司加入到手机生产商行列。在这种形势下，做手机专业市场前景看好。在华强北，远望数码商城已经转向手机专业市场，经营情况非常好……"

林建华越听越觉着徐承亮的分析非常有道理。又经过一段时间的调查了解和深入研究后，林建华最终下定决心做手机专业市场。林建华想起了一句话："政治路线确定之后，干部就是决定的因素。"经营内容确定了，谁来帮助自己打开局面呢？看来徐承亮是个好人选。林建华就向他发出了邀请。开始徐承亮有些犹豫，毕竟自己现在在国有单位工作，到民营公司工作，就是下海了，给老板打工……这中间差别太大了，有一定的风险，去不去呢？林老板看出了他的顾虑，就学习刘备三顾茅庐请诸葛亮出山的精神，多次诚恳邀请徐承亮前来挂帅。林老板的诚意最终打动了徐承亮。他辞去国有公司的工作，到新成立的明通手机市场上任。先后当上了常务副总经理、总经理。

林老板有徐承亮做助手，感觉如鱼得水、如虎添翼，做事顺利多了。公司付出一千多万元，解决了原来的债务问题；投入上千万元对大楼进行重新改建和装修，使大楼面貌焕然一新。2005年9月5日，明通数码城正式开业了。由于市场分析深入，市场定位准确，准备工作做得充分，结果几乎没费吹灰之力顺利完成了招商工作。看好这个市场的商户们排队争号买铺位，1.8万平方米的经营面积内上千个铺位一天之内全部招满，创下了华强北招商速度最快的新纪录。接着，市场经营情况很快进入佳境，生意越做越红火。

以林建华看来，商场如战场，商情战局瞬息万变，很难掌握。因此，没有哪个生意人敢吹牛自己能力有多强。生意做得好，只敢说自己运气好。俗话说，小财靠运，大财是命。又说，人要是背运，走路踩狗屎；人要是走运，天上掉馅饼。后来几年的变化，让他深深地体会到了市场千变万化的诡秘和魅力。

据统计，全国80%以上的手机生产厂家汇聚于深圳，全球60%以上的手机产自深圳，华强北是全国乃至亚洲的手机交易中心。说到这里，读者已经明白了林建华遇到了很大的商机？就像他自己感觉到：财运逼人来，想不发财都难。

林建华又租下紧邻着的一栋厂房，于2008年开设了明通数码城二期商城。新市场场地更宽敞，装修更高档。相距18米远的一期与二期两栋大楼之间，投入巨资修建了三条空中通道连结起来。明通数码城的总经营面积已接近6万平方米，可容纳5000多户商户。短短半个月，二期市场的入驻率超过了90%，再次出现招商热潮。几乎所有的国产手机生产商都入驻进来，商城的从业人员超过5万人。至此，明通数码城一跃成为国内最大的国产手机卖场。出售的品牌手机有长虹通信、熊猫、TCL、中兴通讯、天宇等；手机配件有飞毛腿、知己、奥克斯、万喜通等，几乎涵盖了国内所有的通讯产品品牌。甚至吸引了联盟通信、摩托罗拉、三星等蓝牙品牌入驻。二期的四楼被辟为外语手机贸易区，来自俄罗斯、印度、巴基斯坦、迪拜等国家的数十个外商设点从事中国制造手机的出口业务。市场里时常能看到来自欧洲和阿拉伯的外国客商，逛市场，选商品，签合同，给他们国家发货。

　　林建华说："在明通市场，只有你想不到的款式和型号，没有你买不到的手机。今天在深圳上市的新款手机，24小时之内就能够出现在世界另一个角落。"

　　林建华踌躇满志，他面前有更高更远的发展目标。

明通数码开业典礼上，林建华为醒狮点睛。
图片由公司提供。

明通数码城外景。
摄影：段亚兵

作者感悟

听着林建华讲自己创业的故事，我不断思考着一个问题：林建华文化程度并不高，也不善言谈，但为什么能做出这样一番大事业呢？从开商店，到做餐厅，再到创办手机市场，三种不同业态，样样都能学会，做出成绩，做出精彩，不由人不佩服。

为什么呢？就因为他是潮汕人吗？潮汕人号称东方的犹太人。既然有这样的说法，就一定有它的道理。作者本人来深圳也比较早，1982年，这个时候来深圳的人可以称得上"老深圳"了。我见到过许多早期来深创业的潮汕人。他们辛勤创业的精神给我留下了深刻印象。当时深圳少有大商场，有很多路边小商店。如果是潮汕人开的小店，24小时你都可以买东西。如果深夜店主睡觉了，敲敲门窗他照样会爬起来，卖给你货。当时我家住在园岭新村，小区里有一个很大的菜市场。许多卖菜的小商小贩就是潮汕人。白天守在摊位卖菜，晚上就在摊位后面搭个地铺睡觉，天气炎热，蚊虫叮咬，从不言苦。后来，听说从这个菜场里走出了许多大老板。我也与朋友们常去明香酒楼（只是那时并不认识林老板），大家开心地吃海鲜，喝啤酒，物美价廉，菜肴可口。不管泡多久，都有服务员亲切地陪着为你服务。当时我就赞叹，潮汕人的这种吃苦精神，北方人身上少有。这就是"东方犹太人"的经商精神么？我去过犹太人的家乡以色列国，也写了《行走中东》的游记散文，探讨犹太人的文化特征。我感觉与散落在世界各地、敬业勤劳的犹太人相比，潮汕人确实是中国土地上最像他们的人群。

从林老板的身上，我们能够看到一些他取得成功的因素：

勤劳吃苦。无论做那一行，他都是踏踏实实地创业，勤勤恳恳地做事，认认真真地做人。

敢冒风险。每次投资，每次转行，都是新到一个未知的商业领域，这就意味着冒险。敢于冒险，才有可能得到大回报。也许他也有失败的经历，但是不后悔，不退缩，不言败，只是把失败当成自己成长的养分、前进的燃料、培育成功之花的肥料。

善于学习。他虽然读书不多，但不等于学习精神不强。在游泳中学会游泳，在战争中学习战争，这是伟人的教导，也是潮汕人的实践经验。每次从事新行业，他开始并不懂；但是不长时间，就能让自己成为专家。

经商眼光。也许这是犹太人和潮汕人身上共同具有的一种天赋。他们能够在复杂的商海中，把握商业跳动的脉搏，看到赚钱的商机。有时候可能会过早地进入某个不太成熟的行业，没有生意，备受冷落。但是不要紧，看中了就要坚守，时机不到要耐心等待。终于盼到云散天晴，日出花开，事业走向辉煌。

　　以上几点是林建华的特点，是潮汕人身上的优点，也是早期创业的深圳人普遍具备的素质，更是中华民族的优秀品格。正因为深圳有很多像林建华这样的创业者，所以就创造了华强北的传奇故事，创造了深圳一夜城的奇迹。

第十四回　山寨王横空出世
华强北威震四方

绘图：王建明

公元7世纪，阿拉伯半岛出现了阿拉伯帝国。帝国军队迅速扩张，所向披靡，帝国势力扩张到了亚欧非三大洲。8世纪初中国唐朝时，阿拉伯军队到达帕米尔高原，打到中国家门口。唐朝派出大将高仙芝率军迎敌。两军对垒，刀光剑影，你进我退，各有输赢。公元751年，高仙芝军攻打中亚的石国（今乌兹别克塔什干一带），石国向大食（伊朗东北部）求援，大食派萨利赫前来救援。高仙芝与萨利赫决战于怛罗斯城（今哈萨克江布尔城附近）。两军交战时，高仙芝阵中葛逻禄（西突厥民族）军队阵前倒戈，与大食军夹攻唐军，致使高仙芝军大败。战役后，大食军掳走大量唐军俘虏，其中有金银匠、纺织匠、画匠等，中国多种技术传出国外。特别是中国造纸技术，通过这些被俘工匠传入阿拉伯。阿拉伯人先后在巴格达、大马士革等城市建立起大型造纸厂。后来造纸技术经阿拉伯人传入欧洲。只有到了这个时候，多情的欧洲人才能够用纸张来书写浪漫的情书。中国古时候四大发明，先后经过不同途径传到了西方，成为文艺复兴和工业革命出现的促进力量之一。

讲这个故事，是要说明"山寨"是一种普遍现象。几百年前西方也曾经出现过对中国技术的"山寨"行为。下面言归正传。

我真正搞清楚"山寨"这个词，是在华强北。数年前，我负责一个研究中小企业思想政治工作的调研课题。有一天我带课题小组来到华强电子市场调研。华强电子公司机关的小刘带领我们来到一个商铺前，几个站柜台做生意的人热情地跟他说话。打完招呼，小刘转身对我说："你看看这几位小伙子，貌不惊人吧。不了解的人，以为他们只是普通的售货员，实际上他们都是身价上百万的富人呐……"我以为他开玩笑，也跟着哈哈笑一笑。小刘看出来我有些不相信，就解释给我听："别看他们每人拥有一个或几个柜台，但是这些资产价值多少钱呢？一个一米长的柜台租金不过几千元，但是转让费要几十万元，加上柜台中的电子产品加起来就上百万元、几百万元了。华强北造就了多少百万、千万、亿万富翁啊！"他的话让我震惊不已。我听说电子市场的柜台值钱，但没想到柜台的价格如此惊人；我知道电子市场里有很多人发了财，但是想破脑袋也想不出这里的富人多得如过江之鲫，一抓一大把。华强北真是一个神奇的造富机器啊！我感叹不已。

我们几人随便聊起来。谈话中，我不断听到他们说到"山寨"一词，忍不住问："山寨是什么意思？"几个年轻人对视一笑说："你们连山寨都不懂？整天高高在上待在机关里，对我们民间的情况太不了解了。"

他们开始解释什么叫"山寨"。一位湖南口音的小伙子说："华强北卖的很多手机，叫做山寨手机。所谓山寨手机，是指那些不是正规渠道生产出来的手机，是技术的仿造品，是廉价品，是逃税品……"

我说："这个我听说过。新闻媒体也时有报道。但是，仿制品为什么叫山寨呢？"

一位戴着眼镜的年轻人接着说："山寨，就是占山为王，无法无天，逃避政府的管理。这些生产山寨手机的厂家隐藏在'地下'，暗中建立了自己的地盘和山头，打一枪换一个地方，你说他们像不像山寨里的绿林好汉？"

他的话让大家笑了。

一位说潮汕话的人插话进来，他努力用不很标准的普通话说："你们说的不对。'山寨'就是'深圳'呀。"

"山寨是深圳？"我愣住了。他一看自己的话有了效果，得意洋洋地往下说："是的，山寨就是深圳。做生意时，我们卖家对买家要交代产品的产地。在华强北，每天买卖的大量产品其实很多产自深圳，按照英语的说法，就是'Made in Shenzhen'。但是，有人怕惹出麻烦，不敢直接写'深圳造'，就用深圳拼音的缩写'SZ'代替。而买家看到这两个字母以为是'山寨'拼音'ShanZhai'的缩写，就称作'山寨机'……"

戴眼睛的年轻人打断他的话说："不能这么说。你这么说是给深圳抹黑。"说完拍拍他的肩，给他使个眼色。又转身对我说："他瞎说胡诌，别听他的。"

潮州人却不理会，继续坚持说："华强北做生意人谁不知道这一点？其实，这也不是我发明的，很多新闻媒体也都这么说……"

华强公司的小刘出来打圆场："好啦好啦，不要争了。不管山寨是什么意思，我们卖山寨机可要小心，有合法手续的才卖，没有合法手续的最好别沾……"

在华强北调研的几天里，我感觉这次谈话最有意思，真的让我长了见识。从那以后我对华强北的山寨机兴趣大增。思索"山寨机"在我国

原深圳市电子商会秘书长、
现华强集团副总裁程一木近照。
摄影：段亚兵

电子技术引进和技术研发过程中，究竟扮演了一个什么样的角色。

后来我认识了市电子商会的秘书长程一木。有一次向他请教这个问题。程一木自称是一位技术决定论者。他说："有一句话说，经济地位决定我国的国际地位。而我认为，技术地位决定经济地位。因此，归根到底，是技术决定一个国家的国际地位，技术创新能力是一个国家最重要的核心竞争力。"程一木之所以对技术敏感，是因为他长期从事这一行，而且在国家电子工业最高主管部门的电子工业部机关工作过。20世纪80年代中期以前，程一木在机械电子工业部政策法规司工作。80年代末期，程一木多次到深圳出差，特别是1990年初，程一木参加机械电子工业部课题组到珠江三角洲调研电子工业发展状况，那一次历时半个月，他随着课题组跑遍了广州、东莞、深圳、珠海、中山、佛山，走访了许多电子企业。在深圳的调研中，他走访了赛格、华强、康佳、长城以及华发、华利等重点电子企业。他被深圳经济特区红红火火的发展所吸引，产生了调到深圳工作的想法。当时蓬勃发展的深圳赛格集团吸引了全国各地的人才，同样也吸引了程一木。赛格的领导说，你要是真的想来，赛格的大门是永远向你敞开的。

就是凭着这句话，程一木克服各种困难到了深圳。当时很多北京人来深圳，一般都不转户口，家庭不来个人来，为自己留一条后路。程一木的做法不同，来深圳的第二年，他就将工作关系、户口都迁到了深圳，在赛格集团一干就是十年，把人生最好的时光贡献给了赛格。后来，有机会与原赛格集团董事长王殿甫一起组建深圳市电子商会，担任了深圳市电子商会的秘书长。秘书长是个苦差事，权力小，管事多，工资也不高。但是，商会是个行业枢纽，秘书长像个总管。在这个位置上可以眼观六路、耳听八方，如果想干一些实事，这倒是一个比较理想的岗位。利用商会的便利工作条件，程一木开始关心华强北，研究电子产业的发展规律。

按照一些专家的看法，华强北虽然主要是一个销售产品的地方，但是这里的销售不是简单的销售，销售的背后是生产。而一开始加工生产，技术的模仿就开始了。举一个U盘的山寨例子。U盘是一种技术很简单的产品，包括盘芯、外套两部分。在赛格电子市场里，我见过有一对年轻夫妻，租了一个1.2米宽的柜台，专做U盘生意。丈夫负责销售，妻子坐在柜台后面负责组装。从供应商那里，买来一大堆不同规格的盘芯和不同式样的盘套，测试设备就是一个笔记本电脑。先将盘芯插进电脑上的插口，进行检测。一看盘芯上的小灯亮了，就是合格品；如果不亮，质量有问题扔到一边。再来选择盘套，盘套式样多达上百种。将检测合格的某个规格的盘芯，插进所选中的盘套中，一件合格的产品就生产出来了。说了有人可能不信，实际上就这么简单！妻子的生产任务完成了，销售货物就是丈夫的事了。不同规格的盘芯和各种款式的盘套，可以任意组合成无数种规格型号的产品，就看顾客有什么样的需要。如果顾客需求量小，就请在柜台面前喝杯茶坐一会儿，手脚麻利的妻子迅速装配，现场交货。如果需要量大，先把单接下来，晚上小两口回到家里，就是不吃不喝不睡觉，忙碌一通宵也要把货加工出来，第二天一早准时交给顾客。

从华强北倒卖电子元器件开始，就开始了点点滴滴的技术模仿和创新之路。之所以必须要在模仿的基础上做一些技术创新，是因为电子元器件经营的品种太多了，市场上供应的货准备得再多也不可能包罗万象。针对顾客的许多个性化要求，站柜台的经营者们必须想方设法找到这种货，如果找不到现成货而产品的技术又不算是很复杂，就买来原材料自己试着生产。研发成功了，就会是一担大生意，就可能赚到可观的利润。技术创新的后面是利益驱动。正是赚钱的欲望逼着经营者们醉心于学习掌握技术，不断进行技术模仿和技术创新。于是，华强北就上演了一场可能在全世界范围内、人类历史上一场最奇特的技术模仿和创新的活剧。

2005年是华强北技术创新最戏剧性发展的一年。就是在这一年，华强北好像是雨后的森林，一夜之间草地上突然冒出了许多大大小小的蘑菇。这些蘑菇就是经营手机的商店。继2011年，万佳百货改为远望数码城（故事见第十回），2005年，东方市场改为明通数码城（故事见第十三回），铜锣湾改为高科德通讯数码广场（故事见第十二回），曼哈商城的一部分服装商铺改为经营手机，连桑达大厦一楼的酒店都改建成手机市场。按照程一木的判断："2005年，是深圳的山寨手机产业链形成的一年。这一年，冒牌的、翻版的手机开始大规模出现。"

为什么会在这一年发生这样大的变化呢？有几个原因：一是国家政策的变化；二是技术的发展；三是经营者们的智慧；四是完善的产业链。

先说国家有关政策的变化。

中国对手机生产实行较为严格的监管制度。早在1998年，信息产

明通数码城是手机专业市场，生意十分兴隆。

摄影：段亚兵

业部和前国家计委曾发布了"五号文件"，规定："严格控制移动通讯产品生产项目的立项、审批"，"对移动通讯产品生产企业严格监管……"。信息产业部对手机生产厂家实行发放牌照制度，1999年发放了9张手机牌照，领取牌照的公司包括熊猫集团、波导、TCL、天时达、夏新等。后来，很少发牌。政府实行发牌制度的本意为了保护处于幼稚时期的国产手机行业，避免造成过度竞争。但是效果恰恰相反。政府行政政策保护下的国产手机厂家经营情况并不是很理想。2002年，国产手机的销售情况好了一些，TCL的"钻石手机"、波导的"手机中的战斗机"让人们眼前一亮。2003年，波导销售手机1175.59万部，超过诺基亚和摩托罗拉在中国市场的销量，成为国内手机业的老大。然而，很快，国产手机就陷入了全线亏损的境地。根据一份国内GSM手机市场份额统计表显示，2004年上半年，前八名国产手机中，除了联想比上一年同期略有增长外，其他国内厂商营业收入和利润均出现了不同程度的下滑。2007年，国内品牌手机大企业几乎全部出现亏损，其中波导亏损5亿多元，夏新更是亏损8.44亿元，有些企业坚持不下去退出了市场。

也许是看到行政政策保护不了国产手机企业的事实，政府改变了政策。2005年2月，国家发改委发文将生产手机由审批制改变为核准制。这意味着，以前没有经过批准，不容许生产手机；而现在可以生产了，但产品必须经过有关技术部门检测认为合格后才可以销售。这种政策的改变，对华强北生产销售手机的厂家开了方便之门。以前没有批文，一开始研发生产好像就违法了；现在搞不搞研发由生产企业决定。这就让许多企业家放心了很多，至于说生产的产品能不能通过检测、能不能销售，那就再说了。不要小看这个政策的改变，这一改变实际上鼓励华强北的经营者们开始了一场研发手机的攻坚战。

2007年，国务院宣布取消和调整186项行政审批项目，其中包括取消由国家发改委执行的"国家特殊规定的移动通信系统及终端等生产项目核准"等。取消了手机核准制。政策变得更加宽松，手机研发的生产门槛再一次降低。这就鼓励了更多的经营者开始投资进行生产手机。最后的结果，几乎让华强北的半条街都开始经营手机。深圳的"山寨手机"产生了世界性影响。这样的结果可能谁都没有想到。由此可以看到，在中国这样管理权力高度集中的大国里，一项政策的制定或者废止，会产生多么巨大的作用。

治大国如烹小鲜。两千多年前的老子，不一定是最早认识到这个道理的人，但肯定是对这个问题认识最为深刻的人。他的这句话，至今还影响着国人。

次说技术发展变化的影响。

这个时候，恰逢手机生产技术上也发生了一次革命性的变化。简单概括地说，手机的制造过程，是一个零配件开发技术不断复杂，而装配技术不断简化的过程。麻雀虽小，五脏俱全。一个小小的手机具备通话、发送短信、听音乐、玩游戏、照相等越来越多的使用功能，在背后支撑这些功能的是越来越复杂的技术。因此，制造手机有相对高的技术门槛，攻克这些技术需要投入大量资金，这是一般小公司做不了手机的技术和资金方面的原因。但是，一家台湾公司一夜之间改变了局面。这家创立于1997年的公司，名叫台湾联发科技股份有限公司（英文名叫MediaTek），是一家芯片厂商，曾被美国《福布斯》杂志评为"亚洲企业50强"。这家公司研制出了一款名叫MTK的手机芯片。MTK芯片技术集成度很高，把手机主板、软件集成到了一起。有了这种芯片，加个外壳和电池，就能装配出一部手机。这样一来，生产手机就变得十分容易。

有了这种简单的、傻瓜似的技术。就算你是一个完全的技术盲、门外汉，也有条件玩玩手机过把瘾了。当然钱是不能少的。你买来各种芯片和各种各样的零配件，雇几个熟手就可以生产手机了。

再说经营者的胆量和智慧。

华强北许多经营者都发财当了老板。一个人想发财，除了要有机遇，也要靠自己的聪明才智。人们都承认华强北是一个创造奇迹的地方，奇迹的背后其实就是无限的创意。在生产山寨手机这件事上，就能看到这种无限的创意是怎样迸发出来的。

当政策允许、技术变得极其简单，理论上讲只要有钱，就可以生产手机了。但是生产手机是一回事，能不能卖出去，能不能赚到钱是另外一回事。当大家使用的技术都变成一个标准时，手机能不能卖出去，就要看你设计的手机外观和使用功能，与其它的相比有什么不同。简单

活力四射的华强北，有多少青年人在这里辛勤打拼，燃烧青春，实现梦想。
摄影：段亚兵

说，生产手机的竞争战场已经出现在设计和技术集成方面了。这样说来，还没有到人人都可以做手机的程度，需要拥有一个专业团队。华强北老板虽然多，但是多数是小老板，大老板并不多，能够养得起团队的老板少而又少。

这种情况下，华强北一个新的行业应运而生，出现了一种名叫"手机方案设计"的公司。几个有技术和懂设计的年轻人凑在一起，成立一个专业设计公司。这种公司不具体生产手机，只是为生产手机的厂家提出手机生产设计方案：什么样的款式，具备什么样的功能，需要什么样的零配件……方案中写得清清楚楚。你花点钱买了这个方案，就可以组织工人生产了。只有到了这个时候才可以说，除了资金外，进入生产手机行业没有任何门槛了。你完全可以根据自己的喜爱，或者按照顾客提出的各种要求，请方案设计公司设计出一套图纸，就可以生产出各种款式奇特、功能强大的手机。生产手机的过程变成了"傻瓜生产"过程。这就为那些手里有钱，对手机心中发痒，很想过一把瘾的老板们提供了无限的商机。

我就认识这样一个生产手机的老板。他生产手机，但工厂不设计部门。需要什么样的手机设计方案，找专门的设计公司来做。一些手机设计公司设计了多种款式手机的方案，挂在网站上销售。这位老板经常会上网看看，选中其中某个款式，谈好价钱买下来。付款后，设计公司会将全套方案、所有图纸交付，工厂就可以生产了。

他的做法让我感到很新鲜，好奇地问："买这样的方案要多少钱呢？"

老板倒也不隐讳，伸出手张开大拇指和食指回答说："8万元左右。"

我一点不懂行情，接着又问："这个价格贵不贵？"

老板说："贵？当然不贵。你想想，如果你要养一二名技术人员搞研发，8万元付工资都不一定够；还需要投资买设备；更何况花几个月时间研发，不见得能开发出我满意的产品……"老板摸着自己隆起的肚皮，说得口沫横飞，十分得意。

这一下子我才明白了为什么华强北的山寨手机会有那么多的款式，而且一个新款品牌手机上市没几天，高仿冒牌手机就会变魔术似地在市场上亮相。

最后说完善的产业链。

人们喜欢为一个问题：为什么山寨制造会大规模地出现在深圳？而北京、上海、苏州、温州等地有些方面比深圳条件还要好，却没有出现山寨现象？原因就在于深圳有华强北，在这条街上形成了一个产供销完整的产业链。实际上，华强北只是一个前店，身后有强大的后厂，就是产业链配套环境高度成熟的珠江三角州。珠三角中小企业遍地开花，什么样的行业都有人做。如果有一个客商想生产任何一样产品，只要提出了产品要求，剩下的事情可以找到各种各样的专业厂家为你完成。先要完成产品设计，会有各种专业设计公司为你完成结构设计、外观设计、线路设计；设计完成后，专业公司为你的产品开出模具；产品需要各种零配件，有专业公司为你提供；如果你不想亲自组织生产，可以将生产任务外包给代工厂家生产，等等。有了产品，就可在华强北的各种专业商城里租赁一个柜台，找人帮你销售。华强北形成了一种产供销各个环节十分专业、分工细致的产业链。只有在拥有这种产业链条件下，才有可能出现山寨制造。因此，从某种意义上说，山寨制造是环境的产物。只有深圳有这样的环境，所以深圳的山寨现象形成了云蒸霞蔚大气象。有人估计，全国60%以上的山寨机制造和销售于深圳。毫不夸张地说，深圳华强北是山寨机破土而出的沃土，育苗生长的温床，植树成林的山头。ShenZhen & ShanZhai? OK!

这几种因素凑在一起的时间，大概在2005年。从那以后，研发生

车水马龙、活力无穷、永不歇息的华强北。
摄影：深圳商报记者 施平

产手机的公司，就像雨后春笋一样纷纷冒出地面；各种突出个性与众不同的、冒充品牌外形做得分毫不差的手机，多的像大山上的石头、戈壁滩里的砂粒。这里卖的手机式样新颖，价格便宜，性能也不差，因此得到顾客的热烈欢迎。有的冒充各种名牌手机，以便宜一半到1/3的超低价格出售；有的自己创个什么牌子出售，逐步走上了品牌手机的路子。由于华强北手机生意火爆，营业额惊人，让全国主要的手机公司都眼红华强北，来到这条街上安营扎寨，想分一碗羹尝尝。

华强北的手机被众多的经销商卖到了全国，甚至吸引了东南亚、中东、非洲等地区许多国家的商人来华强北采购。华强北的一些手机卖场里的很多柜台上，摆着印有阿拉伯文、泰文、越南语的招牌，说明了这些手机卖到了哪些市场。山寨手机的出口形成了规模，不光外国商人拿着现金专程到华强北进货，甚至一些国外的批发商在深圳设立了专门机构负责采购业务。仅是在深圳做生意、生活的阿拉伯人已超过千人。许多外国商人喜欢到深圳做手机生意，与他们国家对手机宽松的监管制度有关。在中东、巴基斯坦、俄罗斯、巴西等国家和地区，市场管理部门才不管什么正牌手机还是山寨手机，只要商人愿意经营、消费者愿意购买就好。这种管理制度为深圳的山寨手机大量外销提供了条件。山寨手机的外销，从2007年开始逐渐升温，据说仅这一年就出口了7000余万部。其中阿联酋的迪拜是一个突出的例子，销往迪拜的手机量占深圳外销总量的30%以上。迪拜有一条著名的"手机一条街"，被中国商人称其为"迪拜的华强北"。只要是华强北有的机型，数日之内就出现在迪拜市场上，而且价格相差无几。来自深圳的手机在这里中转，再分销到北非、印度、巴基斯坦等国。山寨手机以不可思议的速度占据了相当大的国际市场，对国内很多大公司而言，这是做梦也很难实现的目标。

有一个小故事很能说明山寨手机靠什么打动消费者？靠的是无穷创意。2009年，美国选出了第一位黑人总统奥巴马。极聪明的山寨手机生产商从中看到了商机，在奥巴马祖先的故乡肯尼亚推出了"奥巴马牌"手机。机身背面上方印着"OBAMA"的名字，下方印着奥巴马竞选总统时说的那句名言："Yes，We Can！"。因为是卖到贫穷的非洲市场，手机定价30美元一部。这么便宜的定价，功能自然简单却不乏特色：彩色屏幕，FM收音机，机身背面的LED灯可当手电筒。该款手机一上市十分抢手，光是在肯尼亚首都内罗毕，上市第一周就售出1千多部。

有一次，电子工业部一位司长到深圳开会，程一木陪着他来到华强北逛街。司长说："听说深圳山寨手机很便宜，质量到底怎么样呢？"程一木就带他到明通数码城等手机市场选手机。在一个柜台上，司长看到一款手机，样子很不错。问售货员多少钱？小姑娘售货员回答说："老板要多少？一部手机350元。如果要的多，价格还可以便宜点……"。司长听闻感到有些吃惊。他问程一木："价格这么便宜，会不会是假的？"程一木笑笑说："这里卖的手机，可能会是'假冒'，品牌假冒；但质量方面一般不会'伪劣'……试试就知道了。"司长说："言之有理。"他拿出自己的手机，取出通讯卡，将卡安装在新手机，先是给家里拨了一个电话，打通后一听通话质量很好；又对着商场咔嚓咔嚓拍照，一看图象质量也不错。司长感叹地说："我知道为什么人们愿意来华强北买手机了，确实物美价廉，有竞争力。既然有这样的研发能力，就不要去冒充什么名牌手机啦，下决心创一个自主品牌，坚持几年就可能会成为一个著名的品牌，企业也就做大了。"程一木非常认可司长说的话。

华强北的手机厂家走上了两条不同的道路。一条是仿制假冒的独木桥小路。什么手机好卖他们就仿制什么手机，不光赚钱容易，而且利润比较高，这是一条容易做、赚钱快的路，但是这样做侵犯别人的知识产权，因而不知道能走多远。后来，随着政府加强市场监管，加大打击力度，很多人感觉做不下去了，干脆关门走人，撤出了华强北。另一条是创造自主品牌的阳光大道。这些厂家眼光长远，注重创造自己的品牌，慢慢培育，不懈努力，长期坚持，最后发展成为著名品牌手机厂家。据统计，到2011年，在华强北生产经营手机的厂家已有600多家。

攀登科学高峰的道路从来都不是平坦的，而是一条崎岖不平的山路。中国自有知识产权、自主品牌手机研发，走的正是这样一条艰难曲折的道路。美国人马蒂·库珀(Marty Cooper)发明的手机，革了人类通讯技术的命，改变了世界。20世纪80年代末期，手机进入中国。善于学习的中国人开始努力钻研掌握这种技术。90年代末，第一批自主品牌的中国手机生产出来了，大家对国产品牌手机充满了期待。但是，挫折很快就出现了。2004年，被很多媒体称为"国产手机的分水岭"。这一年，一直飞速发展的国产手机集体全线溃败。几乎与国产品牌手机"兵败麦城"的同时，山寨手机迅速崛起。山寨手机虽然崛起迅猛，但是，没有自有技术和自己品牌的商品，如同无源之水、无本之木，好像是在沙滩上建房子，终究难成大气候。在山寨手机野蛮生长的同时，一些有远大目标、有长远眼光的企业在慢慢地积聚力量。由中兴通讯、华为、基伍伟业、天语、酷派等组成的国产新品牌手机，凭借着自主创新和集成创新，正在成为中国手机的新领军力量。其中，中兴通讯、华为和基伍伟业3家的手机业务发展尤其快，进入全球销量十强。2010年，中兴通讯售出5180万部手机，名列全球第四；华为销售量约为4000万部；基伍伟业销售2500万部。

深圳基伍伟业通讯设备有限公司是一个突出例子，创业的故事值得讲一讲。基伍伟业曾经在制造山寨手机方面有令人瞠目的表现，被业内同行戏称为"山寨王"。董事长张文学2003年开始在深圳创业。他头脑比较清醒，知道山寨的路子走不长，下决心转型打造自有品牌。他说："培育自己的品牌，好像是养育自己的孩子。婴儿一天天长大，生命力越来越强。当父亲的会越做越轻松，心情当然会越来越好。"经过几年努力，取得成功。2008年，公司研发制造出的"G - Five"型手机，成为国际上的抢手货。随着基伍伟业成为国际著名品牌企业，也开始被国外不法公司"山寨"，疯狂仿造该公司品牌手机，大量销往印度等国，给基伍公司造成极大损失。搞得张文学哭笑不得。如今基伍成为全球成长最快的手机厂商，2010年，"G - Five"手机以434万台的销售量跻身全球第9位。取得进入全球前十排名，诺基亚用了10年，三星用了7年，基伍仅用了3年。

华强北已经牢牢占据了手机界的龙头老大地位。2010年全球手机总出货量14.25亿部，深圳手机占1／4。北京邮电大学教授阚凯力评价说："深圳目前拥有集研发设计、零部件制造、整机集成和批发销售于一体的较完整手机产业链，已成为全球重要的手机研发制造基地和交易集散中心。据统计，深圳集中了国内75%的手机制造商、60%的手机研发设计商和90%的手机包销商，手机生产零部件配套率达到99%。

除了手机，苹果产品也是华强北的一个出名山寨项目。

2010年，苹果ipad的上市,在全世界造成了一股近乎疯狂的苹果热，将这一年变成了苹果年。苹果机是美国人乔布斯潜心研制的杰作。又是美国人！实在让人不得不佩服美国人的创新能力。

华强北头脑灵活的经营者，迅速看到了苹果机的市场潜力，围绕苹果机的配件大作文章，被称之为"啃苹果"的又一个新产业。但是这次的"啃苹果"，不同于过去的高仿手机，虽然都可以归纳为山寨文化，但是属于不大相同的山寨行为。高仿手机完全是模仿制造、假冒品牌；而"啃苹果"不是仿制苹果机本身，而是围绕着苹果机做文章，针对苹果机的缺陷进行使用功能的二次技术开发。这件事是表现山寨企业转型的又一个新标志。

比如说，针对苹果机电池使用时间短的弱点，有人就专门为苹果设计移动电源设备。有了移动电源，插在iphone的接口处就解决了问题。在华强北市场上，有车载充电器、背夹式电源等各种专为苹果设计的移动电源，成为抢手货。比如说，许多顾客买了iphone，还要到华强北买专门为苹果设计的外壳。手机外壳材质有塑料、硅胶、牛皮、钢板等，大部分外壳上绘着各种各样的卡通人物。有的发烧友会买好几种外壳，不断换着玩。再比如说，为触摸屏贴膜。有点子的厂家制造出了很多种膜，有的让画面更透亮，有的不会留下指纹等。一些顾客不介意买了5千元的苹果机后，再多花近百元贴上一个自己喜欢的保护膜。等等。"啃苹果"是一个庞大的产业，成为华强北的许多厂家发财的一条路子。

在"啃苹果"行列中,最有创意的可能是一个名叫"苹果皮250"的产品。发明者是来自河南的潘磊和潘泳兄弟两人。兄长潘磊是一名室内装修设计师。弟弟潘泳曾在大学学习计算机编程专业,是狂热的苹果粉丝。他发现有一款苹果产品ipod touch与iphone从外观到功能非常相似,唯一缺憾是不能通话和发短信。他就从这一点上开始研发。潘泳辞了职,与哥哥在一间小库房里开始创业。经过几个月的研究,研制出了"苹果皮"。有了苹果皮,不仅能帮助ipod touch实现通话,还能发短信,待机时间长达120小时,通话时间4.5小时。兄弟俩取名为"苹果皮520",寓意"苹果皮我爱你"。现在,销售价格2千元的itouch,加上500元的苹果皮,就可以当价格5千多元的iphone使用。产品一推出就受到了顾客的热捧。但是没有想到,一眨眼工夫潘氏兄弟的"苹果皮"就遇到了更厉害的山寨品。华强北很快就出现和苹果皮一模一样的各种各样的"皮"。这些仿冒产品的价格甚至能便宜一半。逼得"苹果皮"也开始降价。

《红楼梦》书中说:"千里搭长棚,没有个不散的宴席"。这句话用在华强北也有几分相似。华强北山寨手机经过长达近10年的疯狂发展后,在2011年开始出现拐点。所谓"成也萧何,败也萧何"。华强北当年山寨手机的潮起是技术造成的,而如今潮落也是技术造成的。出现拐点,是因为以3G技术为代表的智能手机开始大规模登场,造成了以2G技术为基础的山寨手机的衰败。有一家媒体发表了一篇文章,标题是《华强北山寨神话终结》。有一位市场专家断言:"在华强北租个柜台,生意自动上门的时代已一去不复返……"

但是,山寨手机时代的终结,不等于华强北的衰落。相反,山寨机走向穷途末路,正是企业开始转型升级、创新品牌、再谋崛起的预兆。

按照事物发展的规律,这一天一定会到来。早到当然比晚到好。

采访手记和感悟

　　采访中，对电子行业的领导和专家，我反复问了一个问题："怎样看待山寨现象？"

　　有一位专家这样回答："山寨现象由来已久，在改革开放初期就有了。比如说，深圳的电子产业最初是从组装收录机、电视机等家用电器开始的。我们进口散件，组装好以后销售。这种方式就是山寨，但当时叫做CKD、SKD，是一种授权的仿制形式。后来在华强北出现的山寨现象，是没有合法授权的、私自进行的仿制行为。当年的CKD、SKD是被动的山寨制造，现在是主动的山寨制造，差别就在这里。"

　　还有一位专家对山寨现象持更加肯定的态度，他说："从某种意义上说，华强北山寨机是一种创新。山寨过程中不光有技术模仿，也有技术创新；更重要的是，山寨制造不仅是一种产品创新，而且是一种产业链的创新，是一种商业模式的创新。山寨手机的制造过程，是由中国台湾联发科（MTK）负责研发，手机方案设计公司负责硬件设计，山寨厂商负责组装手机，全国各地经销商负责销售，这样一个完整的产业链。这种产业链也可以复制到其它山寨制造的生产链上，因此说，华强北创造了一种新的商业模式。"

　　多数专家认为，山寨制造实际上有两种形态：一种是完全的高仿，在技术上模仿得惟妙惟肖，产品品牌完全假冒；另一种是在模仿基础上，技术上有突破，有创新，有自己的知识产权，产品使用自主品牌。前一种是短视的、急功近利的、违法的，因而是不可持续的、没有出路的；而后一种是立足长远的、合法的、有发展前途。后一种是政府应该鼓励的。

　　专家们讲得很有道理，我很赞成他们的观点。

　　山寨现象实际上是一种技术模仿过程，而率先模仿是技术创新的基础。在全世界范围内，这种技术模仿和创新每天都在进行。从人类生产力发展过程看，自古希腊罗马的灿烂文明后，总共出现过四、五次生产力发展的高峰。第一次生产力发展的高峰出现在中国的唐宋时期。中国的"四大发明"主要是在这个时期成熟和推广应用的。"四大发明"传到欧洲，催生了欧洲的文艺复兴运动和后来的工业革命。13~16世纪的意大利成为世界中心。世界第二次生产力高潮，发生在17~19世纪，英国发生了工业革命。世界第三次生产力高潮，发生在19世纪中叶~20世纪初，德国成为世界中心。世界第四次生产力高潮发生在19世纪末~20世纪中期，世界科学技术中心由欧洲转移到美国。每一次技术转移，实际上就是一次技术模仿、在模仿基础上创新的过程。如果不学习前人积累下来的知识，发展和创新是不可能发生的。以日本为例，在现在消费者的眼里，日本产品代表的是先进技术和完美工艺制造。但是，日本的技术大概是20世纪二次世界大战后，从美国和欧洲转移来的。当时的日本产品其实与今天我们许多山寨产品差不多，多是仿造，质量也很差，被美国人斥之为"差劲的日本货"。从模仿，到消化，再到创新，是技术转移和扩散的必然过程。

　　怎样看待"山寨"现象？人们的认识不大一样，有赞成，有反对，也有折中。赞成的意见认为，山寨现象存在的背后，是为了生存，为了平等，是一种产业自救行动，是完全可以理解的。石涌江教授甚至认为："山寨机繁荣的背后，其实是中国式创新的胜利……"（引自《"山寨"产品驱动下游创新》记者杨柳纯，《深圳特区报》2010.7.30.）

　　反对的意见认为，山寨就是抄袭，是一种技术、知识的盗窃行为。如果默许这种行为存在，技术创新人的劳动得不到尊重和补偿，从而会失去原创的积极性。因此，应该打击山寨行为，要努力造成一种全社会尊重原创精神、遵守游戏规则的风气。

折中的意见认为，模仿和抄袭固然不好，但是也不要过于严厉地封杀和限制。人类知识和技术发展的历史就是一部"山寨史"，都是你抄我，我抄你，在抄的基础上再做一些发明和创造。大部分所谓的"原创"就是这么回事。正确的做法是建立专利制度，鼓励人们使用他人申请登记的先进技术时付专利费，这也是一种买卖公平的原则。这样做，既保护了原创的利益，也鼓励后来者在原有基础上不断创新和发展。这样做，会让技术发展得更快更好。给苹果电脑供应芯片的ARM总裁都德·布朗好像也持这种观点，他说："我并不认为中国的山寨是一个邪恶的东西。……山寨会推动平板电脑的大量普及。"（引自《苹果背后的芯片黑马ARM："山寨并不邪恶"》记者曾航，《21世纪经济报道》2010.12.7.）

不管对"山寨"现象，赞成也好，反对也好。事实是在华强北这么一个地方，出现了可能在人类历史上少见的大规模、长时间的技术模仿和创新活动。这一活动的结果，造就了华强北的崛起神话，造就了华强北的财富传奇故事，培养出了无数个技术人才和经营能手。华强北对深圳高新技术的发展起到了举足轻重的作用，对中国电子事业的发展造成了重大影响，甚至对世界电子市场和技术的发展都产生了一定影响。有哲学家说："凡是存在的都是合理的"。如果我们同意这句话，那么对华强北的山寨现象，就不应该简单地排斥和否定，而是要深入研究这种现象，看它究竟意味着什么？理论家们应该总结经验，研究指导行动的正确理论。政府应该制定合适的政策，引导企业从模仿转变为创新。这样做，就能让华强北每天发生的大量的技术模仿和创新活动走向正确的方向，让华强北——这条神奇的、独一无二的中国电子第一街发挥出更大、更好的作用。

第十五回 好政府扮靓街景
喜街道凤凰涅槃

华强北街

绘图：王建明

　　许多人都听过在沙滩上睡觉的渔夫故事。在一个天气晴朗的下午，一位游客在海边沙滩上游玩时遇到一名渔夫，正在沙滩上美美地睡觉。游客咔嚓咔嚓的相机快门声吵醒了他。游客略表歉意地与他聊天。游客问他这么好的天气为什么不去捕鱼？渔夫说："我给自己定的目标是每天捕10公斤鱼，今天鱼多提前完成任务，所以休息睡觉。"游客说："那太可惜了，你应该捕更多的鱼。"渔夫说："多捕鱼有什么用？"游客说："你的钱多了就可以买一艘大渔船。""那又怎样？""你可以雇人到深海去捕更多的鱼，赚更多的钱。""然后呢？""你可以买更多的船，雇更多的工人干活，还可以开办一个鱼肉加工厂。到那时，你就可以做大老板，不用自己捕鱼了。""那我干什么呢？""你可以在沙滩上晒晒太阳，睡睡觉啊。"渔夫说："我现在不就是在晒太阳睡觉吗？是你的照相机吵醒了我。"游客张口结舌说不出话来。

　　这个故事提出了一个问题：我们究竟追求什

么？是越来越高的GDP数字呢？还是简单、快乐、幸福的生活。30年间，华强北从一个工厂区华丽转身成为繁华的商业区；华强北产出的GDP不知道增长了多少倍。一段时间里，游客们看到华强北拥挤不堪、乱像丛生的景象，能够断定在这条街上工作生活的人们一定不会感觉愉快舒服。我们应该问问自己：究竟是要让华强北变成一个每天吐出大量金钱的机器呢，还是让它成为一个适合人们工作生活的和谐社区？深圳、福田两级政府较早地注意到了这个问题，一直在对华强北进行大规模的改造。虽然改造工作不可能短期完成，也不可能一蹴而就，但是华强北的面貌在实实在在地发生变化，变得越来越美丽整洁了。对于工作生活在这条街上的几十万居民来说，如果这里最终变成一个舒适的家园，该有多好？我们要像那位渔夫一样，虽然每天都要捕鱼，但也要有在沙滩上晒太阳、睡大觉的时间。这样过日子的人，才更有尊严和幸福感。

邓芬这辈子与华强北结下了不解之缘。邓芬的老家在广东茂名。他从省经济管理干部学院毕业后，1989年来到深圳，1991年开始在福田区政府经贸局工作。区经贸局的重点工作之一就是管理华强北，毕竟这是全区最繁华的街道。邓芬就是从这个时候开始与华强北打交道的。为加强政府对这条街道的管理，成立了专门的管理机构。1999年，成立了华强北管理服务中心，隶属福田区经贸局管理。2001年，成立了华强北商业街管理委员会办公室（简称华管办），级别定为正处级。2006年12月，邓芬正式调入华管办任主任兼党委书记。如果说，邓芬原来作为区经贸局的干部，对华强北是一种自上而下的指导关系；那么从他正式任主任开始，他就成了华强北的一名成员，工作生活再也与这条街道分不开了。

邓芬关注华强北，除了工作职责所在外，还有个人一些特别的情感在起作用。他很喜欢街上那种人们总是忙忙碌碌的热闹景象，能够感觉

华管办主任邓芬近照。

摄影：段亚兵

到繁忙生意背后那种不可遏止的无限活力。他认为这是一条极具潜力的街道，将自己的青春献给这样的街道是很有意义的。天天工作生活在一起，他熟悉了这条街道，几乎了解这条街的一草一木，能够感觉到它日夜跳动的脉搏。他感觉华强北其实与人一样，是有生命，有思想，有情感的。他看着它从一个小孩，长大成为大人。在朝夕相伴的日子里，他与华强北有了很深的感情，就好像两人是兄弟，命运相连，喜哀相同。他在华强北调研、工作，无怨无悔地为它服务，为它倾注了大量心血。

他清楚地知道，为了让这条街道健康成长，市区两级政府投入巨资，不断地对街道进行整治改造。正是因为有了政府的有力指导和管理，这条街才能够迅速发展，但也不至于"野蛮生长"；由于有政府的支持，这条街才不断地转型升级。在邓芬的记忆里，在净化美化街容街貌方面，华强北先后经过3次大的整治改造过程；在增强其核心竞争力方面，政府至少帮助做了3个大项目。邓芬参与了大部分工作，他高兴地看着华强北一天天在自己面前变化，变得越来越繁华、越来越美丽。

先说3次整治改造工作。

第一次改造工作开始于1997年前后。这一年，区领导提出将华强北改造成繁荣商业街的要求。为此，邓芬到华强北进行了深入的调研。摸清情况后，他起草了《关于华强北商业街改造建议》的报告，提出了"华强北商业街与东门商业街不同定位、错位发展"的想法。该报告以区经贸局名义上报市计划局。报告引起了市领导的高度重视。深圳城市经过20年的快速发展，城市的发展方向和功能需要转型和提升，不能仅仅满足城市工业发展一支独秀，而要考虑城市的商业发展问题，这既是城市发展的后劲所在，也是关系到市民群众提高生活质量的民生问题。但是具体怎么做呢？正好此时邓芬主笔起草的报告，提出了具体的转型思路和可操作的方法。市政府有关部门对这个问题进行深入研究后，决定加快深圳商业发展步伐，提出建立四大商业中心，即"传统的东门老街，经济实惠的华强北，豪华高档的人民南，未来的福田中心区"。4个项目，福田区、罗湖区各两个。

1988年5月，市政府下文，将华强北的改造列为当年市政府为市民办十件实事之一。根据市区两级政府的部署，6月，邓芬带队来到华强北抓好落实工作。8月，完成了具体的改造工作方案。该方案很快获得批准。11月，开始进行招投标工作。先是进行设计方案招标，接着进行施工队五招标。12月华强北改造工作正式开始。

这一次改造工作中，两级政府投入了4,500万元巨资。拓宽平整路面，修整人行道，改善了街道的交通状况；清理了街上的广告牌，使街头环境变得整洁；改造了路灯，让华强北商业街晚上亮了起来。经过一年时间，到1999年底改造工程基本完成。2000年元旦，区政府在华强北正式举办了"开街"仪式。从此，华强北不再是一个工业区，而是成为一条商业街了。华强北的改造工程见到了立竿见影的效果，街上的人

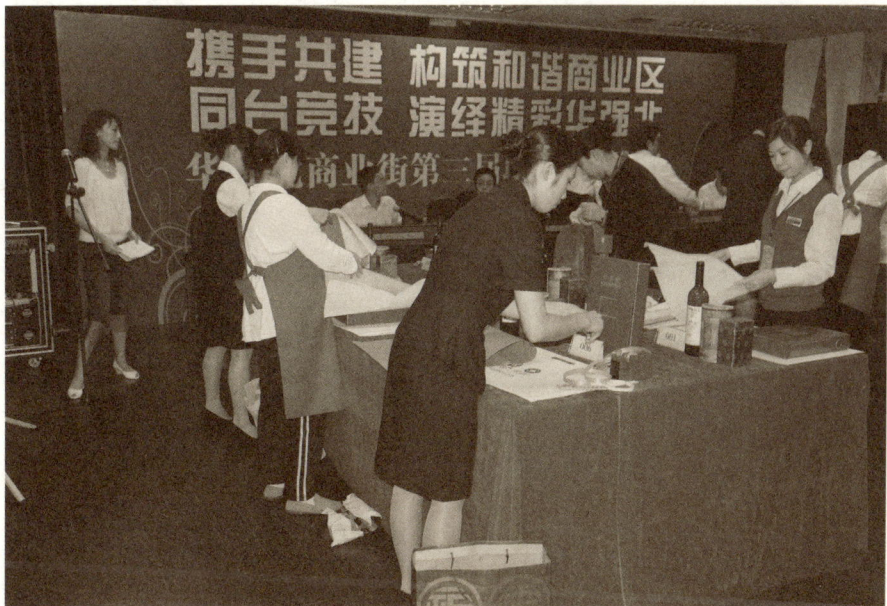

华强北商业街第三届职业技能比赛现场
图片由华管办提供。

流量从原来一天的20万人上升到50万人，人流量第一次超过了东门老街，华强北一下子变得热闹起来。"改造后的华强北，创造了4个全国第一：年销售额370多亿元，全国第一；电子专业市场经营面积46万平方米，全国第一；经营电子产品种类5大类、100多万种，全国第一；商业覆盖率达59%，全国第一。"（贺海涛《推进华强北"中国电子第一街"建设，加快电子市场高档化、国际化步伐》一文，《华强北商圈建设发展资料汇编》006页）（在采访中，邓芬对以上几个数字做了修正：2008年，华强北的年销售额经过仔细测算为1200亿元；经营电子产品种类为8大类。——作者注）

　　第二次改造工作开始于2006年。这一年被市委市政府定为"加强基层基础建设年"。区委区政府认真开展"双基年"活动，对上步工业区的深南中路、华强北路、华富路、红荔路等几条路街进行整治，其中重点是"华强北环境景观综合整治工程"。计划用一年时间、分两个步骤做好整治改造工作。这次改造工作中有许多亮点：政府发动、商家参与，签署发表了《华强北创建全国"八个一流"共同宣言》（"八个一流"的具体内容是：国内规模一流、功能配套一流、专业化水平一流、服务水平一流、国际化程度一流、产品质量一流、法制环境一流、商业文化一流）；组织开展文明诚信商户评选活动，从2万多家商户中评选出了142家文明诚信商户；积极推动"五星级电子市场"认证工作，赛格电子市场和新亚洲电子市场2家市场，通过了中国电子商会的审核认证，这样就使华强北成为全国唯一拥有2家"五星级电子市场"的商业街。街道设施建设方面，完成临街建筑物120万平米刷新墙面工作；拆除6万平破旧、不规范广告牌，设立数量大致相等的新广告牌；新建5万多套夜景灯光。经过新一轮改造后的华强北以崭新的面貌出现在市民群众面前。到了此时，华强北已经成为深圳十分时尚亮丽的街道之一。

这次整治改造活动注意吸引商家和公众积极参与。策划在全国开展华强北街LOGO（街道标志）设计征集活动。活动历时半年，征集到来自全国的作品400多件。经过群众投票和专家评审，7件作品入围。最后3号作品胜出，获得10万元大奖。专家的评语是："这幅作品用七巧板拼接出一个华强北商业街的'华'字，识别性较强，体现了华强北商业中心的寓意。"同时，开展"我们的华强北·金点子"征集活动。要求参加者针对华强北商业区的热点、难点问题提出具有参考价值和可操作性的建议。一个多月时间里收到了全国各地群众的62份信件和电子邮件。经过评选，深圳罗湖区市民杨经元提出的"立体开发华强北交通的构想"获得一等奖。开展这些活动不但得到了具体的LOGO作品、"金点子"建议等，而且很好地宣传了华强北。

第三次改造工作开始于2011年。这一年深圳市举办26届世界大学生运动会。为迎接大运会，全市开展了城市环境美化活动。其中，华强北做为重要的商业街，自然不能落在后面。几年前，为进一步加强对华强北片区的领导，区政府成立了华强北街道办事处。这次改造整治工作就由华强北街道办负责。整治内容包括建筑翻新美化、整治广告牌、疏通交通等几个方面。内容虽然与前两次有些相似，但是力度和效果完全不同。沿街建筑物，穿衣戴帽，色彩变幻，让城市焕然一新。以米色为主的建筑暖色调，让经营黑灰色电子产品为主的街道改变了形象，变得有几分温柔可亲。整治广告方面，将横跨街道的十几个大老土的拱形广告牌全部拆除，还给街道一个完整的蔚蓝天空；人行道上密密麻麻的各种小广告清除干净；竖立街头的几个大型数字电子广告屏，明亮艳丽，引人注目。街道上的灯光也再一次更新补充，入夜灯光辉煌照亮夜空，让夜晚的华强北更加浪漫迷人。疏通街道交通方面，将华强北路列为"严管街"，成立特别巡逻队，在街上定期巡逻，维护治安秩序，清理人行道上占道经营的摊档；组织上百名交通协管员，在路口维持交通秩序，劝导行人不闯红灯、不翻越栅栏横穿马路，使交通大为顺畅。特别是大运会开幕前夕，修建几年的数条地铁同时通车。其中罗宝线（一号线）、蛇口线（二号线）、龙岗线（三号线）都穿过华强北路，在地下形成了密集的运输网，街道地面上有24个地铁进出口，每天将近百万的人群迅速送入送出这个地区，极高效地解决了华强北交通运输的"老大难"问题。地铁站里修建了一个新的商业城，更增加了华强北的商业实力。

做一项工作，一般都包括硬软件两方面的内容。硬件看得见，容易取得立竿见影的效果；软件往往看不见，提升水平相对困难得多。就华强北而言，街容街貌的整治改造升级美化还是相对容易的工作，而搞好经济发展、技术升级、品牌打造等，提高街道的核心竞争力是更为艰巨的任务。这方面，几级政府更是很下功夫，大做文章，取得了突出成绩。其中有3个项目比较突出：

一是打造中国电子第一街。

2007年，福田区领导根据华强北超常规发展的形势，要求华管办提升华强北的管理水平。区领导认为，要想将华强北打造成为全国最具影响力的电子信息服务业基地，就必须拿到全国第一，将华强北创建成中国电子第一街。邓芬开始日思夜想，如何能够拿到这块全国最高荣誉的牌子。创建中国第一街需要经过中国电子商会批准。邓芬决定委托深圳电子商会承担制定创建方案和申报工作。为了显示工作的严肃性，邓芬与程一木分别代表两个单位郑重其事地签订了委托协议。经过几个不眠之夜，程一木写出了《关于打造华强北电子第一街策略研究报告》初稿。

但是申报中国电子第一街是一个全新的项目，主管部门一时不知道该怎么操作。2008年，中国电子商会，与深圳电子商会、华管办一起，先研究拟定了"中国电子科技一条街"和"中国电子第一街"标准等资质规范文件。根据标准，华管办组织各方力量，经过几个月的认真准备，最后拿出来一大本《华强北"中国电子第一街"申评概述》的文件资料汇编册。这是一部足足有5公分厚、几百万字、包括有图片和报表的大型申报书。这部厚重的文件汇编，充满了工作人员们的心血，表现出了华管办的高度工作责任心，在后来的申报工作中发挥了重要作用。经过充分准备，深圳电子商会向中国电子商会正式提出了申请。

9月，中国电子商会组织了一个专家评审委员会，来到华强北进行现场评审。这个评审组织不简单，除了国家信息化产业部、中国电子商会的领导、专家外，还包括北京中关村、上海电子商会等全国各地电子街区的代表。经过调研，评审组认为，华强北至少有四个方面的优势：一是市场规模大：26家专业市场，总面积近50万平方米，规模全国最大。二是经营品种多，从元器件，到手机、电脑、数码等最终产品，应有尽有，品种齐全；相比之下，华强北最强的对手北京中关村，经营电子元器件不足10%，业态不够丰富，经营品种不够齐全。三是交易量高，华强北年经营额超过600亿元，是第二名中关村年营业额的两倍多。四是市场覆盖面广，华强北市场覆盖全国，甚至占据了中东、东南亚等许多海外市场。经过严格评审，用数据说话，经事实证明，评审团专家一致认为："华强北在经营规模、经营档次、管理模式、创新水平、品牌效应和政府重视程度等方面，都优于全国十大知名电子商业街区中的其他街区，确实为全国第一"。评审最后得分为290分（总分

华强北商业街迎新春文艺晚会
图片由华管办提供

入世十年中国电子信息产业发展回顾与展望
暨中国IT市场指数发布会
图片由华管办提供

325分）。金字招牌终于落定华强北。2008年高交会上，中国电子商会的领导将"中国电子第一街"的牌匾颁发给了深圳。这是一枚光荣的勋章，承认了华强北在中国电子市场里的领军地位。

二是设立华强北电子指数。

这项工作实际上是与申报中国电子第一街一起启动的。这方面，华强北没有什么经验。2006年的10月，按照福田区领导的要求，程一木和华管办何国平主任结伴，专程到浙江义乌小商品市场学习。他们现场观摩考察，与实际操作人员座谈，了解义乌小商品市场指数是怎样运作的。听说这套指数系统是由浙江工商大学教授们设计的，他们又到杭州找到大学教授学习指数系统的设计原理。终于系统全面地了解了指数

是怎么回事。回来以后，很快就向福田区领导提出了设立华强北电子市场指数的建议。区领导采纳了此建议。

2007年3月，由福田区领导率队，组织区机关有关部门，组成一个很大工作班子到北京汇报工作。邓芬参加了这次活动。区领导向国家信息产业部有关部门领导，汇报了福田区的工作和华强北创建工作情况。在京召开了2个研讨会。与中国电子信息产业发展研究院等单位，签订了3份合作合同：一是数字福田信息化建设。二是华强北·中国电子市场价格指数项目。三是南方手机检测中心。接着，正式委托中国电子信息产业发展研究院属下的赛迪顾问有限公司，帮助开发中国电子市场价格指数系统平台。2007年9月，电子市场指数系统的技术设计完成。

2007年10月12日18时，就在深圳高交会开幕的当天晚上，"华强北·中国电子市场价格指数"的发布暨亮灯仪式，在华强北隆重举行。由这一天起，指数平台开始正式对外发布电子市场的价格指数。为了提高指数发布效果，赛格集团与美国时代传媒公司合作，在赛格广场大楼墙面上安装了一个285平方米的巨型电子彩屏，亮丽清晰的彩色屏幕上每天滚动着价格指数的一串串数据。这些数据就成了华强北成千上万电子厂家，了解行情、计划生产、安排销售的指挥令。

为确保指数发布规范专业，成立了"深圳市华强北·中国电子市场价格指数有限公司"。公司由企业、电子卖场、中介机构、咨询机构等共同出资组建，其中华强集团积极性很高，投入大资金成为大股东。指数公司成立起来后，操作规范，运作正常，科学采集数据，每星期发布一次。"价格指数"分为5级共55项指数，包括市场价格综合指数及各级各类细分指数，全面反映出了华强北电子市场交易综合行情。业内人员评价说，由于有了价格指数，"中国作为电子制造大国，掌握了话语权"。接着，价格指数的技术系统不断改造升级，从1.0版本，到2.0版本，再到3.0版本，技术越来越成熟，数据越来越科学准确。

电子价格指数在第四届（2007年度）中国最具影响力品牌评选，和第二届（2008年度）中国十大最具公信力品牌评选中，分别获得了"中国国际电子市场价格指数最具影响力品牌"和"中国商业街最具公信力品牌"的荣誉称号。

华强北电子市场价格指数很快显示出巨大的影响。2008年，北京中关村电子商会和北京市海淀区商业委员会组成一个考察团，专门到华强北学习考察价格指数发布的有关情况。2009年，北京中关村电子产品价格指数正式发布。中关村指数与华强北指数有所不同。华强北指数主要